是心跳
说谎

唧唧的猫 —————— 著

江苏凤凰文艺出版社
JIANGSU PHOENIX LITERATURE AND
ART PUBLISHING

图书在版编目（ＣＩＰ）数据

是心跳说谎 / 唧唧的猫著. –– 南京：江苏凤凰文
艺出版社, 2022.6
　ISBN 978-7-5594-6444-6

　Ⅰ.①是… Ⅱ.①唧… Ⅲ.①长篇小说－中国－当代
Ⅳ.①I247.5

中国版本图书馆CIP数据核字(2021)第265526号

是心跳说谎

唧唧的猫 著

责任编辑	张　倩
特约编辑	席　凤
封面设计	白茫茫
出版发行	江苏凤凰文艺出版社
	南京市中央路 165 号，邮编：210009
网　　址	http://www.jswenyi.com
印　　刷	嘉业印刷（天津）有限公司
开　　本	880mm×1230mm　1/32
印　　张	10
字　　数	262 千字
版　　次	2022 年 6 月第 1 版
印　　次	2022 年 6 月第 1 次印刷
书　　号	ISBN 978-7-5594-6444-6
定　　价	48.00 元

江苏凤凰文艺版图书凡印刷、装订错误，可向出版社调换，联系电话 025-83280257

目录 Contents

3月14日　晴

1. 主动一点找话题，跟他聊聊天，关心一下他。适当耍点小心机，让他主动帮自己点小忙，拉近两人距离。

超喜欢 (#^.^#)

1

2

3

4

5

6

7

8

9

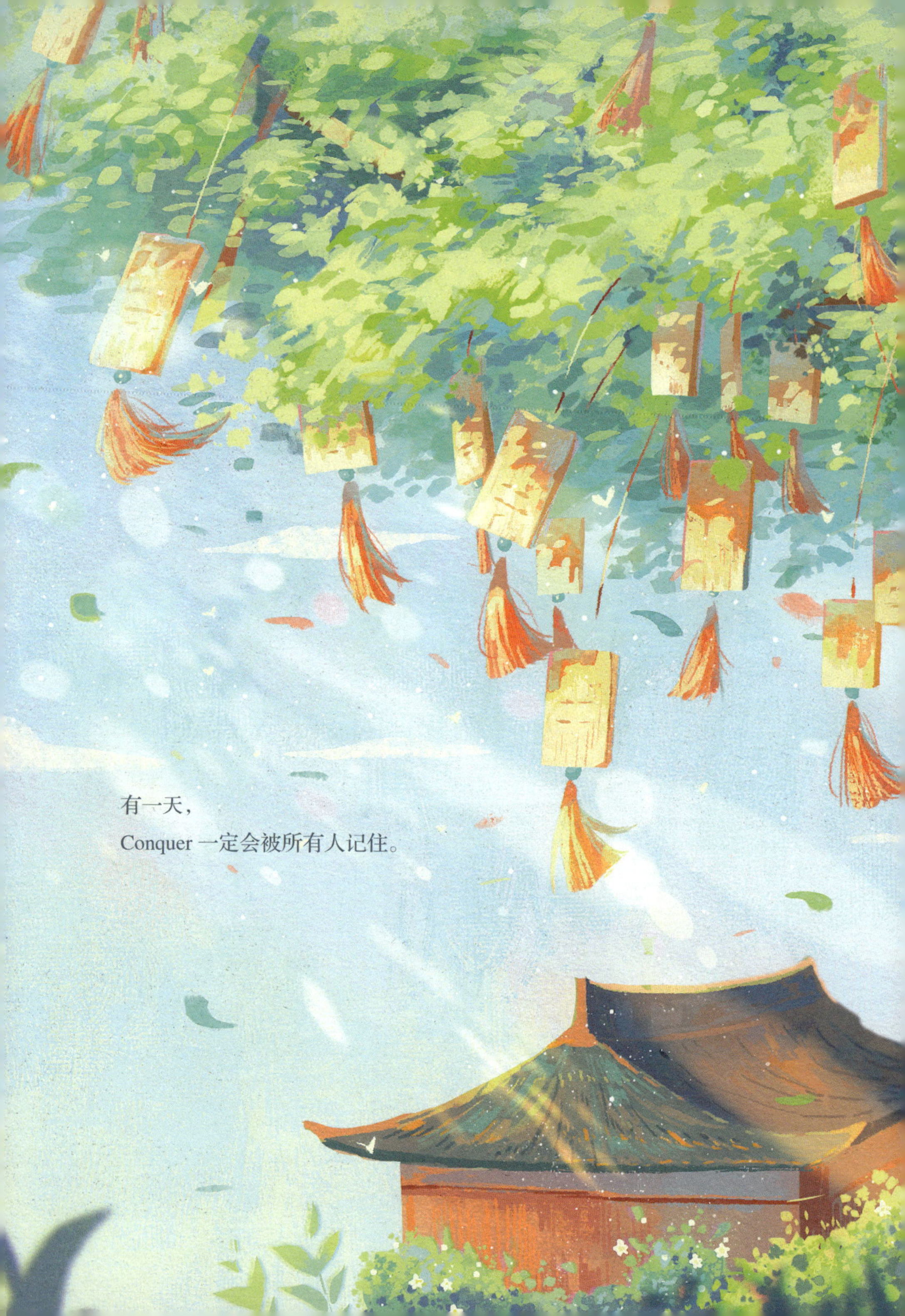

有一天，

Conquer 一定会被所有人记住。

/第一章/

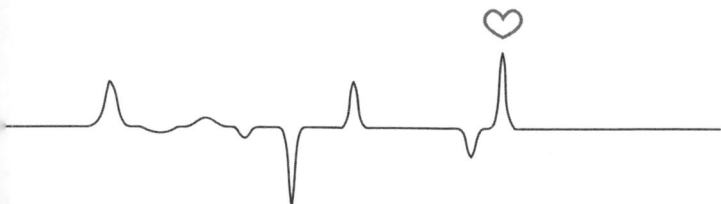

你好?

01

今天是假期最后一天。三月刚过，最近两天的气温却让人有即将入夏的错觉。

座无虚席的场馆里有些热，余诺背后出了一身薄汗。

付以冬正在刻薄地吐槽前男友，余诺耐心地听着。

当现场爆发出一阵尖叫的时候，她们的谈话也戛然而止。

抬头一看，六点五十，比赛即将开始。

付以冬烦躁地啧了一声："算了，不说了，硌硬。"

主持人正在台上暖场。

短暂的介绍过后，左边的队伍先上台。当队员的身影投影到正中央的屏幕上时，场内掀起了小高潮，基本上都是女粉丝的声音，音浪几乎要掀翻场馆。

紧接着，轮到右边的队伍进场。

现场狂热的气氛诡异地断层，安静了几秒，几个穿黑色队服的年轻男孩儿从旁边的通道里走出来。

当主持人念出 TCG 战队的名字时，台下观众像是终于反应过来。

不知从哪个角落，稀稀拉拉地传来敷衍的掌声，很快就被嘘声掩盖过去。

倒是付以冬格外激动，跳起来挥舞灯牌，撕心裂肺地喊着"Conquer"，闹出的动静引来前排注目礼。

余诺看见有几个小姑娘朝这边翻白眼，赶紧扯了扯付以冬的衣服下摆，让她坐下来。

付以冬不管不顾，继续呐喊："Conquer！Conquer！！Conquer！！！"

出于余戈的原因，余诺平时也或多或少关注一点 LPL[①]赛事，尤其是 LPL 被纳入亚运会表演赛项目后，外界对电竞比赛的关注度开始爆炸式上升，身边的男生都在讨论。但她平时就是个二次元妹子，偶尔玩玩 cosplay[②]，对 LOL[③]圈内的事情了解不多，仅限于 ORG 的几个职业选手。

中央屏幕开始切画面，出现了进行赛前准备的选手。

付以冬坐下，整了整衣服，有点愤愤不平："这个导播好偏心，镜头全在 ORG 那儿。"

自 S8[④]之后，WR 几乎全员退役，ORG 算是近两年 LPL 最吸粉的队伍，话题热度高，尤其是有 Fish 这种明星选手，平时比赛遇到人气比较低迷的战队，现场应援确实会有一边倒的现象。

但是今天……氛围似乎格外剑拔弩张。

余诺有点摸不清状况，四处看了看，悄悄问付以冬："怎么回事，为什么都在嘘这个队？"

付以冬说："因为他们得罪 ORG 了呗。"

顿了顿，她补充："准确点儿，是得罪你哥了。"

余诺："啊？"

圈内有这么一句话：得罪了 Fish 该怎么办？

---

① LPL（League of Legends Pro League），《英雄联盟》职业联赛，是中国大陆最高级别的《英雄联盟》职业比赛，也是中国大陆赛区通往每年《英雄联盟》季中冠军赛（MSI）和全球总决赛的唯一渠道。
② 角色扮演、扮装游戏，一般指利用服装、饰品、道具以及化妆来扮演动漫、游戏及影视作品中的人物角色。玩扮装的人则被称为扮装者（coser）。
③ LOL（League of Legends），指《英雄联盟》游戏。
④ "S"即 Season，意为赛季，此处"S8"指英雄联盟全球总决赛第八赛季。英雄联盟全球总决赛是所有《英雄联盟》赛事中最高荣誉、最高含金量、最高竞技水平、最高知名度的比赛，也被称为"S 赛"。

答案只有一个——

建议直接谢罪。

众所周知，ORG 战队目前在电竞圈几乎无人可敌，其他人能躲则躲，谁都不愿意惹。

但凡惹上的，没一个有好果子吃。

余诺皱了一下眉，问她："什么得罪我哥？"

"你不知道？"

余诺摇头。

"就是上次 ORG 输给 TCG 了，这事儿后来闹得还挺大。"

在比赛正式开始前，付以冬跟她说了几句，余诺隐隐约约就有了点印象。

当时揭幕战，万众瞩目的 ORG 突然爆冷翻车，被一支还是新队伍的 TCG 血虐，出乎所有人意料。

虽说赛场上胜者为王，实力说话，但 ORG 不仅输了，还输得特别难看。水晶被点爆的前几秒，对方 ADC^①嚣张地堵在泉水口，目中无人地亮出队标，顺便还点了个嘲讽的赞。

比赛结束，圈内一片沸腾。

ORG 粉丝给气得够呛，哪儿蹦出来的野鸡队在这儿这么跩？！粉丝实在是咽不下这口恶气，纷纷开始下场，点名 TCG 亮队标的 ADC。

余诺默默地想着。

原来是这个事。

付以冬转头，四处看看，语速很快："TCG 当时的官博评论太惨了，都在说这件事，你说说，至于吗？"

---

① 游戏术语。在《英雄联盟》游戏中，英雄造成的伤害分为物理伤害、法术伤害等。AD（Attack Damage），意为物理伤害、物理攻击，也常被用来指输出以物理为主的英雄。ADC（Attack Damage Carry/Core），意为普通攻击持续输出核心。

付以冬这边咬牙切齿，余诺拿起手机，在微博上搜了搜。

去实时广场大概扫了一眼，TCG 还好，主要是那个 AD 被点名批评了，质疑声从职业态度覆盖到人品各方面。

再往下滑，零星有几条帮他说话的——

@椰椰："说实话，ORG 粉丝格局小了。你们骂归骂，Conquer 照样赢，气不气，气不气？"

@0.5M："我还没见过这么狂的 AD，这个小新人嚣张是嚣张，操作也真的是华丽……真是逆风输出第一人，说实话有点当初 Wan 神那味了。"

场内开始正式解说，余诺把手机收起来。

TCG 作为今年刚刚组建的新军，出道的首个赛季，就先后干翻了圈内几支豪门强队，甚至把官方点名的银河战舰 ORG 拉下马，一路连胜，在联赛的排名一直飙升。

男解说笑："TCG 最近风头正盛啊。"

女解说："赢下今天这场，他们在联盟的排行榜就登顶了。"

男解说："TCG 这五个选手里面，有三个都是新人吧？听说当初是东拼西凑、临时组的战队，结果一路打到现在，太励志了。"

本赛季的规则是双循环，队伍之间会交手两次。今天是 ORG 和 TCG 的第二次交手，也算是恩怨局。

现场几乎百分之八十都是 ORG 的粉丝，剩下的，有的是工作人员，有的是被临时拉来充数的路人。

不过 TCG 也不是完全没粉丝，至少付以冬就被圈粉了。

"余诺，我觉得 Conquer 有那范儿。"

"什么范儿？"

"吸粉的。你别看他现在圈内风评烂透，但是电子竞技，重要的还是成绩。要是今年 TCG 能夺冠，或者进个决赛，Conquer 那个操作，粉丝指定爆炸。"

余诺听着她说，嗯了一声："那你到时候就是老粉了。"

与此同时，现场突然又开始骚乱。

一看，果然——

ORG-Fish 的那张帅脸又出现在导播的镜头里。

付以冬火气也消了点，笑嘻嘻道："你哥确实帅，可惜我不吃高冷款的，我喜欢 Conquer 那种，看着就很带劲。"

余诺："……"

本来今天只是一个常规赛的 BO3①，却因为之前的矛盾，现场气氛都变得焦灼了。

第一局结束，ORG 拿下比赛。

周围粉丝都热情高涨，趁着休息的间隙交头接耳。十分钟前，付以冬接了个电话，到现在都还没回来。

余诺昨天熬夜修照片，到现在只睡了几个小时，眼睛干得有些发涩。

她摸索着，把包里的眼药水拿出来滴。滴完之后，仰头想把隐形眼镜戴回去。

胳膊肘忽然被人撞得一歪。

是个小姑娘，惊叫了一声，忙向她道歉。

余诺微微转开身子，把脚收起来，让人过去："没事。"

等人走了，她坐好，发现隐形眼镜不知掉到哪儿去了。在地上找了半天都没找到，余诺轻轻叹了口气。

付以冬半个小时后才回来，抽抽噎噎的，眼眶红肿。

余诺侧头看她："怎么了？又和你前男友吵架了？"

"懒得理那个浑蛋，真晦气。"

TCG 第二场赢回来一局，还剩一场决胜局。付以冬也没心思看了，一直在微信上和前男友对撕。

余诺眼前模糊，看不清大屏幕上的游戏画面，她游戏理解力也不

---

① BO 是英文 Best Of 的缩写，BOX 表示在 X 局中决出胜者，此处 BO3 意为三局两胜制。BO1 指一局定胜负，BO5 指五局三胜制。

行，只能听听解说的声音。

第三场前期是 ORG 大优势，经济优势一度领先到 8k ①，对方高地都被破了两路。

结果最后一拨团，打野被 Conquer 在草丛蹲到，之后 ORG 一路溃败，硬生生葬送了整个好局面，让 TCG 绝地翻盘。

又输了。

现场粉丝都气死了。

余诺身后有个大哥直接开骂："离谱，真的离谱，菜成这个样还来打职业，早点回家抠脚去吧！"

另一个人中肯地评价："你别说，那个叫 Conquer 的吧，他真有点东西，秒人的时候操作拉满，太秀了，人都给我看傻了。"

……

余诺估摸着余戈心情不好，斟酌着发了条消息——

"哥，我在现场，跟冬冬一起来的。"

一分钟之后，那边回了个"？"，紧接着——

"休息室，过来。"

比赛结束，留下来的人不多，ORG 粉丝大多数走了，有两个选手在旁边进行赛后采访。

付以冬拿纸巾擦眼泪。

余诺收拾包："冬冬，走吧，去找我哥。"

付以冬按住她："等等。"

按照流程，等会儿还有个抽粉丝上台送礼的环节。说是以抽的形式，但 TCG 的真实粉丝也就那么几个，付以冬早就知道自己被选上了。

礼物是由工作人员准备的，其实就是走个形式。

---

① 在《英雄联盟》游戏中，通过击杀敌方英雄、小兵、野怪，或摧毁敌方防御塔等方式都可以获得经济。k（kilo），指"千"。

临上台前，付以冬打开粉饼盒补妆。

余诺在一边等她，打开微信，和古风圈的某个策划小姐姐敲定晚上要出的海报细节。

没一会儿，付以冬急匆匆地跑过来，将她从位子上拉起来。

余诺稀里糊涂，被拽着往前走了两步："怎么了？"

"不行不行，我这张脸太惨不忍睹了。"

余诺啊了一声："什么？"

付以冬："我妆给哭花了，镜头底下太死亡了，还是你去帮我给Conquer送礼物吧。"

"可是……"

没等余诺拒绝，付以冬就把她推了出去。

旁边的摄像头已经对准她。

进行赛后采访的女主持笑着："欸，接下来这个粉丝好像是个小姐姐？"

余诺进退两难，回头看了眼付以冬。

付以冬双手合拢，祈祷地看着她。

她犹豫了一下，无法，还是拎着礼物，硬着头皮上了。

余诺前几天约了个《DARLING in the FRANXX》02①的拍摄，刚好想染发，就直接把头发染成了春季樱花的粉棕，很温柔，也不算很夸张的颜色。

她是长卷发，穿了件白色毛衣，深蓝色牛仔裤，皮肤很白，瘦得匀称，很显小的一张脸，看着乖乖的，像是庙会上卖的瓷娃娃。

主持人问："小姐姐你好，请问你的礼物是想给谁呢？"

余诺接过话筒，看着台下，一片模糊："给……Conquer。"

---

① 由日本 TRIGGER 和 A-1 Pictures（后更名为 Clover Works）共同制作的原创科幻电视动画作品，02 是其中的角色，形象是粉色长发、绿色眼瞳的少女。

主持人："哈哈哈，是 Conquer 的粉丝呀，你有什么想对他说的吗？"

"……"

余诺使劲回忆，平时她哥微博底下那些女粉丝怎么说来着？

她有点艰难："呃……嗯，就是，希望 Conquer 能越打越好，春季赛加油，不留遗憾。我会一直支持他的。"

主持人站在旁边，笑着说了句话。

周围杂音很吵，余诺没听清："什么？"

主持人重复一遍："你可以去跟喜欢的选手合照了。"

余诺如释重负，紧接着脚步一顿。

完了，她根本不知道谁是 Conquer。

幸好主持人指了方向。

余诺眯着眼才把人辨清，快步走到那个选手旁边，调整了一下面部表情，摆好姿势，对着镜头比了个剪刀手。

两三秒之后，她很有礼貌地把礼物递给右手边的人，准备下台。

那人似乎愣了一下，问得疑惑："欸，你不是 Conquer 的粉丝吗？"

余诺下意识地点点头。

旁边几个年轻大男孩儿对视一眼，笑得东倒西歪。他们光乐，也不说为什么。

她有点迟疑，不知道发生了什么。

就在这时，有人提醒她："Conquer 在那儿呢。"

余诺迷茫地转头，和另一个人视线对上。

她只到他的下巴。

两人离得近，大概只有半米。余诺看清他的脸。

余诺短暂地蒙了一下，迅速反应过来——

她好像认错人了！

余诺凝固住。

灯光把舞台照得很亮。

他一只手插在兜里，懒洋洋地没站直，眼皮半撩不撩的，好像有点不耐烦，因为身高差，回看她的时候，有些轻微的俯视。

隔了两秒。

"你好？"他挑了一下眉。

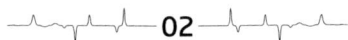

—— 02 ——

空气突然就静默了，余诺语言功能全部丧失。

他站在那儿，表情很淡，眼神都没变一个，似乎并不在意刚刚发生的事。

少年人身形瘦削，一张极英俊的脸。有束光正好落在他肩头的金色队标上。

定了定神，余诺找回自己的声音："对不起啊，我有点近视。"

瞧着这边不太对，进行赛后采访的主持关心地问："怎么了吗？"

边上几个 TCG 的队员还在看热闹。

余诺忙递出礼物，说："这个，给你。"

旁边人终于笑够了，咧开嘴："愣着干吗？妹子的礼物不拿，耍大牌呢？"

"……"

余诺睫毛轻颤。

更尴尬了。

他随便看了眼他们，没搭腔，伸手把东西接过去，态度懒散，说了声谢谢。

"不、不用谢。"

本来还想解释一下，但是已经拖了很久。余诺头顶冒烟，窘窘地又说了声抱歉，迅速逃离现场。

付以冬在台下等着她，也被逗乐了，有点不可思议："余诺，你刚刚是有多不走心？"

余诺脸还是红的。

她脸皮薄，一紧张就容易脸红。

余诺一口气噎得慌："你突然让我上台，也没告诉我是哪个，我又不知道那个 Conquer 长什么样。"

付以冬觉得挺有意思的，嘿嘿一笑，推着她往前走："不是，就比赛开始前，我给他加油那么久，谁知道你都不带往台上扫一眼的啊？"

"……"

余诺还是没缓过来，懊恼道："太丢脸了。"

"有什么丢脸的？"付以冬安慰她，"多大点事！"

手机正好响了，余诺看了眼来电显示，平复好心情，接起来。

余戈："人呢？"

余诺应了两声："刚刚有点事，我马上去找你。"

"你刚刚在干什么？"

后台休息室里有现场直播，估计她上台送礼物被余戈看到了。听这语气，她都能想象出他的表情，肯定眉头紧皱，不耐烦极了。

余诺把刚才的情况交代了一遍。

等电话挂断，付以冬拧开一瓶水，喝了口："你哥啊？"

余诺嗯了一声："他们等会儿要去吃饭，你跟我一起？"

"不了，你去吧，我等会儿还有事。"

后台有几个工作人员认识余诺，看见她，还来打了个招呼。

走到 ORG 休息室门口，里面坐了一圈人，教练正在发飙。她没进去，站在过道里等了一会儿。

不知道该干什么。

余诺摸出耳机，拇指点歌单，开始找歌听，回了几条消息之后，点开微博。

她的小号关注了几个电竞博主，清一色，都在讨论 ORG 又一次输给 TCG 的事情。

余戈打职业有三年多了，比赛有输有赢，有低谷也有巅峰。这个圈子，打得好的时候粉丝都是夸，打得差时恨不得刨你家祖坟，都是常事，所以她平时很少关注这些，怕看了影响心情。

不出所料，才半个多小时，ORG 的官博底下评论过万，铺天盖地的骂声。

铁粉 A："真有你的，ORG，不愧是你。"

铁粉 B："这是蓝莓，这是草莓，遇见你 ORG 算我倒霉。"

铁粉 C："打的什么东西，第二把全线被爆就算了，第三把这么大的优势还能被翻？！能不能整点阳间的比赛给大伙儿瞧瞧？都快季后赛了还全员犯病，搁这儿整活呢？"

楼中一人阴阳怪气地嘲讽——

"ORG 打比赛的时候但凡有你们粉丝一半的输出，能被 TCG 连着干碎两次？"

余诺又点开某玩电竞的微博，刷新了一下，有条半个小时前发布的——

"这个叫 Conquer 的新人 AD 确实很惊艳，我有预感，他一定会有一个光明的未来。"

微博还贴出了几张现场图，其中一张是 GIF 动图，镜头一扫而过，只有几秒。Conquer 把黑色耳机摘了扔桌上，嘴角勾起的笑容，自负又轻佻。

底下热评之一——

"ORG 粉丝先别骂了（顶锅盖），难道只有我想知道他有没有女朋友吗？……他笑的时候那种痞痞坏坏又帅帅的感觉……特别像我高中暗恋过的学渣校草。"

热评之二——

"讲道理，全都在喷，他还是狂，操作起来完全不带怕的。三十年河东，三十年河西。记住一句话，莫欺少年穷。"

余诺点开九宫格，从第一张图片开始看。

在 GIF 的那张停顿片刻，她拇指往左一滑，一张黑白图跳出来。

余诺顿了顿。

这是几个月前揭幕战刚打完，在场馆的后台出口的抓拍。

图里的 Fish，粉丝环绕，捧着鲜花和礼物，保安辛苦维持着秩序，跟拍的摄影师长枪短炮。

而另一头的 Conquer，和这边的热闹形成鲜明对比。他独自拎着鼠标键盘，在廊道尽头背影寥落。根本没人把他放在眼里。

黑白图底下，跟着两行字——

"那年十九，我站着如喽啰。

"那时我含泪发誓，一定要让所有人看到我。"

明明是玩梗，余诺却盯着这句话出了神。

肩膀忽然被人拍了拍，余诺抬头，是 ORG 战队的经理。

"小诺，在这儿干吗？怎么不进去？"

余诺按了锁屏键："看里面有事。"

ORG 经理肩膀夹着手机正在打电话，把门推开："进来吧。"

里面的短会开完了，气氛有些消沉，几个队员正在收拾键盘鼠标。余诺一走进去，Will 先看到她："妹妹，你来了。"

余诺跟他问好。

别人闲扯，余戈靠在椅背上闭目养神。他一向寡言，也没人去打扰。

战队的数据分析师和教练复盘今天的比赛，Will 和打野也跟着聊。时不时飘两句到余诺耳朵里。

"我们龙团那拨，Conquer 跑到草丛蹲人，我还真被他秒了，这人就邪门儿。"

小 C 插话："别说，说就是你菜。"

Will 扭身跟小 C 打闹在一起："你嘴怎么这么欠呢！"

其实今天这场比赛的输赢，对 ORG 后续影响不大。他们积分高，紧紧咬着 TCG 排在总榜第二，毫无悬念能进季后赛。只是之前骂战太凶，导致现在局面就变得很僵硬。

银河战舰在这种小破队身上折戟一次就算了，偏偏还有第二次。

这下粉丝也没话说了。

用那些看热闹的路人的话来总结 ORG 这事，就是，世纪打脸，节目效果直接拉满——

粉丝骂最狠的话，主队挨最毒的打。

每次比赛结束，俱乐部的人按照惯例都会去撮一顿，地点是附近的一个火锅店。收拾好东西后，他们从场馆后门出去，大巴车已经等在那儿。

从通道走出去，前方突然变得嘈杂起来。

余戈和几个人一现身，就被热情的粉丝团团围起来。

一群姑娘很激动，一拥而上，有安慰的，有鼓励的。余戈停下脚步，接过粉丝递出的纸笔，一边道谢，一边低下头签名。

学校的导师刚好来了电话，余诺专心地听那边交代事情，步伐慢了一些，落在大部队后面。

挂了电话，她不小心撞到了人。

余诺刚准备道歉，对方先打了个招呼：“咦，你不是刚刚那个小姐姐吗？怎么在这儿？”

余诺仰着脸，有点茫然：“啊……”

Killer 有点疑惑：“你……来等 Conquer 的？”

余诺以为自己眼花，跟前五六个都是 TCG 的人。

她沉默了，目光游移。

怎么又在这儿碰上了……

几人都在看她。余诺一阵心虚，不知道该怎么回答，顿了一下，说：“那个，我、我其实……”

另外一个人了然地笑：“你真的是粉丝啊？之前连人都没认出来，我们还以为你是工作人员。”

“……”

这话把余诺难住了。

刚刚那一系列误打误撞的乌龙，眼下三言两语也说不清楚。她只好硬着头皮承认：“嗯，是粉丝。”

"来要签名？"

他们几个刚刚打职业比赛，一出道，迎接他们的就是腥风血雨，这会儿居然有个"专门守候"的粉丝，觉得新鲜又惊奇。

瞧着他们期待的眼神，余诺沉默一会儿，到底还是点了个头。

比起 Killer 的热络，旁边的人就沉默了些。

陈逾征戴着棒球帽，帽檐压低，用手机看刚刚的比赛复盘。胳膊被人撞了一下，他才摘下一边的耳机，侧头。

Killer 用下巴示意站在旁边的余诺，满脸促狭的笑意："喏，妹子找你要签名。"

他眼睫一撩，漫不经心地往余诺的方向扫。

对上一双意味深长的眼，她心脏一跳。

幸好余诺有随身带笔的习惯，她赶紧把背包卸下来，从里面翻出一支笔，递过去。

陈逾征接过笔拿着，却没动作。

有个小胖子催："搞快点啊。"

余诺忐忑地问："……不方便吗？"

陈逾征慢条斯理地说："你想我签在哪儿？"

"……"

余诺愣了一下，才发现——她居然没给人家纸！！！

余诺满脸窘色，摸了摸兜，又在包里翻找。

愁死了，怎么连个破纸片都翻不出来？！

余诺讪讪地，不敢抬头。

脑子里忽然闪过一个念头，她一时脑热，脱口而出："你，签我衣服上行吗？"

几个大兄弟盯着余诺身上的针织毛衣，陷入沉思。

她揪起一截下摆，是穿在里面的长袖衬衫，天蓝色的棉纺材质："这里。"

陈逾征沉默几秒，把笔帽拔下。

这边，余戈应付完粉丝，一回头，看到余诺跟 TCG 的人站在一起。

他眉头下意识蹙起，连名带姓地喊她的名字："余诺。"

TCG 几个人瞬间消音，顿了一下，齐刷刷转头，意外地看着出声的人。

只要是 LPL 的职业选手，没人不认识余戈。

——从 ORG 青训队直接提上来的 ADC，巅峰时期连夺春、夏双冠，甚至拿下当年的 MSI（《英雄联盟》季中冠军赛），现在已经成为建队核心。

这两年国产 AD 良莠不齐，余戈算是周荡退役以后圈内选手的职业标杆之一，粉丝数庞大。只不过他平时脾气孤傲，很少有人会自讨没趣地去跟他套近乎。

"你在那儿干什么？"

余戈冷着一张帅脸，话对着余诺说，看向的人却是陈逾征。

四目相对，陈逾征蹽劲儿上来了，扯了扯嘴角，噙着笑，眼神里满是挑衅。

见余诺仍然在原地戳着，余戈当时就有点不耐烦，视线跳到她身上："过来。"

TCG 众人的视线在余戈和余诺身上来回转了几圈，还没明白过来是怎么一回事。

此刻，余诺脑子里想到的，全是 TCG 和 ORG 的各种"新仇旧恨"。她把包背回背上，强装镇定，声音很小地道别："那……我先走了。"

Killer 看着余诺小跑过去的背影，不免诧异，张了张嘴，问："啥情况，这个妹子和 Fish 认识？"

几秒之后，陈逾征把耳机重新戴上："关我什么事？"

小应一拳捶上他的肩："嘿，你摆什么谱呢！女粉丝都不关心一下？"

陈逾征还是那副倦懒样子，哼笑了一声，没接话。

开车的时间差不多到了，助理蹲在旁边跟别人闲聊，等着司机来。

粉丝实在太多，保安挡不住，走了一拨又来了一拨。

周边有几个年轻女孩举着手机往这边拍，兴奋地窃窃私语，过了一会儿，小心地冲这边喊——

"鱼神季后赛加油！比赛输了没事，好好调整，注意身体呀。"

"我们会永远支持你的！"

余戈波澜不惊，懒得说话，礼貌地冲她们点头。

余诺刚喊了一声"哥"，余戈瞟了她一眼。

"……"

她把后半句又咽了回去。

"等会儿。"

余戈突然停下脚步。

余诺不明所以："怎么了？"

余戈微微垂着眼睛，眉头紧蹙。

余诺慢吞吞地顺着他的视线低头。

蓝色的白云底棉衬，靠右的位置，一个突兀的"Conquer"横躺之上。

余戈几乎没表情，语气冷得掉冰碴儿："这什么玩意儿？"

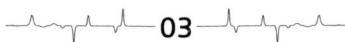

03

余诺一下呆了，忙把刚刚发生的事解释了一遍。

听完，余戈冷哼一声："他以为你是粉丝？"

"差不多……吧。"

余戈嗤笑："真够扯淡的。"

余诺小心地看着他的脸色。

幸好这时候 Will 过来了，看余诺奔眉的样子，以为余戈又在训人。

Will："怎么了这是？"

余戈眼也不抬："什么事？"

两人聊天，余诺就跟在旁边神游。

和别人说完话，余戈的目光转向余诺，充满了审视的意味。

她脚步一滞。

余戈又瞥了一眼她衬衫下摆，像是觉得碍眼，不咸不淡道："晚上回去把衣服丢了。"

余诺语塞。

和 ORG 的人吃完饭后，余诺拦车回学校，走到校门口，又拐了个弯，去刚开的甜品店买明天的早餐。

店里光线柔和，这个点，餐品柜里的大多数面包被挑走了。

她蹲下来看，透过橱窗，纠结是买蓝莓酱的还是买奶油的。身边恰好有两个男生停住。

他们聊起最近大热的一款游戏，边聊边笑，似乎在等人。

说着说着，突然有一人问："对了，你今天看 ORG 的比赛没？"

"我好久没看了，他们打哪个队，赢了输了？"

"被 TCG 打烂了。"

余诺手一停。

"ORG 这么拉胯？"男生讶异，"又手残了？"

"还行吧，就是打野装了几拨。"

两人开始议论今天的比赛，余诺迅速下了决定，拿起蓝莓酱的面包起身，去柜台结账。

和他们擦肩而过时，一句话又飘到耳朵里。

"……Conquer 是真的猛，这人就是离谱。"

余诺拿着面包回寝室时，寝室只有梁西一个人在看剧。

梁西看到她，主动打了个招呼："你回来啦，今天去哪儿耍了？"

余诺："去看比赛了。"

梁西像是想起什么："对了诺诺，我有件事想找你帮个忙。"

"嗯？"

梁西："嘿嘿，我不是交了个男朋友吗？他前两天跟我聊天，说他偶像就是 ORG 的 Fish。欸，我一想这不是你哥吗？你要是方便，能帮我要个签名不？等到时候过生日送给他。"

余诺微忖，答应："好，那你到时候提醒一下我。"

跑了一整天，疲倦得厉害。她走到自己位置上，把手机充上电，坐下来休息了一会儿，打开镜子开始卸妆。

晚饭吃的火锅，头发和衣服都沾上了味道。余诺卸完妆就拿着睡衣去浴室。

洗完澡出来，她拿起手机，几分钟前有个策划小姐姐发消息，提醒晚上八点发广播剧，让她转发一下微博。

这个广播剧是根据最近很红的某部小说改编的，还专门找了几个有名的 Coser 照了几组古风照片。

余诺刚上大学就踏入中抓、古风、Coser 三个圈，不过她平时偶尔玩玩，在圈内只是个普普通通的透明人物，这次就担任了一个后排的女配角。

转发微博后，她陆续收到几十条粉丝留言。

她一边看，一边拿起吹风机吹头发。

呼呼声中，梁西喊她："欸，小诺，我要洗衣服了，要不要顺便帮你也洗了？"

余诺探头，应了一声："好，谢谢啊。"

说完，她突然想起什么，放下吹风机站起来："等等。"

梁西正把衣服一件件丢进洗衣机："怎么啦？"

余诺弯腰，翻了一下，把今天穿的上衣找出来。

"你这件不洗？"

"啊？"余诺拎着手上的衬衫，莫名有些心虚，"我……暂时不洗了。"

余诺刚刚只是下意识地想到这件衣服上还有签名，念头闪过的时候，就把衣服拿了回来。

想到余戈那句话，她思考半晌，还是找了个塑料袋，把衣服装进去，拉开衣柜随便找了个角落塞进去。

过了几天，付以冬又约她去看比赛。余诺忙着改图，在电话里敷衍了几句。

付以冬不停央求，余诺反射性地拒绝："算了，你找别人。"

听她这语气，付以冬立刻明白了六七分，啰里吧唆一大堆："哎呀，你咋回事，还在纠结那个事儿？你别放心上了，你不混电竞圈不知道，Conquer这段时间不说多火，人家好歹有点名气了，上次我和一个朋友去，看到好几个女孩儿专门等他呢。说不定人家早把你这个假粉丝忘了。"

"不是。"余诺三言两语也说不清，叹了一声，"下次吧，最近真的忙。"

和付以冬这通电话打完，她很快就忘了这件事。

某天她想起来，去《掌上英雄联盟》搜了搜赛程。

春季赛已经进行到后半段，按照常规赛排名淘汰了八支队伍，还剩八支。现在已经打过一轮，留下四强，分成两组，下星期开打。

……

终于有个空闲的周末，付以冬喊余诺去本市刚开的IFS逛街。到了才发现，一起来的还有个小姑娘。

付以冬和那小姑娘都妆容精致，一身行头把她们装扮得十分"都市丽人"，走近了，还能闻到香水的味道。

付以冬先看到她："你今天怎么这么素？"

余诺低头看了看自己。标准学生打扮：白衬衫和格子裙，纯白的板鞋，马尾低扎。之前的头发褪色以后，她又染回了黑色，纯素颜，脸上寡淡，就涂了一层防晒霜。

余诺解释："我刚睡醒，没来得及收拾。"

另外那个小姑娘也跟她热情地打招呼："你好，我是冬冬的朋友，叫谷宜。"

余诺笑了笑："你好，余诺。"

今天是周日，吃饭的地方个个都是爆满，门口排了长长的队伍。幸好付以冬提前订了某家日料店。吃饭时，两人一直在讨论TCG，余诺负责烤肉，听她们说，也没往心里去。

吃完饭，买了几杯奶茶，她们就在商圈附近逛街消食。趁那妹子打电话的间隙，付以冬神秘兮兮地凑到她耳边："你猜猜谷宜是谁。"

余诺："啊？"

看付以冬一脸期待，她只好配合："是谁？"

"TCG 打野的女朋友！"

"什么打野？"

"TCG。"

一颗珍珠卡进余诺喉咙里，她捂着嘴，激烈地咳嗽起来。

付以冬拍着她的背，揶揄："我说，你至于这么激动吗？"

余诺摆手："不是，不小心呛到了。"她顺了气，勉强开口，"……你们怎么认识的？"

"TCG 后援会的粉丝群里，人特别少，就我们俩话多，后来微信加了个好友，就这么认识了。"

余诺恭喜她："不错，你直接打入内部了。"

就在这时，谷宜冲着付以冬招手。

付以冬走过去，她们不知说了什么，付以冬脸上一亮，兴奋地比画着。

过了一会儿，付以冬走过来，语气沉痛："诺诺，我得告诉你一件事。"

余诺一顿："怎么了？"

付以冬抓着她的手臂："你先做好心理准备，我再说。"

余诺看着她的样子觉得好笑："我做好了，你说吧。"

"我真说了？"

"说。"

付以冬两眼放光："我们去网吧，如何？"

"……"余诺，"就这？"

付以冬双手合十，期待地看着她："怎么样？"

余诺隐隐有种不好的预感。

"谷宜说，她男朋友在网吧玩，就在附近。"

余诺:"嗯?"

付以冬小心地补上一句:"还有她男朋友的……队友们。"

最后硬生生折腾了一个多小时,付以冬觉得吃完烤肉头发上有味道,非要找个理发店洗个头再去不可。

在网吧前台,谷宜给男朋友发消息,说到了。付以冬从包里拿出一支唇釉:"诺诺,你要不要补个口红?"

余诺摇头:"不用了,你自己补吧。"

她和谷宜在厕所外面等着付以冬。

等了一会儿,余诺的微信收到付以冬的消息——

"诺诺,你要不先跟谷宜进去?我肚子好痛,需要方便一下!"

还没来得及回复,就听到谷宜在旁边小声说:"以冬干吗去了,怎么还不出来?"

余诺摇摇手机,解释:"她说她肚子有点疼,要上个厕所。"

"那我们先进去吧!"谷宜焦急地想见到男友,"等会儿告诉她位置就行。"

余诺犹豫:"没事,要不你先进去,我在这里等等她?"

谷宜把她手臂一拉就往前走:"哎呀,等什么等,进去等!"

今天是假期,网吧里的人很多,哪里都没空位。TCG 的人都在一个包厢里,谷宜先推开门进去,余诺在门口踟蹰了一步。

她还是觉得有点尴尬,也不怎么想和 TCG 这群人见面。本来打算等付以冬出来,跟对方打个招呼,就自己找个人少的地方上网。

但是刚刚只剩下她和谷宜,余诺其实不怎么好意思跟不太熟悉的人提要求,怕扫了别人的兴,也怕有点唐突。

这会儿她也不得不硬着头皮进去了。

房间里有两排座位,一排坐满了,另一排只坐了一个人。谷宜放下东西就直奔 Van 的旁边:"亲爱的,我来啦!"

Van 匆匆抬头看了她一眼:"宝贝等会儿,我打完了跟你说。"

其他几个人认识谷宜,随口打了个招呼,继续专注游戏,也没人注意到多出来的余诺。

包厢里一时间只有鼠标和键盘噼里啪啦的声音，夹杂着混乱的几句："最后一拨泉水团了，冲冲冲！！！"

"我不在，先别打先别打。"

"保 AD，我切后排，对面没大。"

"……别尿啊，往前平推，我伤害无敌的。"

"儿子们，都躺好没？等着看爹天秀！"

局外人余诺默默地站了一会儿。

靠窗的位子被谷宜的包占了，余诺只能往旁边挪，挨着不知 TCG 的哪一位队员。

准备把椅子拉开坐下的时候，她却突然犯了难。

余诺很少来网吧，导致她现在都不知道网吧的电脑该怎么开。

她站起来，到电脑背后找了找，没找到电源开关。

她又弯下腰，在主机附近摸索，一番折腾，身上都热出了汗，结果还是没摸到。

幸好包厢里的人都在全神贯注地玩游戏，没人注意到她这边的动静。余诺有点尴尬，坐下，正准备拿起手机，忽然注意到左手边的按钮。

她尝试着按了一下，电脑还是毫无反应。

余诺又持续按了几秒，然后一惊，硬生生止住所有动作。

尴尬的一幕出现了。

余诺目瞪口呆。

——她把旁边那位大哥的电脑按关机了。

她脑中轰地一响，整个人僵住。

沉默一下，余诺看着那人黑掉的屏幕，先是一脸茫然，紧接着，从耳根到脸，慢慢转红。

大哥戴着鸭舌帽，看不清表情，手还握着鼠标，保持着看电脑的姿势，似乎也是一下子没反应过来。

像是过了一个世纪那么漫长，他终于动了，扭过头，视线从电脑移到她身上。

网吧的灯光有些暗，给那人的五官蒙上一层静静的、暖黄的光晕。

在余诺看清他脸的那一刻，窒息感瞬间从胸口涌到喉咙。脑子一片空白。

本来想解释两句，可实在是，一句话都说不出来了。

陈逾征面无表情，盯着她，缓缓地问："你有什么事儿？"

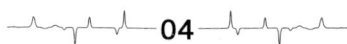

04

与此同时，包厢里其他几个人纷纷爆发出惊天动地的骂声。

Killer没空往这边看，嘴里不住地说着："陈逾征你搞什么玩意儿，怎么暴毙了？"

余诺心里咯噔一下。

怎么是他？

怎么又是他？

怎么总是他……

她完全蒙了。

陈逾征平静地瞟了眼她仍放在按钮上的手。

余诺触电似的，把手缩回来。

陈逾征："……"

余诺脸热得估计可以直接煎蛋，窘得简直不知道怎么办才好，小声吞吞吐吐地道："对不起，对不起，我不是故意的，我不知道电脑的开机键在哪儿。"

真的越说越尴尬。

只恨不得现在地上有个缝儿能让人钻进去。

TCG几个人拉扯半天，最终以团灭告终。结束后，Killer把耳机摘下来往桌上一摔："你——"

余诺被这一嗓子惊住了，扭头看过去。

Killer 正准备开喷的嘴一秃噜："你、你这……什么情况？电脑为什么黑了？"

陈逾征一边开机，一边说："刚刚掉线了。"

谷宜也发现了这边的动静，侧头询问："啊？网吧怎么会掉线？"

余诺赧然，解释："是我……我不小心把他的电脑关了……"

"关了？"谷宜一脸蒙，"你关他电脑干什么？"

余诺："……"

她好想走人。

电脑机械的荧光洒在陈逾征的脸上，他一只手在键盘上飞速地敲，输入账号密码。

其他几个打完游戏的 TCG 队员偷偷看热闹。

余诺脸红红的，抿了抿唇，尴尬地把刚刚的事情说了一遍。

包厢一片寂静。大家克制了一会儿，不知道是谁先扑哧一声，然后其他人再也忍不住，纷纷喷笑出声。

Killer 跟着笑了一会儿，忽然发觉眼前这个呆萌的妹子有点眼熟："我之前是在哪里见过你？"

余诺头皮一紧。

辅助奥特曼糗他："怎么见到个美女就来劲？"

Killer 伸手打他："我真的觉得眼熟。"

"是是是，就非说眼熟呗？"

两人闹起来就忘了余诺这茬儿。她坐也不是，站也不是。冷不丁地，有声音传来："你电脑右边。"

余诺愣住，不确定对方是不是在跟她说话。

陈逾征眼睛扫她，短短几秒，又收回。

余诺一愣，后知后觉地反应过来，小声地道了个谢。

余诺稍微平静了点儿，听到奥特曼喊："陈逾征，上号。"

不知是谁说了句："他刚刚挂机，现在没法玩了啊。"

余诺心虚地摸过耳机戴上，尽量减弱自己的存在感。

她想了一会儿，打开百度的界面搜索：《英雄联盟》掉线了有什么惩罚？"

　　网页转了一下，余诺把网页缩小，挪到角落，然后才担忧地查看答案："下一局等二十分钟。"

　　余诺如坐针毡。几分钟后，她悄悄去看旁边人的动静。

　　电脑还是挂着游戏的界面，他靠在座椅上，脖子上挂着耳机，眼皮微耷，手臂抱胸，不知道是在发呆还是在想事情，反正无事可做，一副百无聊赖的样子。

　　余诺的愧疚感瞬间翻倍。

　　她还在偷窥，他斜侧着眼看过来。

　　余诺呼吸一窒。

　　他问："干什么？"

　　她慌张地啊了一声。

　　陈逾征微偏着头，懒懒地道："你盯着我看半天了。"

　　余诺整个人僵住。不用想，此刻她的表情一定超级心虚。她徒劳地指了指他的电脑："那个，我是不是害你打不成游戏了？"

　　"是啊。"他轻描淡写。

　　"……"

　　非常生硬的一个开场，于是余诺只能继续没话找话："你们不是还有比赛吗？怎么有时间来网吧？"

　　陈逾征不知想到了什么，慢悠悠地问："你知道我是谁？"

　　"啊？"

　　余诺表情微微一滞，觉出味来了，心想他是不是在提之前她认错人的事。

　　她干笑两声："你是Conquer，我认识的。"

　　余诺长相非常乖，所以充满了欺骗性。她一认真，就显得特别真诚："你好厉害，我朋友她们都很喜欢你。"

　　陈逾征漫不经心地扯了一下嘴角，既没接话，也没什么其他的表示。

好像有点冷淡……

余诺不知是不是自己说得有点刻意，又想起那天的场景，多少有些心虚。她讪讪的，识相地不再找话。

半个小时后，付以冬拎着几杯喜茶过来。她性格外向，聊了一会儿，很快就和一群人闹开。

刚好陈逾征的号一时半会儿没法打排位，付以冬就开了 LOL，蹭着职业选手的车队上分。

余诺无事可做，打开备忘录，开始用 Word 文档写菜谱。不知过了多久，肩膀忽然被人一拍。

是付以冬。

余诺把耳机摘下来。

付以冬支在她的椅子上："余诺，你这人还能再无聊点吗，来网吧工作？"

"没，我给我哥弄的营养餐。"

付以冬哦了一声。

余诺大脑还有点放空，看着从包厢出去的几个人，茫然地问："要走了？"

"走啊，去吃消夜。"

余诺收拾桌上的东西，下机后道："跟 TCG 那群人？"

付以冬理所当然地反问："不然呢？"

余诺看了看时间，有点犹豫。她想了一番，还是说："冬冬，不然你自己去吧？我明天早上还有个兼职，这会儿学校门禁时间马上过了，我得回去了。"

付以冬啧了一声："兼职什么，你哥没给你生活费？"

余诺摇头："给的，不过我这不是马上就要毕业了吗？想自己攒点钱。"

她是在单亲家庭长大的，她和哥哥都被判给了爸爸余将。离婚后，妈妈出国，余将在当地开了个厂，后来厂子发展得不错，也越来越忙，根本没时间管他们。余戈只比余诺大两岁，因为家里没人，都是余戈在照顾她。

余诺上初中的时候，余将又给他们找了个后妈回来，没两年就生了小孩儿，家里的气氛越来越奇怪。

余戈高考完就和余将彻底闹翻，带着刚上高中的余诺搬了出去。幸运的是，他后来被人挖去打职业比赛，成名之后赚了不少钱，这些年一直养着余诺，供她读书。

但余诺不想成为谁的拖累，毕业以后也不打算继续让人供着。

付以冬知道她家里的情况，点了点头，也没多问别的，皱了皱鼻子："行吧，你不想去，那我也不去了。我陪你回学校吧，这也挺晚了。"

"不用了。"余诺好笑，"我要你送干吗？"

付以冬嚷嚷："让你一个人回去，我怎么好意思？"

余诺推着她往前走："跟我还客气什么？你去吧，好不容易能跟你偶像吃顿饭。"

初夏的夜晚还是有些凉意，外面不知道从什么时候下起了雨，余诺被风吹得瑟缩一下。

大家都没带伞，只能在屋檐下等着雨势变小。

谷宜翻着美团，看附近吃夜宵的地方，其他几个人则站在路边抽着烟等车。

付以冬问："要毕业了，你想好以后干什么了没？"

余诺沉默，摇了摇头："暂时没想好。"

"你RD（注册营养师）考完了？"

"考完了。"

付以冬说："那你直接去你哥的基地工作啊，走个后门多方便。"

余诺苦笑："……这样不太好吧？我怕影响他。"

付以冬了然："说得也对，像ORG这种豪门战队，什么心理辅导、健身教练，还有像你这种营养师，都是辅助国家运动员那个级别的，你去了也是添乱。"

"你才添乱。"余诺瞪她,"我是专业的好不好!"

"行行,你改天把简历发我,我帮你留意一下,有适合的就帮你介绍。"

余诺笑眼弯弯:"好啊。"

Van 去旁边的便利店买了三把大伞,递给谷宜一把:"喏,你们女生的。"

前面有几辆空车开来。Killer 站在路边拦车,伸手示意她们过去。

付以冬这才后知后觉:"啊,我们只有一把?"

谷宜撑开:"应该没事,这伞挺大的,我们三个凑合一下,你看你俩瘦的。"

Van 说:"我去跟 Conquer 撑一把。"

"不是。"付以冬解释,"诺诺她现在得回学校,没法跟我们一起。"

余诺摆手:"没关系,你们撑,我等会儿去便利店再买一把。"

付以冬犹豫:"真的不用了?"

"真的不用。"

付以冬四处看了看,发现便利店就在不远处,她点点头:"那好吧,你到学校给我发个消息。"

余诺嗯嗯两声,比了个"OK"的手势。

余诺站在原地,看着付以冬上车,忽然想到什么似的,摸了摸口袋。

她一抬头,顿住。

完了,她今天出门没带包,学生卡放在付以冬那里。

"冬冬,等一下!"

余诺喊了两声,可付以冬已经上了车。

停在马路边的车发出嘀嘀两声,车前灯形成的黄色光柱穿过雨雾,闪了闪。她一急,看了眼便利店的位置,也顾不上买伞了,直接冲进大雨里。

跑了没两步,身上的衬衫瞬间被淋得湿透。

幸好车还没开走。

付以冬听到动静，看向窗外，瞪大眼睛，立马打开车门："诺诺，怎么啦？"

余诺一只手举在额头前挡着雨，微微弯腰，喘着气对她说："我学生卡在你包里，你找一下。"

"啊，我都忘记了，等会儿。"付以冬一边翻包，一边焦急地道，"这么大雨，你先上来，别淋感冒了。"

余诺摇头："不要紧，反正都湿了。"

"先上来，没事的。"

余诺怕把别人车弄脏，等在外面没动。

付以冬的包里乱成一团："师傅，能开一下后座的灯吗？我找东西。"

师傅从后视镜看了她们一眼，抬手把灯打开。

余诺等在旁边，雨水从头顶往下流，流到眼角，眼睛有点发酸。她眨了眨眼，忽地，感觉头上的雨小了点。

她偏头一看，陈逾征和一个男生撑着把伞，刚好停在旁边。

伞沿的水珠滚落，砸到地上。

余诺发了一下愣，意识到自己挡住了车门，很自觉地靠到旁边，准备给他们让路。

Van 笑了笑，绕到另一侧上车。

陈逾征用食指和中指从嘴里取下烟，目光低垂，轻飘飘地掠过她。

他戴着黑色的棒球帽，额前的碎发拢上去，露出一张英俊张扬的面孔。

余诺和他身高差一大截，仰面和他对视几秒，下意识地退开半步。

就在这时，陈逾征忽然抬了抬眉梢。他的视线很直接，一点都不收敛。

她低头，看了看自己，一脸惊愕，立马抬手挡住胸前。

付以冬刚好找到卡，把东西递出去的时候，也发现了余诺的窘境。

——春夏的白衬衫很单薄，雨一淋就半透。她胳膊横挡着，还是很明显地看到胸前洇湿了一片。曲线一览无余。

室外温度很低，余诺两排睫毛微微颤动，打了个冷战。她垂下眼，不自在地缩了缩，两条腿不自然地并拢。

Van 在车里笑话道："Conquer，你倒是把伞给人妹子啊。"

余诺急急摆手，知道自己现下模样狼狈，无奈地笑笑："不用不用，反正都湿了，我等会儿自己去买就行了。"

付以冬倾身，准备下车："欸欸，你别走，我去另一辆车给你借件外套。"

司机不耐烦地催："你们快一点，我还有一单呢，等会儿给我误了时间。"

余诺连着说了两句对不起，从付以冬手里拿过卡："别借了，免得把别人衣服也弄湿了，我走了。"

Van 眼尖，冲着立在那儿无动于衷的人又喊了一句："你还不把衣服给人家小姑娘，有没有素质啊？"

水珠连成了雨幕。

陈逾征单手撑着伞，看了 Van 一眼。余诺刚想拒绝，他随手把拎着的外套丢过去。

余诺下意识地接住。

晃神片刻，她轻声说："谢谢你。"

陈逾征把烟咬回嘴里，敷衍地嗯了一声。

余诺和车里的人道别，完了感激地冲着陈逾征笑了一下。

司机又开始催。

陈逾征最后一个上车，他拉开车门，坐进副驾驶，靠在椅背上，扭头看向窗外。

女生站在两步开外的公交站雨棚下，浑身湿答答的，裙角还在滴水。她低着头，认真地把外套卷成一团。

一辆出租车打着远光灯驶来。

她打了个冷战，左右看看，把卷好的外套仔细地护在怀中，躬身重新冲进大雨里。

上午11:04 @
5.00K/s
く 转到支付宝账户
转账记录

晏吃饭的鱼

转账金额

¥5000

对方已将你添加至黑名单，你不
能向对方转账。

确定

/第二章/

♡

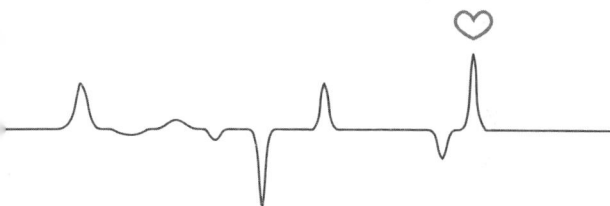

我会赢下所有人 ————

05

连着两天，这场雨都没停。余诺被前一天的雨淋成重感冒，在宿舍躺了三天。

到第四天，她实在撑不住了，晕头晕脑地从床上爬起来，准备去医院打点滴。

余将打电话来的时候，她正在校门口等车。

看了眼来电显示，余诺打起精神，把电话接通，喊了一声："爸爸。"

"余戈为什么不接电话？"

她脑子发蒙，静了片刻："哥他最近训练有点忙，应该是没看见，要不我……"

余将不耐烦地打断她："行了，每次都是这个理由，随他。"

"……"

一阵风吹来，凉意呛进嗓子，余诺咳起来。

"你怎么了？"

她轻轻地道："有点发烧。"

许是她声音太小，对面没听见，又或许是听见了，也不在意："过两天是你弟弟生日，你阿姨让你回家吃饭，别忘了。"

余将吩咐完，也不等她反应，直截了当把电话挂断。

沉默。余诺盯着某处出神，直到马路对面的绿灯亮起，她才把手机收到包里。

今天是工作日，附近小医院的人不多。医生给她开了点退烧药，又挂了水。

余诺翻了翻日历，发现后天就是半决赛。

TCG和ORG分别是常规赛第一和第二，要和另外两支队伍在周末打半决赛，赢了就直接晋级决赛。

余诺本来准备打个电话给余戈，想了想又作罢。

这个时间点，他十有八九还在睡觉。

打完点滴，余诺感觉整个人好了不少。她想着明天没课，就摸去附近的菜市场逛了逛，轻车熟路地买了一只乌鸡和一些蔬菜、配料。

前两年余戈在本地买了个公寓，他平时大部分时间待在基地，定期有保洁阿姨过去打扫，余诺放假了会回去住。平时在校外兼职，她就自己在家里做饭。

买好菜，余诺回公寓，准备给余戈煲个汤。

她算好时间，给余戈发了条微信消息，掐着他平时的饭点过去。ORG基地的保安认识余诺，让她登记一下。

余诺一边写，一边问："最近是不允许别人进来吗？"

保安解释："这不是到季后赛了吗？每年这个时间段都有粉丝跑到附近，怕出什么意外。"

余诺了然，点点头。

ORG俱乐部老板本身就有钱，创立的时间早，赞助商又多，所以基地很豪华，位于闹市的别墅区，是独栋小楼，之前甚至有热播的电竞剧去实地取过景。

前台小姐姐一看见余诺拎着两个保温桶就笑："小诺，又来给你哥送温暖啊？"

余诺也笑，点头。她手往里指了指："我哥他们现在醒了吧？"

"醒了，你直接进去吧。"

基地有专门吃饭的小食堂。

ORG的打野选手阿文一边吃饭一边拿手机看直播，抬眼瞄到进来的人，招呼了一句："哟，这谁来了呀？"

余诺看着跟她打招呼的黄毛，脑子短路了几秒，辨认了一会儿才说："文哥？"

阿文嘴巴咧到耳朵根，逗她："怎么，染个头发就认不出来了？还是不是我干妹妹？"

余戈刚睡醒，穿着拖鞋路过，手里拿着一瓶矿泉水，语气不善："谁是你妹妹？少攀点儿关系。"

余戈比余诺大两岁，两人一起长大，性格却天差地别。余戈从小个性鲜明，一身反骨，而余诺却是个十分没脾气的人。

明明余诺是妹妹，可在她的记忆中，总是她乖乖地跟在余戈后面跑，喊着："哥哥，这样不好。""哥哥，你要乖，不然阿姨和爸爸会生气的。"

好在余戈虽然脾气冲动，极其容易不耐烦，但对待她这个有些木讷的妹妹，大体上还算是友好。

余诺把保温桶随手放在桌上，跑去拿汤勺和碗，给每个人都盛了一碗。吃饭的时候大家都在一起，几个人有一搭没一搭地聊着天。

阿文突然低呼一声。

旁边的人随口问："瞎叫唤什么？"

阿文满脸震惊："Fish，你的粉丝也太夸张了。"

余戈瞥他一眼。

辅助小 C 去抢他手机。

看了一会儿，小 C 整张脸都皱起来，不可思议道："Fish，你的粉丝也太离谱了。"

余戈皱起眉头："怎么了？"

阿文："你粉丝把 Conquer 给举报了知道吗？"

余诺听到这个名字一顿，一口汤卡在嗓子眼，不上不下，哽住了。

有人奇怪道："怎么了？"

她垂下头，默默咀嚼着嘴里的饭菜，竖着耳朵听。

"上个星期 TCG 几个人五排，站鱼有几个游戏主播在观战，Conquer

有一把挂机，就被举报了。"

余诺惊诧，动作一滞。

余戈头也不抬："你怎么知道是我的粉丝？"

"官方都挂出裁决公告了，全是你的粉丝在庆祝，你说说，多损哪。"

余戈："……"

小 C 顺口八卦："TCG 队里那几个都是新人吧？听说连个赞助商都没有。常规赛打完才开始招正式的教练和分析师，之前都是找人临时替上去的，也不知道现在怎么样了。"

其他几人纷纷唏嘘，阿文啧了一声："身价嘛，有本事的打打就出来了，其实 TCG 这几个人都挺有潜力的，尤其是他们的 AD。"

Will 看了眼旁边一直默不作声的余戈，开玩笑道："你看他心高气傲的，连我们鱼神他都敢公然嘲，这能忍？"

他们聊完，又开始说别的事。余诺心不在焉，心里隐隐约约有个不好的猜测。她吃不下饭了，坐到旁边，偷偷拿手机去微博搜这件事情。

刚打了一个名字，跳出来的第一条就是《英雄联盟》职业联赛处罚公告——

关于陈逾征游戏中不当行为的处罚决定

选手 ID：TCG.Conquer（陈逾征）

日期：2021 年 4 月 19 日

事件：由粉丝实名举报，TCG.Conquer 在游戏排位赛中出现挂机行为。

《英雄联盟》职业联赛惩罚细则：

职业选手不得做出不良行为（无论赛内赛外），例如挂机、辱骂他人、消极游戏等。无论是否有意为之，尝试违反或者侵犯规则也将受处罚。

裁决：根据惩罚细则，TCG.Conquer 被罚款人民币 5,000 元。

4 月 19 日……

余诺赶紧翻开日历查了查。

正好是她去网吧那天……

然后……

她把陈逾征的电脑关了。

从 ORG 基地出来，余诺给付以冬打电话。

那边"喂"了一声，余诺忙问："冬冬，你知道陈逾征被罚款的事情吗？"

付以冬静了两秒："我知道啊，怎么啦？"

余诺隔了一会儿才说："就是，那次是我不小心把他电脑关了……"她大概讲了一下那天晚上发生的事情。

付以冬在电话那头笑了好一会儿，才清了清嗓子："原来是你啊。你不是故意的吧，报复人家？"

余诺现在没心思跟她开玩笑："他还是被我哥的粉丝举报的，怎么办？"

"被禁赛没啊？"付以冬突然严肃起来，"TCG 马上要打半决赛了，要是被禁赛就麻烦了。"

余诺一惊，又去仔细看了一遍公告："好像没有。"

付以冬松了口气："还好没有，那没多大事儿啊。"

余诺发愁地说："但是他被罚了五千。"

"那也是没有办法的事情。"付以冬安慰她，"行了，你别操心了。"

"不然这样。"余诺想了个办法，"你帮我去跟谷宜要一下陈逾征的电话，我用支付宝直接转他五千，你觉得怎么样？"

付以冬："……"

余诺认真地继续说："然后还要麻烦你帮我还一下衣服，我这两天生病，把这事都忘了。"

付以冬好笑："就几千块钱，他应该也不差这点吧，你现在一个学生党，赔他钱干什么？衣服你自己还他吧，我这两天跟着老板在北京出差，估计下个月才能回去。"

"不是。"余诺解释，"我刚刚听我哥他们说，刚打职业的选手都没什么钱的，而且 TCG 不也是新队伍吗？粉丝什么的也不多，所以……"

付以冬被念叨得头大，赶忙打断她："好好好，我知道了，我晚上回去帮你要，一定帮你要。"

余诺回到学校寝室，只有梁西在，正和别人连麦打游戏。

她走过去，发现梁西又在玩《英雄联盟》。

梁西此人也很宅，是一个重度网瘾少女，平时课余也很少出去玩，就在寝室玩 LOL，和现在的男朋友也相识于游戏。

余诺去洗了澡出来，梁西已经挂断语音，正在吃麦当劳。

看见余诺出来，她笑眯眯地问："你今天怎么这么晚？"

余诺坐在她对面擦头发："我去找我哥了。"

梁西一听就两眼放光，叹道："唉，真羡慕你。"

余诺转移话题："其他两个人呢，怎么不在？"

"她们不是实习吗？应该都在加班吧。"梁西好奇，"对了，你工作找好了吗？"

余诺摇摇头："没确定，你呢？"

"我啊，差不多了吧。"梁西嚼着东西，抓起旁边的可乐喝了一口，含糊地说，"我认识的一个朋友介绍我去 LPL 一个新战队当营养师，那个队现在刚好在招人。我前几天去面试了，那边觉得我还不错，差不多算是敲定了。"

余诺点点头："那还不错，刚好你感兴趣，也挺适合这一行的。"

梁西又问："你哥不是职业选手吗？那你可以去他们战队啊。"

"他们现在不缺人，我过去也是打杂。不想给他添麻烦。"

"那别的战队呢？"

余诺考虑了一下："有合适的可以去试试。"

两人闲扯几句，梁西吃完东西，继续戴耳机打游戏。余诺把头发擦得半干，心神不宁地拿起手机。

她又想起陈逾征被举报的事情。

公告挂出来以后，没有在微博上引起大范围的讨论。可能都是新人，没什么存在感，TCG那几个人连微博都还没注册。

余诺有点失望。

她在外面奔波了一天，此刻疲惫上涌，又打起精神写了一会儿论文的中期报告，实在撑不住，去厕所刷了牙，爬上床。

迷迷糊糊中，微信消息突然一响。

余诺眯着眼睛，把手机抓起来。

付以冬发来一串电话号码。

是陈逾征的。

余诺一下子就清醒了。她坐起来一点，查了一下自己银行卡里的余额。

奖学金和平时课余打工赚的钱，乱七八糟加起来有个小几万。

这一下就要祸祸出去五千……

她盯着那串号码，看了有半分钟。

做了半天心理斗争，余诺终于下定决心，去支付宝上搜这个手机号。

缓冲一会儿，跳出来一个默认头像的用户。

支付宝交易之前有个验证，需要输入对方的姓。她输入"陈"之后，界面显示验证成功。

忍着肉痛在框框里慢慢地摁下"5000"，余诺感觉心都在滴血。

磨蹭几分钟，钱还是转了过去。

"叮"的一声，银行卡也发来交易提醒。

余诺不忍再看，舒了口气，重新躺回床上，终于感觉压在心上的石块卸下了。

与此同时，ORG基地，陈逾征莫名其妙地收到陌生人转账的五千。

他蹙眉，喊旁边的Van："范齐。"

"啊？"

陈逾征把手机丢过去："这人谁？"

Van看到这笔转账，顿时乐了，联想到晚上女朋友找他问陈逾征手机号的事情，这会儿大概也猜到是余诺。

他把手机还给陈逾征，故意装出一副诧异的样子："我怎么知道？不会是你哪个私生粉吧？看这名字，像是个妹子。"

Van是个大嘴巴，没过多久，全基地的人都知道有陌生人给陈逾征转了一笔巨款。

奥特曼长长地叹了一声，沉痛不已："现在陈逾征是有富婆'包养'的人了，我的青春结束了。"

陈逾征没搭腔，又看了两眼，正准备把钱给这人转回去，界面突然弹出一个提示——

"对方已将你添加至黑名单，你不能向对方转账。"

陈逾征："……"

断断续续下了一周的雨，到了半决赛第二天才终于放晴。

昨天ORG和YLD打完，ORG胜出。今天TCG（常规赛第一名）对阵WR。因为时间比较赶，今天比完赛，胜出的队伍和ORG需要拍决赛宣传片和定妆照。

比赛下午五点开始，ORG一行人到得早，余诺正好没事，也跟着来了。

她打算今天找个机会把衣服还给陈逾征。

余诺和余戈打了个招呼，就在体育馆后方停车场等着。她眼睛近视，看不清，在附近转悠了一圈。眼看着要到候场时间，本来都打算放弃了，结果她一回头，正好看到那辆贴着金色队标的白色大巴车。

TCG几个队员就在附近，他们凑在一起，有说有笑地低声聊着。

幸好周围没有粉丝接车。

余诺找了一下，没在人群中发现陈逾征。她观察了一圈，挑了个稍微眼熟的人，冲着他的方向走过去。

Killer 说着话，听到有人喊他。他微微扭过头，一眼就认出了余诺："咦，你不是……"

余诺主动打招呼："你好，我是上次跟你们一起去网吧的，还记得吗？"

Killer 笑："怎么会不记得？你怎么来了，专门来给我们加油啊？"

余诺不好意思，把手里拎的袋子提起来给他看："那个，我是来还东西的，能拜托你帮个忙吗？帮我把这个东西交给 Conquer，这是他上次借我的衣服。"

余诺眼睛大，眼形又是那种微微有些下垂的无辜眼，两腮嘟嘟，背着学生气的双肩包，白净瘦小，一副好脾气的温柔长相，看着就让人有种想欺负的欲望。

Killer 眼神暧昧："你说陈逾征？"

余诺嗯了一声。

Killer 的语气像在逗她一样："他还借你衣服穿啊？平时在基地，一口水都不带给我喝的。"

余诺知道他误会了，刚试图解释一下，就被打断。

Killer 笑："你就自己还呗，他就在旁边呢。"

余诺迟疑了一阵。

怕耽误他们时间，她原地踌躇一会儿，还是鼓起勇气，朝 Killer 指的地方小跑过去。

陈逾征正蹲在花坛边上，嘴里还咬着燃了一半的烟。

听见脚步声，视线将来人扫了一遍，扫到她脸上时，他稍微停顿了两秒。

余诺停在他面前，跑了一会儿，脸还有点充血。

她把气喘匀了，试探着开口："哎，那个……Con、Conquer……"

他掐了剩下的半截烟，终于拿正眼瞧她："我叫陈逾征。"

"哦……陈逾征。"

四目相对，余诺有点慌张，嘴巴抿起，像是在憋着什么话，又不敢说。

陈逾征蹲那儿没动也不吭声，从下往上地看她。

看着她愁容满面，带着掩饰不住的惶恐，就差没把"害怕"两个字写脸上去。

不远处的其他几个TCG队员，欲盖弥彰地聊天，实则有意无意地瞟向这边偷偷看热闹。

午后阳光热烈，陈逾征眯起眼睛，闲闲的："我很吓人？"

"不是，不是。"余诺立马否认。

她只是觉得很不好意思。

余诺小心翼翼地弯腰，把东西放到离他不远的地上："我、我是来把衣服还你的。"

陈逾征眼皮子动了动，半奄不奄的，看到脚边的袋子。

他还没说话，再一抬头，那个小女生早就跑得无影无踪。

远处有人喊他。陈逾征站起身，把衣服从袋子里拿出来。

随即，有东西掉落。

他动作一顿，弯腰，从地上把东西捡起来。

是一张卡片。

长这么大，陈逾征第一次见这么抽象的玩意儿。

图案是卡通的，粉蓝色，还有一头天真的小象顶着白雏菊。

刚一走近，Killer就阴阳怪气啧啧两声："看不出来啊，Conquer。"

陈逾征没搭腔，径直绕过他们，上车准备放东西。

Van眼尖，指着袋子里的粉蓝卡片，兴冲冲地问："这啥玩意儿啊？"

陈逾征懒得解释。

Killer手疾眼快，极其没素质地把东西拿出来："让我瞅瞅。"

他兴奋地看了两秒，就开始止不住地笑。

其他几个人也好奇，跟着凑上去看完，讨论两秒，心满意足地把东西还给陈逾征。

他低头，随意地把卡片翻了个面。

刚刚没注意到，背后还有一行黑色字迹，一笔一画，认真地写着——

衣服我洗干净了。真的很抱歉，之前给你添麻烦了。
比赛加油。

后台休息室。

比赛还没开始，主持人正在热场，已经能听到前场粉丝的欢呼。

Killer 瘫在椅子上感叹："行了，今天打 WR 稳了。"

TCG 战队经理刚好过来，听到 Killer 这句话，不理解情况，问："等会儿要打的是 WR，你这么有信心？"

"我是没有，但是 Conquer 有啊，今天就指望着他'carry'①了。"陈逾征躺在椅子上闭目养神。

奥特曼："怎么？"

"你刚没看到？"Killer 一字一句，复述，"人家妹子让他今天比、赛、加、油。"

陈逾征冷着面孔，略略睁开眼，瞥他："神经病。"

Van 接了一句："答应我好吗，Conquer？咱今天就把 WR 干了。"

他关切地拍了拍陈逾征的肩膀，咬牙切齿："不赢你还是男人？"

"行了。"陈逾征将身体倚到另一边，甩开他的手，满脸嘲讽，"一群柠檬精，别酸了。"

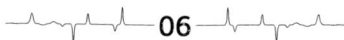

———〜〜〜— 06 —〜〜〜———

ORG 的人被工作人员喊去提前录制赛前采访，余诺跟着一个助理姐姐去前面观众台。

———————————

① 游戏术语。Carry 指能带动整体节奏的位置，也就是 C 位、核心位。此处意为 Carry 全场，带起全场的节奏。

现场基本被 WR 粉丝的横幅和应援牌占满，变成灯光秀的海洋。

比赛还没开始，两架摇臂全场转动，摄像机一对准评论席，周围几个女孩儿嗡嗡两声，顷刻爆发出尖叫声浪。

全场轰动，气氛瞬间躁动起来："——啊啊啊！"

解说的声音几乎被淹没。

余诺感觉耳膜都要被震破了。她完全不知道发生了什么，疑惑地询问旁边的助理姐姐："她们为什么都这么激动？"

"啊……"助理姐姐问，"你知道 WR.Wan 这个 ID 吗？"

余诺："有点印象。"

小姐姐说道："他之前是 WR 最出名的选手，人气在 LPL 属于断层的那种，退役之后也没人能比，今天主办方把他请来当嘉宾了，现场的人估计大半是冲着他来的。"

余诺点点头。

怪不得这么热闹。

等大部分的观众终于平静情绪，解说才笑着介绍自己："大家好，我是今天的评论席解说嘉卫。"

"大家好，我是今天的解说茶茶。"

两人介绍完，轮到最后一位。他还没开口，现场又开始沸腾。

嘉卫调侃："接下来这位嘉宾也不需要自我介绍了吧。"

底下观众齐齐喊："要——！"

导播识趣地开始转镜头。

万众瞩目中，评论席上的男人扶了一下耳麦，声音低低的："大家好，我是周荡。"

只是简单的一句话，却让整个体育馆都奇异地安静下来。

小姐姐呢喃："我天……我鸡皮疙瘩都起来了。"

安静数秒，便是震耳欲聋的声浪。

他只说了一句话，却让全场几近失控。

这个曾经站在世界之巅的男人，给 LPL 这个赛区带来无数荣耀。

就算退役，他只要出现，依旧那么光芒万丈，像信仰一样让人疯狂。

今天这场比赛是BO5，五局三胜。因为周荡的到来，在开始之前，气氛就已经被推到了顶峰。

第一场，TCG和WR都选了常规阵容，B/P（禁用/挑选英雄）阶段结束，屏幕切出此次选手名单——

TCG 队伍：

上路：Thomas；中单：Killer；打野：Van；AD：Conquer；辅助：Ultraman

WR 队伍：

上路：Jiang；中单：Moon；打野：Dadi；AD：Zhixiang；辅助：Dl

按照惯例，来到粉丝加油环节，现场给 WR 的冲天加油声、掌声迫不及待地响起。

三声，一声比一声高。

接着，轮到TCG。

像是突然被按下了暂停键。全场鸦雀无声几秒，就像来到了外太空。

解说显然也发现了尴尬的局面，打了个圆场："大家其实可以给我们这支新队伍一点鼓励，他们可以算是今年的超级黑马，一路走到今天也非常不容易。"

说完之后，下面终于有了几声可以忽略不计的呼喊。

余诺身在其中，明明是跟她没有关系的事情，却不知为何一时失神，想到付以冬之前跟她说过的话——

"因为战队刚起步，TCG还没有配做饭的阿姨，他们只能点外卖。五个人连替补都没有，天天打训练赛到深夜。来得及就去吃两口，来不及就干脆不吃。有时候等打完了来吃饭，外卖早凉了。每一个人为了能赢，都特别拼命。"

余诺心里有些不是滋味。

一股莫名的冲动涌上来。

周围太安静，她忍着羞涩，嘴唇动了动，开口跟着喊了几声"TCG加油"。

声音不大，旁边的人却听得清楚。助理姐姐诧异地侧头："诺诺，你喜欢他们啊？"

"我……"余诺不知道怎么说，表情纠结，"他们之前的比赛，挺好看的。"

小姐姐失笑。

大屏幕终于切到游戏画面，比赛正式开始。

不知道是现场的呼声一边倒，影响了队员的心态，还是周荡来了现场，给WR队员莫大的鼓舞。

第一场，WR几乎以碾压性的优势赢下TCG。

接着第二场，WR势头不减，TCG明显打得很吃力，整支队伍的状态都有些低迷。

此时，现场无人替TCG加油的事情也上了微博热搜。不明情况的吃瓜路人都在心疼这支名不见经传的小队伍——

"不懂就问，这是WR的主场吗？这个对比也太离谱了。"

"啊，这、这也太惨了吧，我还以为是现场没收音，原来真的一个替他们加油的都没有……简直是图书馆本馆了。"

"呜呜呜，我要开始怜惜糊队了，糊队没人权……"

"说真的，都是LPL的队伍，又不是外战，也没必要这么区别对待吧……就算不是主队，就不能尊重别人一下？鼓个掌也行啊……"

场上解说均皓道："可能新人没有打BO5的经验，感觉他们整体都比较紧张，还没放开。"

第二局，中、上两条线，WR和TCG呈均势，双方对着平稳发育。比赛进行到六七分钟，ORG打野在对方野区遭重。

随着导播镜头一切，下路也已经拼起来。Conquer带着辅助压到对面塔下，和对方下路双人组交战，硬换了一拨血。

均皓惊呼："哇，TCG 这下路打得好凶啊。"

女解说小梨接话："TCG 一直都以下路为节奏核心，我看了他们之前的比赛，Conquer 这名选手似乎是喜欢用这种强势的英雄，在线上打出优势。不过我记得，WR 和 TCG 这两支队伍是风格比较相似的队伍，都是主打下野。"

话音刚落，屏幕上显示——

TCG Conquer 击杀了 WR Zhixiang

小梨叫了一声："Conquer 是单杀了吗？"

均皓突然拔高声音："哎哎，WR 的 TP^①信号亮起来了，这拨是想硬留人吗？打野和中单已经赶来了，Conquer 手里还捏着闪现，还不用吗？！这拨 WR 三个人都在往下路赶，TCG 下路要是遭重会很伤啊！"

WR 中下野集结得很快，眼看就要形成反包围。谁知 Conquer 灵活走位躲掉 WR 众人技能，辅助又给他挡了一下大招。他一路奔到自己塔下，丝血逃出 WR 众人的追杀范围。

现场粉丝纷纷惋惜，嗡嗡声不绝于耳。

均皓叹道："这拨 Conquer 走位很漂亮，WR 就差一点，就少了个点燃，可惜。"

然而就在这个时候，出乎所有人意料，Conquer 不仅没走，他在塔下的角落转了一圈，身旁的辅助给他套了个盾。

就在这时——

寒冰猛地闪现到左边，杀了个猝不及防的回马枪，凭借着塔下优

---

① 游戏术语，英文单词 Teleport 的缩写，本意为（被）远距离传送，在游戏中指传送技能。

势，走到对方中单脸上一套连环技能。

Moon 被瞬秒！

三人组被秀得满脸血。

接着 Van 赶到，在野区顺势控下一条小龙。几分钟内，场面局势瞬间被扭转，前期劣势几乎全都被打回来了。

底下的人气得直嚷嚷——

"是我没睡醒还是 Moon 没睡醒？刚刚追人，Q①一次都没中过，到底在干什么？！"

"中单和辅助都入土吧，没点屁用，就硬被钓鱼，头都给对面秀烂了。"

大屏幕开始回放刚刚 Conquer 寒冰的那拨精彩反杀。

小梨被这跌宕起伏的离奇剧情逗笑："这什么？ Conquer 他到底想干吗？真的夸张，我第一下看他闪现都蒙了，现在的年轻人有点太不讲武德了。"

均皓："讲道理，Conquer 这打的，完全在你头上秀啊。刚刚三个人追他有点上头了，站位也没注意，就直接白给了。"

小梨："Moon 估计没想到自己直接羊入虎口。"

WR 这拨打完有点裂开，节奏一断，剩下的时间里又被 TCG 抓到几次机会。TCG 化被动为主动，没一会儿就打开局面，追回第二局。

比分被扳平。

或许是第二场把血性打了出来，加上第三局 TCG 的天胡开局，WR 被打得兵败如山倒，短短二十分钟节奏全崩，TCG 干净利落地结束了战斗。

场上一片唏嘘。

中场休息有十几分钟，评论席两个解说一直在讨论 TCG 所创造的纪录，分析完赛况，察觉到气氛低沉，又开始安慰现场粉丝："今天

---

① 键盘上 Q、W、E、R 四个按钮，分别对应英雄的四个技能释放。

WR 其实状态很好，不过可能面对新队伍有些手生，战术研究得不到位，还需要再找找感觉。"

短暂的休整过后，WR 和 TCG 两方队伍都回到舞台。

比赛前，镜头给到上一局的 MVP[①]，陈逾征拉了一下耳麦，目光微敛，拿起旁边的水杯喝水。

不知队友在旁边说什么，他听见了，嘴角还有一丝笑意。

后面传来两个女生交谈的声音——

"我天，这 TCG 的 AD 绝了……简直是我见过最帅的职业选手了，他不去当明星，跑来打电竞？"

另一个女生咬牙切齿："你把我的周荡放在哪儿？你把 ORG 的鱼神放在哪儿？要说帅，这个 Conquer 还能帅过 Wan？"

"周荡已然是时代的眼泪了，LPL 颜值王后继有人。"

转眼，两人吵了起来："你这个花痴，你还没忘记你的主队是 WR吧？？打电竞你看脸，你怎么不去追星？"

另一个女生也据理力争："你装什么装？你粉周荡难道没有因为他的脸？"

"周荡拿了几个冠军？这个糊咖拿了几个？今天的比赛都不一定能打赢呢，还来跟周荡比，简直是登月碰瓷[②]。我都懒得理你。"

女生被撑得沉默一小会儿，弱弱地抱怨："你怎么这么激动？我不就随口夸了一句？"

"谁都不能碰瓷 Wan，你知道他有多完美吗？他不只帅，操作牛，人品好，还专一！"

"你怎么知道 Conquer 不专一……"

"呵。"后方女生冷哼一声，"看着就像个渣男。"

余诺听得想笑，又不敢表现出来，只能偷偷在心里笑了一会儿。

---

① MVP（most valuable player），最有价值选手。
② 指双方差距过大，却强行捆绑营销。暗含嘲讽和鄙视之意。

评论席解说调侃道："Conquer 已经放松下来了，这个新人好像挺'大心脏'的。"

茶茶故意提问周荡整节目效果："我看到有人说这个选手有一点像以前的你，你觉得呢？"

周荡简单评价："他上限很高。"

事实证明，周荡根本不能说话，只要他说话，不论说的是什么，现场的欢呼声就止不住。

解说也发现了这一点，及时岔开话题："好，我们激动的粉丝稍微平复一下心情，第四局马上就开始了。"

中场休息时间结束，镜头又给到比赛解说席。来到赛点局，只要 WR 再输一场，就会与决赛失之交臂。

现场 WR 的粉丝心被揪起。

WR 拿的是前期优势阵容，容错率很低。按部就班地打完前十五分钟，到中期，雪球虽没有如预期那样滚起来，但 TCG 的劣势已经开始显现。比赛进入白热化阶段。

这一局 Conquer 被很明显地针对，连续死了好几次。

第二十三分钟。

比赛进行到 WR 即将拿大龙的节点。中路又开始交火，Killer 的人马打野左右走位躲开技能，闪现晕上去，瞬杀 WR 的辅助。

对面 AD 往后撤。

TCG 从这里撕开了一个口子。

场上局势紧张，瞬息万变，均皓的语速也开始加快："这一拨 Killer 太关键了，Dl 几乎是瞬间被融化！"

"天啊，这是个好机会，TCG 要吹响反攻的号角了吗？ WR 其他人也反应过来，开始 ping 信号[①]，朝这边靠拢。这一拨团战对 WR 来说是生死战了，谁赢谁拿龙。TCG 这种后期发力的阵容，如果这个时

----

① 指发送地图交流信号。

间点拿到龙，推上高地，WR 就很难受了。要小心啊，这是赛点局，一个失误可能就没了。"

现场已经骚动了起来。

余诺心被提起，放在膝盖上的手都不自觉地攥紧了。

两个战队开始在河道处占位置。互相试探中，WR 中单先是偷了一拨伤害，把 TCG 的打野打下半血。

与此同时，WR 的上单已经开始绕位置，隐藏在视野的盲区。

现场控制不住地吵闹起来，为 WR 加油的呐喊声再度响起。

音浪一波接着一波，气氛燃爆。

余诺不自觉地身体前倾，眼睛一眨不眨，紧紧盯着大屏幕。

远古龙坑处，两个队伍开始进行团战拉扯，Conquer 又一发子弹命中对方上单，操着一手冲锋狙直接走脸开干。

"哎哎！ Jiang 要小心，这边 Dl 已经被正面带走。"

均皓忍不住叫："欵欵欵？ Conquer ！注意 Conquer 的位置！他进场了！！！ Zhixiang 这拨冲动了，可能要出事！完了，他做了个位移被晕住，倒下了！"

对方阵亡两人，想撤退时已经来不及，被 TCG 剩下的人绞杀。Conquer 行云流水一拨操作，开始疯狂收割，一拨爆炸的 AOE 伤害[①]，拿到四杀。

WR 被团灭，TCG 众人拿下大龙，原地 TP 回家整理装备。

大局已定。

队内语音，奥特曼爽了，连连感叹："我感受到了，Conquer，我真的感受到了。"

陈逾征点着鼠标："什么？"

"你今天，确实非常想赢。"

---

① AOE（Area of effect）伤害，指对多个敌方目标造成伤害或者范围性的伤害技能。

陈逾征："？"

Killer 也放松下来，直接笑话道："行，我看那个妹子油没白加，我们征哥直接化身战神了。"

最终，TCG 势如破竹，拿下最后的赛点。

舞台上灯光闪耀，屏幕被放大，切到选手身上。Killer 笑容满面，掩饰不住激动，和 Van 拥抱在一起大叫。镜头一扫而过，陈逾征依旧平静，摘掉耳机，从椅子上站起来。

均皓激昂地说着最后的结束语："这就是《英雄联盟》，这就是 LPL，在这里，什么事情都可能发生。这支不容忽视的年轻队伍，自春季赛开始，一路从小组赛打到季后赛，又从半决赛闯入决赛。

"此刻，他们正在向 LPL 的全体观众宣告，他们的名字叫——Thron Crown Game！！！"

比赛看得太投入，听到这句话，余诺居然也有种与有荣焉的自豪感。有一下，心跳加快，她恨不得从座位上跳起来为他们呐喊。

TCG 有惊无险，3：1战胜WR。

余诺轻嘘一口气，瘫倒在座位上。

助理姐姐笑："你说你哥看到你现在这样，他得多心碎？"

余诺转头。

助理姐姐："你怎么这么激动？不知道的还以为鱼神在打比赛。"

"不是。"

余诺也意识到自己刚刚有点失态，徒劳地解释："我有朋友认识他们，也是他们的粉丝。我听说了一点，觉得 TCG 挺不容易的。"

"啊……"小姐姐想了一会儿，赞同，"他们是挺不容易的，今天也幸好赢了。"

余诺一怔："啊？为什么？"

"TCG 是新队伍嘛，没成绩，也没流量，在 LPL 赛区是拉不到什么赞助商的。玩这种战队又耗钱，普通人根本玩不起。如果他们今年没打出成绩，大概率就要面临解散了。"

余诺嘴唇动了动，想说什么，最终还是默默无言。

现场气氛沉闷，身边陆续有小女生经过，戴着 WR 的应援发箍。

余诺坐在位子上，往周围看了一圈。

刚刚吵架的两个女生还没走，一个人正在安慰另外一个人。

女生抹了一把眼泪，耸着肩膀，小声抽泣。

WR 输了，有人失望，有人愤怒，骂骂咧咧地离开。

每一个人都垂头丧气。

赛后采访需要一段准备时间，镜头给到评论席，茶茶笑着："恭喜 TCG 闯入决赛，这真的是第一支初升 LPL 就能进决赛的奇迹队伍。不过，电子竞技有时候确实就是这样残酷，也希望 WR 的队员不要灰心，粉丝不要太难过，剩下的路还长。"

WR 是周荡唯一效忠过的队伍，曾在全球总决赛上无数次征战，拿到冠军。可是自从英雄迟暮，老将退役，队内青黄不接，无人继承曾经的荣耀。

曾经的世界冠军，如今却倒在一支寂寂无名的新队脚下，其实路人也替他们感到难受。

茶茶问旁边的男人："现在 Wan 神的心情估计也很复杂吧？WR 今天真是可惜了。"

周荡本来就话不多，被人问，才开口："技不如人，没什么可惜的。"

嘉卫接话："那作为前职业选手，也是我们赛区曾经最辉煌的人气王，你有什么想对他们说的吗？或者对每一个还在这里的职业选手说。"

周荡脸上一贯没有多余的表情。

他似乎是想了一会儿，然后对着直播镜头，非常难得地说了一段很长的话——

"这个赛场，有人离开，有人坚持。想进入 LPL 顶尖的巅峰金字塔，这是一段非常艰难、孤独的旅程。随之而来的，可能有数不尽的谩骂与嘲讽。而正是这些唏嘘声、毁灭性的舆论，将要伴随你度过一个又一个漫长、无尽的深夜。每一次的比赛失利，每一次失意乃至绝望，你又一次次地从深渊爬起来。

"直到有一天，当你终于能登上那个万众瞩目的舞台，然后……"

周荡停顿了一会儿，说出今晚最后的结束语——

"——在聚光灯下那一刻，你会被所有人记住。"

全场哗然。

后来，这段话冲上了微博热搜，让无数《英雄联盟》老玩家泪目。

这就是电竞比赛的魅力。

尽管残酷、真实，让无数人失望，但仍有无数人为之追逐、奋斗。

——心之所向，虽九死其犹未悔。

赛后采访，台下观众席已经七零八落，见不着几个人影。

主持人依然敬业地问着问题。

依然不停有人从椅子上起来，往出口处走，显然是对台上的TCG众人没有丝毫兴趣。

这群年轻气盛的少年，一个接一个通宵地打训练赛，拼了命地想在比赛里证明自己。

他们的队服上，干净得几乎没有一个商标。不只是赞助，他们没有粉丝，甚至连一个正式的教练都没有。

他们一场一场地赢了，一路冲进决赛。

赢下来，迎来的却不是掌声，不是欢呼。

所有人，几乎所有人，都在替他们已经击败的对手感到惋惜。

主持人采访到陈逾征："你们今天赢下 WR，也意味着即将在决赛碰上 ORG，你有什么想说的吗？"

旁边的人把话筒递过去。

观众陆陆续续地离场，没人愿意为他们驻足哪怕一秒。

场内越来越空旷。

偌大的体育场没人说话，静悄悄的。

陈逾征不为所动。炽烈的灯映得他轮廓很浅，表情也随之隐没。

他淡淡地看着台下，沉默着俯瞰全场。

好像要永远记住这一刻。

身边不断有人经过，余诺坐在角落，隔着一点距离，遥遥地望着站在舞台中央的那人。

主持人意识到冷场有点久，把话筒拿起来，准备再问一遍。

陈逾征终于出声："如果在这里，只有冠军能被记住——"

余诺愣住。

如往常一般，他语气散漫，声音被清晰地放大到体育场的每个角落——

"我会赢下所有人。"

—✓_✓— 07 —✓_✓—

半决赛采访实时转播。

此刻，各大平台的直播间弹幕纷纷炸开——

"我天我天，他刚刚说了什么？我人傻了，'我会赢下所有人'，这也太狂了吧！！！"

"这就是 LPL 的新人吗？这是要帅死我？我直接怒转粉！！！"

"说实话，今天能赢下 WR 真的挺解气的，就喜欢看现场粉丝被打得鸦雀无声，太爽了。加油，期待你们以后的比赛。"

"还在喷的人歇歇吧，艾欧尼亚的人都知道 Conquer，人家十七岁就在国服扬名，后来才被挖去打职业比赛，看今天的比赛就知道，他根本没有吹牛，绝对有这个天赋和实力。"

"你叫陈逾征是吧？我今天记住了。既然你这么说了，如果不是开玩笑，那我期待你登上神坛的那一刻。"

陈逾征此话一出，现场连专业的主持人都愣住，脸上出现难以掩饰的惊讶，不知该如何接话。

原本离开的观众也停步，回首，一片哗然。

导播给了特写镜头，对所有人的震惊视而不见，陈逾征仿佛只是说了一句很寻常的话，说完，垂眸，把话筒递给身旁的 Killer。

"喀……" Killer 打了个招呼，"大家好，我是 TCG 中单 Killer。"

主持人还在愣神，像是才反应过来，勉强接上话："你们……你们第一局状态好像不是特别好，怎么做到被 WR 击败一局后，心态调整得这么快？"

Killer 神色挺认真，语气依旧是半开玩笑的："应该没有人期待我们能赢吧？所以没什么压力，然后就赢了。"

这话虐得观众席上还留着的一小撮粉丝眼中噙泪，情不自禁地开始尖叫。

零零散散，大概只有几十个人。她们一边喊，一边举起手臂疯狂挥着 TCG 的灯牌，之前淹没在 WR 的应援海洋里看不见，此时却格外显眼。

主持人也说："你们看，还是有很多粉丝在替你们加油。"

"啊……" Killer 突然想到什么，"比赛前是有个粉丝替我们加油来着。"

他说完，招来陈逾征一瞥。

闻言，绷着脸的奥特曼没忍住，噗的一声笑场。几个 TCG 队员也心知肚明，纷纷忍俊不禁。

"是我们 AD 的女粉丝。" Killer 好似无意，"今天他打得这么猛，看样子是被激励到了。"

他们差点没把"八卦"两个字在脸上写出来，采访的主持人好奇："不知道她还在不在现场？"

为了配合节目效果，镜头就在这时给到现场剩下的观众，从左往右扫。

TCG 几个人也纷纷回头去看屏幕。

因为人少，摄像机扫过每一处，都停留了几秒。

余诺安静地坐在那儿，还在发蒙，突然看见自己迷茫的脸出现在大屏幕上。

发愣的圆眼睛眨了眨。

人影晃动，她有些不知所措，下意识地抬起手挡了挡。

受到气氛感染，助理小姐姐笑呵呵的，双手在嘴边比成喇叭，喊了几声加油。

余诺半挡着脸，不知道是不是该跟着其他人挥两下手，跟他们打个招呼什么的。她还在脑子里比画动作，镜头已经滑到下个区域。

主持人时刻观察着 TCG 队员的反应，视线在他们脸上转一圈，突然问："怎么样，她还在吗？"

Killer 意味深长地低咳一声。

身边的人都在推搡陈逾征。

他扫了一眼递到嘴边的话筒，沉默一下，神色如常。

所有人屏息等待。

陈逾征眼神不知注视着哪儿，从容道："在。"

直播间弹幕继续刷屏——

"是我的问题吗？怎么细品一番这群人的表情，感觉不太对劲？"

"这是女朋友还是粉丝？"

"啊啊啊他真的好帅！！！我愿称之为继周荡之后 LPL 第二颜值王（Fish 对不起，我有罪）。"

余诺有种脸发烧的感觉。

后知后觉地反应过来，所以她写的小卡片是被他们所有人都看到了吗……

助理小姐姐看看时间，站起来："差不多了，我们回去吧。"

余诺把双肩包拿起来，背到身上，跟着起来。

她们猫着腰，一路沿着舞台边缘从底下穿过，去到后台休息室。余诺手机接连振动，她拿起来看。

付以冬："你今天去现场了吗？"

余诺："我跟我哥去了。"

付以冬："看完今天的比赛没？"

余诺："看了。"

付以冬："呜呜呜，我的主队太惨了，我看热搜都蒙了，好心疼，我下次要去雇群演，雇他一千个去给 TCG 喊加油！！！排面这块儿必须整上！！！对了，你有没有帮我给他们加油？"

余诺顿了顿，指尖在屏幕上点了点："我喊了加油……但是人少，我没敢太大声。"

付以冬噼里啪啦发来一长串："我现在可太心疼了。你是不是在后台？哦对了，今天你哥他们和 TCG 都要拍宣传片是吧？等会儿要是见到他们，你帮我当面夸一下，他们今天真的特别特别、非常非常、超级超级厉害！！！"

等 TCG 比赛结束，时间已经有点晚。现场拍摄分了几个小组进行。

余诺站在旁边没事干。

闲着也是闲着，想起来今天的感冒药还没吃，余诺去找工作人员借了个杯子，跑去饮水机那边接水。

抠几粒药出来倒在手上，余诺把水杯放在一旁，仰头把药吞进口里，余光看到不远处有人过来。

她随意瞥了一眼，差点呛到，稍稍侧过身，迅速抹掉唇边的水迹。

陈逾征也发现了她，转过头。

余诺咽下药，转身，跟他打招呼："欸，你好。"

她也不知道为什么，一对上他就有点紧张："好、好巧。"

陈逾征挑了挑眉，停下脚步："你怎么在这里？"

"……"

余诺沉默。

完了完了，她该怎么说？

余诺脑子里开始迅速回想，该找什么借口该找什么借口……

她忽然意识到，自己突然出现在这儿，他会不会把她当成狂热的私生粉？

陈逾征扫到她胸前挂着的临时工作牌，似笑非笑："工作人员？"

"我……差不多。"余诺只想赶紧搪塞过去，接话，"不是正式的，偶尔有空会来帮帮忙。"

她岔开话题:"你们拍摄完了吗?"

"没开始。"

"我刚在台下看,你们今天比赛打得真好。"余诺尽职尽责地完成付以冬交给她的任务,"我朋友她、她也看了你的采访,让我跟你说,她会永远支持你的。你们真的特别厉害。"

"我不是说了吗?"

余诺:"嗯?"

这里是休息室外的长廊,头顶只有一盏白炽灯。陈逾征脱了队服外套,身上只有一件短袖。少年人的下颌线流畅,给人感觉很清秀,眼睛的形状有些锋利,细看又觉得温柔。他淡淡的,没什么表情:"在台上,我看见你了。"

余诺一怔,立刻想到自己上镜的时候,发了好几秒呆。

那个样子……真的被他看见了……

周围安静得不像话,余诺耳根控制不住地变红,点点头,嘴拙:"哦哦,这样。"

她感觉陈逾征是不太爱搭理人的性格,也不敢说太多废话,故作自然地道别:"你是不是还有拍摄?那你先去忙吧,我走了。"

说完,再也不敢跟他对视,余诺拿起水杯,微微低下头,匆匆地从他身边路过。

没走几步,余诺脚步一滞,趔趄了一下,因为惯性,身体习惯性往后仰。

——她被人从后面拉住了。

余诺惊讶地回头。

陈逾征一只手扯住她的书包带子。

她跟他近距离对视几秒,小心翼翼地问:"还有、什么事吗?"

"爱做饭的鱼?"陈逾征歪着头,若有所思地看着她的书包。

余诺顺着他的目光低头看。

——粉紫色的兔子双肩包。

这是前几个月有个粉丝送她的礼物，是去淘宝专门定制的周边，上面有一个鱼在吐泡泡的可爱图案，还有一个余诺混圈的名字"爱吃饭的鱼"。

她有点没太反应过来，不知道这个有什么特别的，略微困惑："是我……怎么了？"

陈逾征并没有回答她，在这时候抬起眼，转而问了另外一个问题："你给我转钱干什么？"

"……"

余诺脑子里顿了一下。

她的支付宝 ID 好像也是叫这个来着……

"拉黑我？"

"那个。"余诺憋了半天，才瓮声说，"我不是害你被罚款了吗……然后怕你给我转回来。"

女孩儿声音细细的，眼珠是干净的棕色。头微微仰着，披散下来的黑发乖乖垂在两侧肩上，看起来毛茸茸的。

他慢吞吞地哦了一声，漫不经心地压低声音："你怎么知道我会转？"

"一般都会。"说完，余诺忙不迭地解释，"但我不是要你转回来的意思。"

"……"

看着她一本正经，陈逾征顿了一下。

他神色间退去调笑，不再逗她："这事儿跟你没关系。"

余诺一听，更加心虚。

该怎么说，这事其实跟她关系特别大。

陈逾征语调懒懒的："把我从黑名单里挪出来，钱还你。"

余诺啊了一声，正想着该怎么拒绝，陈逾征的手被人一把掼开。

她受惊似的转头。

陈逾征侧了脸，眼睛随之看向一边。

余戈抓着余诺后衣领，把她提了过去。

陈逾征挑一挑眉，无所谓地将手放下，偏薄的嘴唇轻挑，笑笑。

余戈直视着陈逾征，面容冷静，语气平淡："你干什么？"

几米之外，还跟着 ORG 的几个人，大家停住脚步，你看我，我看你。几人面面相觑，不知道发生了什么，怎么气氛这么紧张……

陈逾征抬起眼皮，视线掠过余诺，又回到余戈身上。他慢悠悠地反问："怎么，你女朋友？"

—⌁⌁—08—⌁⌁—

余戈被人挑衅，怒极反笑："关你什么事？"

陈逾征耸肩，手插进裤兜里，依旧是那副目中无人的姿态，不咸不淡："别激动，随便猜猜而已。"

"不是，不是。"余诺赶在余戈之前回答，"你误会了。"

余戈一脸寒霜，回头看向出声的人。

余诺被看得下意识地闭上嘴。

略作犹豫，后半句声音就低下来，她心虚地嗫嚅完："……他是我哥。"

余戈眼底漆黑，尽管看着还挺平静，但余诺了解他，这明显就是他发火的前兆。

此情此景，余诺也是有点尴尬，扯了扯他的衣服下摆，眼巴巴地用眼神央求着。

阿文怕场面闹得太僵，咳嗽两声，走上来打圆场："这位……"他看着陈逾征，顿了一下，客气地说，"Conquer 是吧？自我介绍一下，我是 ORG 打野阿文，你别介意啊，鱼神就是这样，管妹妹跟管女儿似的，看到有个男的出现在他妹旁边就炸毛。"

面对阿文的礼貌，陈逾征笑笑。

即使收敛了，他举止间还是欠了些诚恳："我不介意，倒是 Fish，他可能误会什么了。"

说完，陈逾征看了眼被拉过去的余诺。

她低着脑袋，装作看地板，乖乖地站在余戈旁边，像只温驯的小动物。

他在看余诺的同时，余戈也在看他。

陈逾征欸了一声，开口之后顿住，发现自己不知道她的名字，又想了会儿，慢悠悠地道："爱吃鱼？"

嗯？

余诺抬头。

他们对上目光，她在心里默默想。

明明是爱吃饭的鱼……

她表情焦虑，垂在身侧的手指绞在一起。小动作都落入他眼里。陈逾征勾了勾唇，似笑非笑的。

众人的神情变得微妙。

陈逾征撇眼，平淡地丢出一句："我还有事儿，先走了。"

余诺慢了半拍，点点头："哦……好，再见。"

等人走后，阿文摸不清状况，说："妹妹，我有一个问题。"

余诺："什么？"

"你是怎么和 Conquer 认识的？"

"不是认识。"余诺摇摇头，"有个朋友喜欢 TCG，出去玩的时候见过一次。"

余戈脸色沉了下来，缓缓问："那他刚刚拉着你干什么？"

余诺思考着该怎么告诉他："就是、就是……"

"就是什么？"

余诺不敢道出实情，避开他的眼睛，含糊道："他问我点儿事。"

余戈不依不饶："他有什么事要问你？"

"行了，多大点事！你干吗搞这么大阵仗？"Will 哭笑不得，走上前，拉过余戈，"审犯人呢？"

大家笑，气氛松下来。

阿文拍拍余诺的脑袋，嘻嘻哈哈地附和："就是，妹妹这么大了，给点私人空间行不行？行了，走了，赶紧去拍完回基地睡觉。"

余戈冷笑："她才多大？要什么私人空间？"

阿文惊呆了："你妹妹都21了，哥，21！21！！又不是12岁，你有完没完？这个年纪，跟个小帅哥调调情，讲讲话，不是挺正常的吗？"

小C单人镜头刚刚拍完，晚一步到达现场。看见余戈黑着张脸，他看热闹不嫌事儿大，问："Fish怎么了这是？发生什么了？"

阿文装作认真的样子："出大事了。"

小C蒙了："什么大事？"

阿文继续拱火："他妹妹要谈恋爱了，他在这儿发脾气呢。"

"什么什么？"小C嗅到了不同寻常的八卦味道，急着追问，"小诺和谁谈恋爱啊？"

"就你前两天还在念叨的那个，TCG的AD！"

"……"小C有种次元壁破裂的感觉，他看了看余诺，"不会吧……和陈逾征？！"

眼见越说越离谱，余诺内心有点崩溃，赶紧打断："真的是误会，我和他……我们不熟。"

战队经理挥手赶人："行了，行了，你们一群大老爷们儿怎么嘴这么碎？走了走了。"

几人到休息室休息了一会儿。

余诺心神不宁地坐在沙发角落，想着等会儿该怎么跟余戈解释陈逾征的事。刚刚人太多，他克制着情绪，没在众人面前发火，但是那个样子，等会儿肯定要找她问清楚。

想着想着，她又想到陈逾征。

他现在已经知道了，她就是那个害他被骂成筛子的人的妹妹……

唉。

也不知道他会怎么想。

小 C 是 "00 后"，也是队内唯一比余诺小的。他性子活泼，唠了一圈，别人都嫌他烦，让他走远点。小 C 悻悻地又溜达了一会儿，坐在余诺身边，偷偷打听："欸，姐姐，你刚刚跟 Conquer 咋了？"

余诺："我们没什么，就说了几句话。"

小 C 急道："他不是个好人啊！"

余诺："……他怎么了？"

小 C 一脸正经地跟她分析："像这种长得和你哥一样帅的，一般都不是什么好人，你觉得呢？"

"？"

"像我们鱼神这样洁身自好的人已经不多了，唉。"小 C 忧愁地叹气，"这个圈子我算是见识了，太肮脏。有些选手但凡有点名气，就开始飘了，一堆黑料。听弟的话，别找职业选手，都挺离谱的。"

余诺："……"

她欲哭无泪："小 C，你想象力也太丰富了，这都是哪儿跟哪儿……"

小 C 啧了一声："姐，我这不是担心你吗？"

就在这时，有工作人员推开休息室的门，探头。

TCG 那边已经分组拍摄完，接下来是最后一个长镜头，要求两个队伍一起拍摄。

去场地的路上，策划给他们大概讲了一下，摄影师那边最后想拍出来的效果，大概就是两个队伍一左一右，从舞台两侧走到中间，形成一种两军对峙的感觉。

远远地，就看到 TCG 那几个人或蹲或站。

拍摄组的人正在布置场地。

陈逾征站在摄影架后面，没什么正形地倚着墙，跟旁边的人闲扯。

或许是察觉到打量的目光，他本来跟别人说着话，突然掉转视线，睨过来一眼。

余戈冷眼跟他对上，有意无意，挡住身侧的余诺。

陈逾征慢条斯理地收回目光。

余戈步子突然慢了些："余诺。"

"啊？"余诺茫然地看着他。

"离他远点。"

余诺："……"

舞台准备就绪，柔光灯打好，场务抄起喇叭喊人。余诺隐没在人群里，躲在旁边打酱油，等余戈他们拍完。

拍摄时出了一点问题。

因为这次要求每个战队派出一个人，来做一个代表性英雄的动作，职业选手不比广告模特，没经过专业训练，所以镜头感很差。

ORG 这边还好点，TCG 那边的人是完全没有类似的经验，拍了几次，效果都不太好。

半个小时过去，Van 实在搞不来这些尴尬的，提议："不然我们这边换个人吧。"

负责拍摄的小何也受够了他的折磨："换谁上？"

"Killer 吧。"

Killer 一脸被雷劈了的表情。

其他人软磨硬泡轰炸，加上 Van 已然是一副再拍下去就要去世的样子，Killer 没办法，只好收拾收拾顶上。

讨论了一小会儿，大家一致决定用中单招牌英雄辛德拉的动作。

小何突然想到余诺，他们之前参加漫展认识的，后来还合作过几次。他把站在角落的余诺喊过来："我记得你之前扮演过辛德拉这个角色？她泳池派对那个皮肤的舞蹈是什么来着？"

余诺想了一下回答："少女时代的《hoot》？"

Killer 差点骂娘。

一转眼，发现是余诺，他结巴了一下："欸，怎么是你？你怎么在这儿啊？"

小何捣鼓着设备，头也不抬，替她回答："她啊，她是 Fish 的家属。"

Killer 有点夸张地愣了一下："家、家属？ Fish 的家属？！"

小何没觉得有什么不对："是啊，家属。你等一下，我把舞蹈视频调出来，你跟着学几个基础动作。后期我们会加特效，成品不会很尴尬的。"

Killer 表情变得有些微妙，忍不住盯着余诺多看了两眼。不过现在也没时间八卦了，他硬着头皮，模仿一群韩国女明星胡乱比画着。

在镜头前，Killer 上上下下挥舞着直直的手臂，如同刚从棺材里跳出来的僵尸一般。

TCG 其他人差点喷了。

笑声中，Killer 尴尬地红着张大脸，吼道："有本事你们来拍！"

小何蹲在地上，一边研究拍出来的片段，一遍皱眉，说："小诺，不然你过去给他示范一下？"

余诺对上 Killer 生无可恋的呆滞眼神。

她犹豫两秒，卸下身上的双肩包，略带拘谨地走向 TCG 那边。

Van 解脱了就开始犯贱，故意臊白他："看着点儿啊，跟着人妹子好好学。"

陈逾征就站在几步远的位置。

但余诺压根儿不敢往他的方向看，快步走到 Killer 前面，强迫自己挤出一点笑，安慰地说："这个动作很简单的。"

她放慢十倍速给 Killer 演示了一遍拉弓射箭的动作。

奈何 Killer 实在是肢体不太协调，上半身还勉强能跟上，一到下半身，两条腿就跟半身不遂似的。

Thomas 仔仔细细打量了余诺一番，有点好奇，压低声音问："她多大啊？看着还挺小的，成年了没？不会还是高中生吧？"

奥特曼："你是不是太夸张了？"

台下的其他人都在看 Killer 的笑话，只有陈逾征默不作声，垂着眼睫，一下一下，慢慢玩着烟盒。

Van 推他："谁惹你了？"

过了一会儿，陈逾征手肘抵了一下墙，站直身子："什么？"

Van 嘀咕："看你一直不讲话。"

磨蹭了十几分钟，Killer 终于勉强拍出一个没那么僵硬的动作，只要再补几个镜头，就能完成最后的拍摄。

谢天谢地，余诺终于完成了使命，悄悄松了口气。

一抬头，TCG 那群人直直朝着她走来。

余诺神经又紧绷起来，往旁边挪了挪，给他们让路。她心中暗暗叹气，考虑着要不要打个招呼，但是……他们估计都知道她是余戈的妹妹了。

这个招呼打不打，好像都还挺尴尬的。

"爱吃鱼。"

这个突兀的称呼让其他人都愣了一下。

余诺也定了定神："嗯？"

陈逾征走过来，往她脚下扫了一眼："东西掉了。"

余诺跟着低头。

她刚刚专心教 Killer 做动作，连手机从口袋里掉出去都没察觉。

谢谢还没说出口，他们就走了。

余诺看着他的背影，一两秒后，弯腰，默默地把手机捡起来。

Van 悄悄回头看了一眼，不知想到什么，邪笑着喊旁边的人："陈逾征。"

陈逾征瞥他："干什么？"

"你刚刚跟人妹子说话的时候，声音为什么比平时低了八个度？怪性感的。"

"……"

陈逾征还没出声，奥特曼恍然——

"我去！Conquer 你勾引人啊！！！"

/第三章/

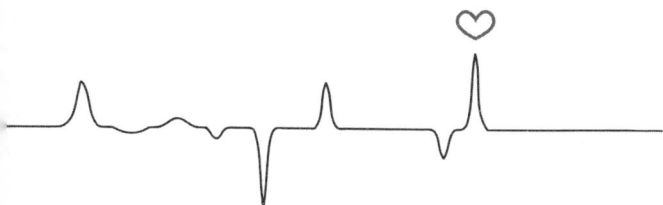

别动我的糖

09

Killer 玩着手机也没多想，随口问："Conquer 勾引谁啊？"

"就那个，刚刚教你跳舞的妹子。"

Killer 哦了一声，本来没在意，忽地，眼睛都睁开了，大惊："她？！"

Van 奇怪："你这么激动干什么？"

"我能不激动吗？！"Killer 越发激动，"她，你们知道她是谁吗？！"

"是谁？"

"Fish 的家属！"

"谁？"

"Fish！ORG 的 Fish！"

"他的谁？"

"家属！"

"……"

众人消化了十几秒，默默在心里为陈逾征点了根蜡。

奥特曼满脸担忧："不然咱还是算了吧？做人底线还是要的，你这要是绿了 Fish，以后还怎么在圈里混？"

"……"

Killer 问当事人："你怎么沉默了？"

陈逾征嘲讽："我为什么要跟脑残说话？"

拍摄到凌晨一点才结束，余诺想起来余将的电话。下个星期三，是余智江 8 岁生日。

众人收拾着外设，往停车场走。余诺想了一下，对余戈说："哥。"

余戈低头，瞄她："什么？"

余诺斟酌着措辞："过两天是弟弟的生日，阿姨和爸爸说让我们回去吃顿饭。你有时间吗？"

余戈冷笑："那个小杂种过生日，跟我们有什么关系？"

余诺没说话，默默看着脚下。

余戈想到什么，问："你最近去医院了吗？"

"上周去的。"

"医生怎么说？"

"差不多，还跟以前一样。"余诺笑了笑，岔开话题，"你不用担心，专心训练吧，马上就要决赛了。你不去吃饭的话，我明天跟爸爸说一下。"

"你也别去。"

他们往前走，小 C 又开始拉着余戈叽叽喳喳。

前面有个人抱臂站着，靠在树上，像是在等人。

ORG 众人迟疑了一下，不过陈逾征没出声。出于礼貌，大家还是颔首示意了一下。

余诺跟在大部队末尾，也眼尖地发现了他。

偷瞄了几眼后，她左右看看。

再回首时，陈逾征已经在看她，表情没什么波澜，伸出一根指头，朝她勾了勾。

余诺小小地惊讶了一下，指了指自己。

陈逾征点点头。

余诺心虚地看向余戈。他正被小 C 缠得不胜其烦，压根儿没发现这边的动静。

她犹豫着，就慢下了脚步。

趁着旁边人不注意，她小跑过去。

两人面对面，余诺微仰头，问得有点谨慎："怎么了吗？"

"加个好友？"

"啊？"余诺不明所以。

陈逾征站直身子，懒得再说话，把手机举到她眼前。

屏幕上亮着淡淡的光，显示着支付宝上被拉黑的界面。

余诺愣了一下。

原来是这个……她刚刚还自作多情了一下。

她耳郭发红，立马摆手："真的不用还我钱。"

余戈当初在青训队时每个月就拿几千块的工资，余诺知道其中困窘，于是绷着一张小脸，神情堪称郑重："你本来就刚打职业，要花钱的地方也多……罚这么多的话……"

说着好像有哪里不对。

怕伤到他的自尊心，她忐忑地补充道："总之，我没有别的意思……这个钱本来就是我该出的。"

远处有人喊她。

余诺回头看了一眼，急匆匆地向他道别，重复了一遍："真的不用还了，那我先走了。"

陈逾征看着她的背影，又站了一会儿，才慢悠悠地把手机收起来。

第二天，余诺是被闹铃声吵起来的。

宿舍的窗帘还没拉开，余诺拥着被子坐起来，开始习惯性发呆，让大脑放空了一会儿。

感冒还没好，她嗓子发干，又开始习惯性耳鸣，脑子还是有点痛。

她昏昏沉沉爬下床。

梁西正窝在椅子里压低声音打电话，听到动静，抬头看了她一眼："诺诺，你醒了啊。"

余诺困倦地点点头。

今天外面阳光很好，余诺从厕所刷完牙出来，发现梁西正趴在自己桌上哭。

她有点迷茫。

怕打扰梁西，余诺轻手轻脚地拉开衣柜，换衣服。

拿起手机看一眼，现在才九点多。

刚起来没什么胃口，余诺拿起昨天买的面包吃了两口，翻开书，开始看和论文有关的资料。

梁西哭了一会儿，转头，沙哑着喊她。

余诺停下动作："嗯？"

梁西抽了张纸，擤了一把鼻涕："你都不问问我怎么了吗？"

"你怎么了？"

"我跟我男朋友吵架了。"

余诺了然地点头。

梁西最近不知道和她男朋友出了什么问题，连着吵了好几天，昨天晚上蹲在阳台哭了半个小时。其他室友过去安慰她，梁西什么都不说，所以余诺也没主动去问。

"诺诺，我有件事情想要拜托你一下。不过，你要是不想也没关系。"

"什么事？"

"就是，我之前不是跟你说了，我已经找好了工作吗？"梁西说着说着又开始哽咽。

余诺连忙抽了几张纸递过去："先别哭了，然后呢？"

"我可能去不了了。"梁西抽噎了一下，断断续续地，"我最近跟我男朋友也因为这件事情在吵。我们不是异地恋吗？他希望我毕业之后去他工作的地方陪他，让我跟俱乐部那边说，把工作辞了。"

"啊……你之前没跟他商量吗？"

梁西摇头。

余诺不知道怎么处理这种问题，想了想，道："那你现在打算怎么办？"

"虽然他没明说，但是我知道他的意思。"梁西失落地道，"异地恋不会长久的，但是我真的很喜欢他。"

余诺安慰她："应该还没到这一步。"

梁西神情低落，又沉默一小会儿，道："唉，算了。反正我已经打算把这边的工作辞了。"

"你考虑好了吗？"

"差不多了，就是还有一个问题。"梁西有点为难，欲言又止地看着余诺，"那个工作是我朋友的学姐介绍的，那边好像急着用人。我之前都答应了，就差签三方了。现在我撂挑子，我怕我朋友的学姐难做人。所以我就想给他们那边再介绍一个。"

余诺反应过来："我吗？"

梁西忙解释："因为我们之前聊天，听你说过也考虑进电竞俱乐部什么的，所以我就想到你了。那边给的待遇很好，也是正常签三方。"

看余诺不说话，梁西也有点不好意思："你别为难啊……要是不想也没关系的。"

余诺沉吟："我考虑一下吧。"

"真的吗？！"梁西卸下心头重担，瞬间从椅子上跳起来，感动地抱住余诺，"呜呜呜，你肯帮忙真的太好了。我就知道，诺诺就是最好说话的小天使！"

余诺被她勒得喘不上气："不是……先放开我。"她还是有点疑虑，"但是……突然换人的话，那边会不会……"

"不会的。"梁西很肯定地跟她保证，"你绩点比我高这么多，人又细心，专业也是对口的。你要是想去，别人肯定一百个愿意。我就是觉得我朋友当初特地帮忙，也不想她为难。你可以先去看看情况，要是觉得可以再签。"

余诺点点头："那我需要准备什么吗？"

"不用不用。"梁西一拍头，"你有简历吗？发我一份就行。"

晚上就有个人来加余诺微信，应该是俱乐部那边的工作人员，她们线上聊了几句，对方似乎很满意。

"时间有点晚了，那就不打扰你休息了。你明天有空吗？我们可以当面交流一下。你别紧张啊，也不是很正式的面试。"

余诺答应了。

大四基本没什么课，第二天，余诺早上去找导师汇报完论文进度，就回了宿舍。

今天风不是很大，余诺就没扎头发，化了个淡妆。

约的地点在一个咖啡厅门口，对方比余诺早到了十来分钟。

是个看着很干练的姐姐，穿着一身职业装，短头发。

余诺小跑两步，抱歉地说："不好意思啊，我坐公交来的，路上有点堵。"

"没事儿，自我介绍一下，我叫齐亚男。"

余诺："你好，我叫余诺。"

"基地就在附近，我带你逛逛？"

余诺："行。"

在路上，齐亚男问了一下她的情况，两人聊了会儿："你室友也跟你讲了一下吧？我再给你大概介绍一下，我们是做和电竞有关的行业。你平时对这方面有了解吗？"

余诺诚实道："了解一点……不算很多。"

齐亚男点点头："没事，我们俱乐部刚起步，所以还没什么名气。但是你放心，我们是很正规的，等会儿可以带你去参观一下基地。试用期是三个月，需要先签一份协议，等转正后会给你正式的合同。"

去基地的路上，齐亚男突然想到什么："对了姑娘，你有没有男朋友啊？"

"啊？我吗？"余诺摇摇头，"我还没有。"

"你别介意啊，我随便八卦一下。"齐亚男笑，"我们俱乐部因为工作性质，挺多男孩儿的。不过也没事，你平时不用经常待在基地，时间比较自由。另外，我们一年大概有六七个月是赛季段，会比较忙。其余时间如果队员休假，你也可以跟着休假。哦，还有，如果有外地的比赛，或者出国什么的，可能就要你跟队了。"

余诺点头，表示了解。

齐亚男带着她往里面走，边走边介绍："因为我们招商有点晚，所以这边的基地刚建不久。虽然是郊区，但离市区也不远。这附近有几条挺繁华的步行街，吃饭的地方很多，也有地铁。"

余诺边听边点头，也在四处打量。

和 ORG 差不多，这家俱乐部也是一座独栋小别墅。可能是怕影响训练，周围除了几家便利店，几乎没有什么商家，下午时分也没什么人经过，显得很安静。

走了没一会儿，就看到了基地的大玻璃门，余诺随便扫了一眼挂在顶上的队标。

余诺惊了，一下子停住脚步。

她整个人都傻了。

眼熟的金色队标下面，跟着一行同样眼熟的名字——

Thron Crown Game，电子竞技俱乐部。

齐亚男回首，看着她，问："怎么了吗？"

余诺还没回过神："你们俱乐部是 TCG ？"

"是啊，有什么问题吗？"

余诺又确认了一遍："是、是 LPL 的那个 TCG ？"

"就是这个。我刚刚以为你不是圈里人，就没专门介绍。"齐亚男说，"原来你知道呀。"

"我……"余诺不知道怎么说，"我了解一点。"

"噢，那就好。"齐亚男笑眯眯的，推开门，"跟我进来吧。"

"……"

余诺踌躇一番，眼下这个情况也没法转头走人，她不得不跟上。

……

三楼的办公室里，TCG 的管理层也跟余诺谈了谈。谈得差不多了，对方直接拿出协议。

合同摆在眼前，余诺心情复杂。想到梁西可怜巴巴的样子，她在心里叹了口气。

算了，走一步看一步吧。

实习期还有三个月，到时候再说。

签完之后，齐亚男又随便带她在基地逛了逛："我们吃饭的地方在一楼，平时队员训练都在二楼，三楼是开会的地方……"

说着说着，迎面就来了一个人，齐亚男随口介绍："这是我们的队员。"

余诺点点头。

Killer 打了个哈欠，不太在意地扫了一眼余诺，就移开了视线，两秒之后，又猛地看向余诺，张张嘴巴。

他以为自己眼花了，指了指她，匪夷所思："怎么是你？！"

余诺被他这个反应弄得尴尬无比："是……我。"

"……"

Killer 又仔仔细细，从头到尾确认了一遍。他还是不敢相信，问："你怎么在这里？"

余诺解释："我是来应聘营养师的，不过现在还只是实习。"

齐亚男骂了一句："你瞎激动什么？赶紧滚去训练。"

Killer 终于回神，梦游一般地往回走，嘴里喃喃道："人生何处不相逢啊。"

……

下楼时，她们猝不及防又碰到一个人。

陈逾征正准备上楼。他似乎是刚睡醒，穿着平常的 T 恤，睡眼惺忪的，手里拎着瓶冰水。

齐亚男说："这也是 TCG 的选手，你认识吗？叫 Conquer。"

余诺忐忑地点头。

陈逾征察觉到异样，正在拧瓶盖的手一顿，上台阶的步子慢了下来。

余诺悄悄抬头，撞进一双漆黑的眼。

齐亚男看他迟迟不说话，指了指余诺："来，Conquer，认个人，我们战队新来的营养师。"

陈逾征没事人一样，面色如常，象征性地点了点头。他毫无波澜地收回视线，继续上楼，一个多余的眼神都没有。

擦肩而过，余诺都不敢动，心还突突跳着。

也不敢回头。

他刚刚看她，像完全不认识的陌生人一样……

奥特曼是倒数第二个到达训练室的，一进门，就察觉到今天气氛有点奇怪："怎么了？都不说话。"

Killer 神秘兮兮："我们战队来了个营养师，美女，我还认识。"

"什么？美女！"

奥特曼眼睛一亮，转身向外走，在门口和陈逾征撞了个满怀。

"那个营养师走了没？"他伸长脖子想往外面看，"是谁，是谁？我也要看。"

陈逾征堵在门边，懒洋洋地，掐着奥特曼的后颈，把他的头转回去："看什么看！"

奥特曼狐疑："怎么，你也认识？"

"认识啊。"

"她是谁？"

陈逾征眼睛略微抬起，轻描淡写："我的债主。"

———〰〰—— **10** ——〰〰———

齐亚男把余诺送回学校，路上，又给她讲了一下 TCG 的情况："我们俱乐部刚起步，战队也是刚刚组建，之前是没有赞助商的，因为他们小组赛打得不错，季后赛就正式开始招商了。现在拿到投资，也招了些人，不过还是不太齐全，以后会陆续完善的。我现在主要是负责战队的业务运营，你以后有什么问题可以直接找我。"

余诺认真地听，嗯了一声。

到了学校，余诺下车，道了声谢。

回到宿舍，只有她一个人，余诺换上拖鞋，拉开椅子坐下来休息。

消化了一会儿刚刚发生的事情，余诺拿起手机，发现自己被拉进了两个工作群，一个是"TCG-后勤组"，另一个是"TCG-All"。

齐亚男给她发了条消息——

"我拉你进了群，你最近记得注意一下群里的消息，有事情会在群里通知。"

余诺："好的，知道了。"

余诺去"TCG-All"那里翻了翻，列表里有领队、教练、翻译、心理分析师、数据分析师、运营……再往下，就是那群眼熟的选手 ID。

Killer、Ultraman、Van、Thomas……Conquer。

她看了一会儿，关掉手机。

等到下午六七点，余诺做了好半天的心理建设，还是给余戈打了个电话。

电话里传来嘟嘟的声音，她一边在脑子里组织语言，一边想象，余戈听到这个消息以后会做何反应……

"喂。"那边接起，背景有些吵。

余诺忙说："哥，你现在忙吗？不忙的话，我跟你说件事。"

"什么事？"

余诺的手指又绞在一起："我今天……今天去应聘了一个战队的营养师，也是 LPL 的俱乐部。"

那边停顿一会儿，余戈似乎走到了一个安静的地方："哪家？"

"就是……"余诺心底挣扎一会儿，还是把名字说了出来，"TCG。"

"什么 G？"

她的心被揪紧了，讷讷道："TCG……"

沉默良久，余戈问："你在跟我开玩笑吗？"

"不是开玩笑。"余诺跟他解释，"这件事情有点复杂，本来是我室友要去的，然后她临时有事，让我帮忙……"

"为什么不提前跟我说？"

"我去之前也不知道是 TCG。"余诺忙说，"不过，我现在还是实习，就几个月。如果、如果不行，到时候我再——"

话没说完，余戈把电话挂了。

余诺有点失落，把手机放下来。

余戈很少对她发脾气，也没骂过她，有时候来火了就是这样，干脆不理她。

余诺突然觉得自己有点不懂事。

其实之前，包括去网吧那次，余诺都是因为不想扫付以冬的兴，所以才跟TCG那群人见面。因为余戈和TCG这个战队目前在网上微妙的对立关系，余诺下意识不想和他们有太多牵扯。

她觉得尴尬，也有点不应该。

只不过，不知道是不是付以冬在她耳边念叨久了，余诺平日会有意无意地对他们产生关注。

那次去现场看他们比赛，看他们一场一场赢下来，余诺居然从心底里替他们感到自豪。

听他们打闹，她也会觉得开心。

所以刚刚签约时，她甚至没有太犹豫。

唯一担心的就是余戈。

想到余戈，余诺又垂头丧气，忍不住开始叹气。

梁西晚上回来，硬要请余诺出去吃饭，说她帮了大忙。

两人去了大学城附近的烧烤店，梁西点完菜，后知后觉发现余诺情绪有些不对。

她问："诺诺，你怎么了，不开心吗？"

余诺勉强笑笑："不是，就是有点不舒服。"

梁西啊了一声："要不要等会儿陪你去买点药？"

"不用，寝室有。"

吃饭时，余诺又接到一个电话。她接起来，是阿文。

余诺喊了一声："文哥，怎么了？"

"哎，没事儿，关心一下妹妹，你在干啥呢？"

"我……"余诺把嘴里的东西咽下去，"我跟室友在外面吃饭。"

阿文："你跟你哥吵架了？"

余诺："没……"

阿文："我听说了，你去那个 TCG 俱乐部面试了是吧？"

余诺心底忐忑，嗯了一声。

"那挺好的啊，以后咱们就是同行了。"阿文笑，语气稀松平常，"面试得咋样？"

"还行。"

"签约了？"

余诺盯着茶杯里反光的水发呆："还没有，只签了一份实习合同。"

阿文停了一会儿，说："TCG 那边我们都没认识的人，你自己注意点。不过都是一个圈的，出了事就直接找我们。你哥他这人就是刀子嘴豆腐心，别管他。咱有问题就辞职，反正你哥有钱，违约金他出。"

"……"

余诺眼眶瞬间泛红。她忍了忍，假装咳嗽两声："好，我知道的。谢谢文哥。"

"行……那没啥事儿了，你好好玩啊。哥去训练了。"

电话挂了，梁西看过来，见余诺低着头，她问："怎么啦？"

余诺一时没法管理脸上的表情，怕自己失态，低下头："没事，吃饭吧。"

第二天，余智江 8 岁生日。

余诺本来不打算去，奈何余将中午又打了两个电话过来。她起床收拾了一下，按照那边发来的地址，打车过去。

这是余将的新家，一家人其乐融融，余智江到处蹿着玩闹，余诺进去的时候，明显冷场了片刻。

她拘谨地打了个招呼。

家里长辈让余智江喊姐姐，小男孩儿挣扎着，喊着"不要不要"，抄起茶几上的弹弓打余诺。

玻璃珠弹到余诺手上，立刻起了一道红痕。

二婶抢下他手里的弹弓，抱歉地看着余诺："这个年纪的男孩儿有点皮，你没事吧？"

余诺很冷淡，摇摇头："没事。"

余智江躲在二婶背后，做了个鬼脸，朝她吐舌头。

余将沉下脸，给了他一巴掌："跟你姐姐道歉。"

余智江哭叫："她才不是我姐姐！"

孙尔岚拦着他："行了行了，小孩儿不懂事，别跟他计较了。今天你儿子过生日，你非要闹得这么不开心做什么？"

余诺被二婶拉去客厅聊天。

她坐了一会儿，起身："我去上个厕所。"

在洗手间里洗了把脸，余诺抬手，看了看刚刚被玻璃珠打中的地方。她皮肤薄，破了块皮，这会儿红肿起来一大片。

她甩了甩，擦干净手，推开门出去。

路过主卧时，里面隐隐传来争吵声，余诺停下脚步。

"你每次喊他们来，是不是故意硌硬我？"

一阵沉默后，余将不耐烦的声音响起："他们是谁？是我儿子、女儿。"

"余戈他还把你当爸吗？！你等会儿就跟余诺说，要她给她妈打个电话，让那个女人别总来找我们家要钱。"孙尔岚声音断断续续，"小江过几年就要上初中了，家里要花钱的地方多着呢。本来这几年生意就不景气，你总给外人钱，我们还过不过了？"

余诺去阳台独自站了一会儿。

这里的房子是近两年新开发的，周围绿化很好，站在阳台上，能看到旁边公园的一弯湖水。不过余诺来得很少，也从来没回这个家住过。

后面有声响，阳台的门被拉开。余诺侧头望去。

余将问："你在这里干什么？"

"吹会儿风。"

余将打量了她一会儿，点点头："进来吧，马上要吃饭了。"

余诺喊住他："爸。"

余将转头。

余诺："我不吃饭了，等会儿就回去了。"

余将皱眉："来都来了，为什么不吃？"

"等会儿学校还有点事。"

余将沉吟："你是要毕业了吧？"

"嗯，今年。"

余将沉默，半晌没说出什么别的话。他看了看余诺，拧紧的眉心松开："知道了，你跟你哥说，下个月让他……"

"爸，"余诺打断他，"以后没什么事，我就不来了。"

余将脸色变了变："怎么？"

余诺沉默。

"你跟你哥，还当我是爸？"

余将面目阴沉，克制了半天的火气全都发了出来："你们俩是谁出钱养大的？没有我，你们早就不知道饿死在哪儿了！"

"我已经毕业了，马上也要工作赚钱了。"余诺顿了顿，"小时候你养我和我哥的钱，我以后会还你的。"

"……"

余将冷哼："我看你阿姨说得真没错，跟你妈一样，白眼狼玩意儿。"说完他也不管余诺，摔门离开。

余诺从余将家里出来，漫无目的地沿着马路走，又在长椅上坐了一会儿，抬起头看天。

下午四五点，刚刚还是晴空万里，转眼就乌云密集，天际隐隐打着闷雷。

她刚准备回学校，就接到齐亚男的电话："小诺，你等会儿来一下，有点事。"

余诺收拾好心情，打车到 TCG 基地。

这个时间点，基地里面静悄悄的。

三楼办公室里，齐亚男递给她几份文件："这是之前 TCG 几个人的体检报告，你看一下。"

余诺接过去，翻了翻。

齐亚男说："Ultraman 有点贫血，Conquer 他是低血糖。他们这周末就有比赛，不能出什么岔子。你看着来，给他们整理个食谱出来，这两天调理一下。"

"哦，对了。"齐亚男指了指旁边的桌子，说，"这儿有打印机，也给你准备了台电脑，你以后就在那儿办公。"

"好，现在能用吗？"余诺翻着手上的体检报告，"可能需要几个小时，我今天把食谱给他们写好再走吧。对了，他们现在是还没起床吗？"

齐亚男看了看时间："快了。"

"那他们等会儿有时间吗？"余诺想了想，"我想问一下他们具体的饮食习惯，还有个人嗜好什么的。不用很久，每个人大概十分钟就够了，不会耽误训练的。"

齐亚男一口同意："没问题，我让他们醒了去找你。"

之前经常去 ORG 的基地，余诺对职业选手的日常也有个大概的了解。基本生活方式都不是很健康，职业比赛打久了，身体多多少少都会出现点毛病。

查了会儿资料，余诺揉了揉额角，趴在桌上休息了一会儿。

过了一会儿，敲门声响起。

来的第一个人是陈逾征。

余诺有点意外，很快坐直身子。等他坐下后，她拿出笔，摊开纸，酝酿了一下，例行问了几个问题。

她一边听他回答，一边记。

余诺看他脸色苍白，停下笔："你不太舒服吗？"

陈逾征靠在椅背上，恹恹的，没什么精神，耷拉着眼睛："头疼。"

"可能是刚起床。"

余诺低头，在包里找了一会儿，找出一颗糖，放在会议桌上。

看他没动作，她不太确定地问："你要不吃一颗？"

陈逾征盯着那颗糖，倾身，从桌上拿起来，慢条斯理剥开包装纸，丢进口里。

余诺耐心嘱咐："患低血糖可以吃一点蛋白质比较高的食物，平时也多吃一点含糖的水果。"

陈逾征嘴里含着糖，含混地嗯了一声。

余诺也不知他听没听进去："那你们之前一般都是吃什么？"

"外卖。"

余诺点点头。

"这是什么糖？"陈逾征斜靠在椅子里，用手撑着头，"还挺好吃的。"

"你等一下。"余诺撕下一张便利贴，"我把名字写给你。"

写着写着，她有些迟疑，想了想，还是说："我加一下你的微信吧，以后方便联系。"

陈逾征挑了挑眉，没作声。

她立马补充了一句："其他人我等会儿也要加一下的，你别误会。"

"我误会什么？"

余诺愣住，被他堵得语塞。

陈逾征垂下眼，给手机解锁，打开微信界面，丢给她。

余诺："……"

一个人还能懒成这样。

她拿起两台手机捣鼓了一下，然后把他的递过去："加好了。"

余诺刚给他打完备注，手机突然振了一下。

她返回到聊天界面——

"对方给你转账 5000。"

余诺抬头，刚说了一个"你"字。

"放心。"陈逾征打断她，眯起眼睛，"我没你想的这么惨。"

余诺下意识地否认："不是……"

门口突然传来一点响动，余诺和陈逾征同时转头看过去。

Killer 不知道被谁推了一下，踉跄地扶着门口，低声咒骂："让你们别推我！"

他抬头，见房里两个人注视着他。

偷听被抓包，六目相对，Killer 也有点尴尬，咳了声，挠了挠头："我……这，我……"

Van 从他身后探出头，厚着脸皮道："你们聊完没？我等了半天了，咋还没到我？"

Van 进去，陈逾征走到门口，被人拉住。

Thomas 满脸八卦，探究地往里面看了看："你们刚刚聊啥了？"

陈逾征冷笑："你不是听到了吗？"

Thomas 恨声道："我后来的，这不是被他们挡住了吗？你干啥啊，待这么久？"

"还债。"

Thomas 显然是误会了，盯着他，脸色变得很奇怪："你……"

陈逾征睨他一眼："怎么？"

"你用啥还的？"

"钱啊。"

Thomas 惊到："你太直接了吧……"

陈逾征："？"

"你居然用钱？！"

陈逾征乐了，装模作样地寻思了一会儿："不然呢，用我的肉体？"

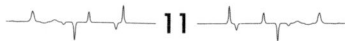

—√√— 11 —√√—

大概了解每个人的情况后，余诺写完食谱，收拾了一下桌子，关掉台灯。

此时办公室只剩下她一个人，她给齐亚男发了一条消息——

"亚男姐，我写好了，放在你桌上，我先回学校了。"

路过二楼，余诺脚步停了一下。

有点空旷的简洁的大客厅，是一片开放区域。头顶吊灯明亮，五台电脑摆成 L 形。TCG 的五个人已经开始训练。

每个人都神情严肃，和平日嬉笑玩闹的样子不太相同。

余诺躲在墙边，本来想看一会儿就走，没想到被人捉个正着。

陈逾征戴着耳机，视线偏了偏，在余诺身上扫了扫。

就在这时，Thomas 喊了一声："Conquer？对面都 A①到你脸上了，你原地罚站呢？"

很快，陈逾征收回视线。

余诺不敢再打扰他们，默默地下楼，离开。

晚上，和付以冬语音时，余诺告诉了她，自己去 TCG 工作这件事。

果不其然，那边静了几秒之后，开始暴走："什么？你去 TCG 工作了？！你跟我开玩笑呢？？？"

余诺怕打扰室友休息，去到阳台上，把门拉上，低声回："不是，还在实习。"

"你说的真是我粉的那个 TCG？"付以冬再次确认。

"嗯……"

"你哥知道吗？"

背靠着玻璃门，余诺苦笑："知道了，我跟他说了。"

"惊了，那你以后岂不是能跟我的偶像们朝夕相对了？呜呜呜，我好羡慕，你啥时候带我也去蹭蹭？"

"你还在出差吗？什么时候回来？"

"不知道啊，下个星期有个招标，还有半个月吧。"付以冬无心谈正事，絮絮叨叨，"欸，我跟你说，我不是 TCG 超话主持人吗？就 TCG 和 WR 打完比赛之后，这两天超话活跃的粉丝巨多，还有好多电

---

① 平 A 是游戏中的普攻命令，当玩家按下 A 键，英雄就会对指定目标进行普通攻击。

竞圈的妹妹用陈逾征那几句话做周边和应援物料。咋办？我的宝藏被发现了，他们是不是要火了？"

余诺最近事情多，倒是没怎么关注网上发生了什么。付以冬跟余诺说了之后，她去网上搜了一下。

随便翻了翻，微博和贴吧上对 TCG 的讨论度好像高了许多，还有很多 LPL 观众在期待周末 ORG 和 TCG 的那场世纪大战。

到底是 ORG 一雪前耻，捍卫豪门战队尊严，还是 TCG 踏平前辈尸体，成为年度最强黑马。

余诺去洗了个澡，再出来，拿起手机。

"TCG- 后勤组"的微信群里，齐亚男十几分钟前发了一条消息——

"通知一下，周五下午五点基地集合，出发去成都。每个人都要把身份证信息私聊发给小应订机票。"

第二天下午，陈逾征起床，微信收到五千元的自动退款通知。

他懒得再转，点开表姐的微信："帮我挑个礼物。"

过了一会儿，对面回："预算？"

Conquer："五千。"

对面："男的女的？"

Conquer："女的。"

对面："加 210 块，直接给她转账。"

Conquer："？"

Conquer："不是女朋友。"

沉寂两分钟，表姐拨电话过来，噼里啪啦一连串问："什么情况？还在追？认识多久了？生日礼物？"

陈逾征掀开被子下床："没追，不熟，欠她钱。"

"……"

表姐痛心疾首："征，姐好心疼。你现在打个职业已经沦落到这个地步了吗？你爸不管你了？你找女生借钱？"

"……"

陈逾征被吵得头疼，推开浴室门："帮我挑好了寄到基地，就这样。"

"欸欸，等会儿等会儿。"表姐想了想，"我下午要跟朋友去逛街，顺便帮你看看吧。你是不是诓我啊？送女孩儿礼物，不像你风格啊。"

他打开水龙头，低着头，单手撑在洗漱台边缘："你还有事没？"

表姐："？"

"没事我挂了。"

"……"

春季赛决赛地点在成都，酒店是主办方统一订的。ORG 和 TCG 住在一处。

余诺收拾完行李，给余戈发了条消息："哥，我这次好像要随队，成都见。"

众人到了基地集合，领队清点完人数，坐上车，出发去机场。

大巴车在闹市区行驶，众人低声闲聊着。陈逾征戴着棒球帽，帽檐拉下来，闭目睡觉。

正安静的时候，坐在前面的奥特曼突然喊了一句："欸，好饿啊，谁有吃的？"

领队骂："刚刚在基地让你吃点，你不吃，现在喊饿？忍着吧，到成都再吃。"

奥特曼哀号："刚刚起床谁有胃口啊！这个点儿飞机发不发飞机餐？我要饿晕了。"

余诺拉开背包的拉链，找出两块饼干。她扶着前面的座椅，拍了拍奥特曼的肩膀，轻声说："我带了一点零食，饼干要吗？"

奥特曼侧头："哇。"他惊喜地接过去，"要的要的，谢谢小姐姐。"

"没事。"余诺腼腆地笑了笑，"你先试试看，我这里还有别的。"

余诺把包包抱在怀里，坐回位子上，默默撇头。

她看了一眼手机，余戈还没回消息。

过了一会儿，奥特曼又转过头。

两人对上目光，余诺："？"

他挠了挠头，表情不太自然，欲言又止："那个，你还有吗……还、还挺好吃的。"

余诺忙说："有的，你等等，我给你找。"

"还有别的吗？"奥特曼止不住地往余诺包里瞄，"你随便给点就行。"

Killer嫌他丢人："服了，你八辈子没吃过东西？"

余诺把零食都拿出来，薯片、蜜饯果脯、糖果、果冻、小糕点……她选了几样，捧在手里给他挑："你看看，想吃什么？"

奥特曼看得目瞪口呆："啊，你、你这是出门旅游来了吗？"

余诺有点不好意思。

其实她行李箱里还有很多。不过有些是给余戈带的，他嘴巴挑剔，每次有外地的比赛，她都会提前准备一点吃的给他带去。

她笑："我怕饿，就随便带了点。"

车里一下子就热闹起来了，有几个正饿的人都过来围着余诺要吃的填肚子。

奥特曼骂正在拆薯片的Killer："你还好意思说我，你不也觍着脸去要了吗？"

Killer白了他一眼："少管你爹。"

齐亚男笑，调侃着余诺："你怎么像叮当猫一样啊？兜里啥都有。"

陈逾征被吵醒，扯下一边耳机，睁开眼侧头。

隔着一个过道，余诺跟他对视一会儿。

她主动问："你要吗？"

"……"他开口，刚睡醒的声音有点沙哑，"糖，上次的。"

飞机晚点，将近晚上十一点才降落在成都。

这个点，机场内零零落落的，已经没几个人。还有十几分钟才能取行李，Killer他们去了抽烟室，领队去上厕所。

余诺坐在椅子上等行李，正发着呆，眼前有人走近。

陈逾征随手朝她怀里丢了个东西。

余诺愣了一下，拿起那个精致的小盒子，问："这是什么？"

他在跟她隔了一个位子的座椅坐下，两条大长腿就这么大咧咧地伸着："送你的。"

余诺："……"

她认出蒂芙尼的标志，打开盒子看了看，是最经典的那款微笑手链。

官网价格在一万多。

"这个……"余诺迟疑。

见她欲言又止，陈逾征偏过头："怎么，又想转钱给我？"

"不是。"余诺知道自己反应有点小家子气，但实在不好意思收，"这个太贵了。"

陈逾征："就当谢你的。"

"啊？"余诺愣了一下，"谢我什么？"

他似乎懒得再讲话，吐出一个字——

"糖。"

余诺拿了陈逾征的礼物，实在有些不安。

拿完行李，跟着大部队走出机场，余诺还在神游，突然听到一阵吵嚷。她侧头，看到不远处有一群女孩儿举着牌子兴奋地喊叫 TCG 众人的名字。

Thomas 哪里见过这个架势，跟身边的奥特曼喃喃："这是粉丝接机吗？我们现在已经有这个待遇了？"

他们对外界的变化没有察觉，但其实 TCG 最近已经引起了各方面的关注，热度也是一直居高不下，原本冷清的超话关注人数也在短短几天内破万。

压根儿没想过还会遇到粉丝，所以俱乐部就没安排保镖，只有助理小应勉强拦了拦狂热的粉丝们，但根本拦不住。

很快，TCG 几个队员都被团团围住。

路过的人被这个动静弄得停步，看他们穿着统一的白金色队服，还以为是哪些体育明星，也凑热闹，掏出手机拍照。

Killer 受宠若惊地给几个人签完名，一转头，看到陈逾征正被几个女孩儿簇拥着。

他一如既往地高冷，面对热情的一群粉丝，也没有丝毫惊喜。

有个女孩儿等他签名，偷偷瞄了一会儿他那张没什么表情的英俊脸庞，有点害羞又期待地问："能跟你合张影吗？"

陈逾征把纸笔递回去，说了声抱歉："不能。"

Killer："……"

Thomas："……"

Van："……"

陈逾征拒绝女粉合影要求这件事，吃火锅的时候他们还在说。Van 嘲笑他耍大牌，唉声叹气："我们那些好不容易来的粉丝全被 Conquer 赶跑了。"

Killer 赞同："就是就是，你脾气能不能别这么臭？有点粉丝容易吗？"

几个人都在调戏陈逾征，他没作声。

齐亚男看着这群躁动的大男孩儿，无奈摇头："行了，一个个的，别美了，赶紧吃完回酒店。"

领队是过来人，笑说："这才哪儿跟哪儿？你们只要好好打比赛，以后多的是粉丝。"

因为后天还有比赛，训练时间很紧张。吃完之后也没能欣赏成都的夜景，众人收拾收拾就回了酒店。

余诺和另外一个宣发部的小姐姐住一个房间。

小姐姐先进去洗澡，余诺在外面收拾行李，收着收着，看到那条蒂芙尼的手链。

想到陈逾征，她的思维又开始发散……

不知道他是不吃辣，还是没什么胃口，刚刚吃火锅的时候好像基本没动筷子。

余诺突然记起齐亚男的嘱咐，蹲在行李箱前沉思一会儿，她拿起手机，翻了翻外卖软件，找到家粥店，挑选了一会儿，点了份清淡的粥和汤。

等外卖送到之后，余诺重新拿了个纸袋。

想到跟他住在一起的奥特曼，她又起身，在行李箱里拿了点零食塞进去。

余诺在群里翻到房间信息，把东西送到门口，回去的路上，她给陈逾征发了条消息——

"最近要打比赛了，你饮食要规律一点。看你晚上没吃什么，我点了份粥。挂在你房间门口了，你看到消息自己出来拿一下。"

陈逾征打开房门，手机又突然振动了一下。

他垂下眼看。

爱吃鱼："谢谢你的手链，很好看，破费了。对了，袋子里面还有一点零食，你跟奥特曼分了吧。我看他挺喜欢吃这个饼干的，刚好多带了一点。"

陈逾征拎着袋子进门，坐在电脑前的奥特曼转头问："谁啊？送外卖的吗？"

陈逾征懒得解释，站在桌前，把粥拿出来。

奥特曼起身，凑过去看，一眼就瞅到袋子里眼熟的饼干："是余诺给你的啊？"

他抓起一块就开始吃，边吃边呜呜："怎么有这么好的大妹子？我可太感动了，这难道就是天使降临人间吗？"

三两口解决掉一块小饼干，奥特曼又伸手去拿那一罐粉蓝色的奶糖："咦，这是什么？"

正在喝粥的陈逾征出声："慢着。"

奥特曼一听到他的声音就下意识地听从指挥："干什么？"

陈逾征视线偏了偏："别动我的糖。"

12

比赛前一日，《英雄联盟》官方号和几个游戏博主发出了 2021 年春季赛的赛前垃圾话。

万众瞩目的环节到了，路人和粉丝一齐点开。

先是你来我往，平平淡淡商业互吹了几句，然后是选手单人镜头，一上来就是个劲爆的。

ORG 队伍。

编导："怎么评价 Conquer 半决赛那句'我会赢下所有人'？"

余戈看着镜头，慢吞吞地说："挺欣赏的，不过他的自信和实力不成正比。"

弹幕——

"论毒舌还是 Fish 强哈哈哈！"

"刻薄鱼！！！"

"鱼神决赛给我把 TCG 干了，教他们做人。"

TCG 队伍。

编导："粉丝们都在期待下路对决，你们这次有信心吗？"

Ultraman 想了想，笑道："听说 Fish 是 Wan 退役后的 LPL 第一 ADC？ Conquer 昨天睡前还跟我说，决赛他会让大家知道谁才是 Wan 真正的继承人。"

此刻弹幕飘过——

"也不红，倒是爱蹭。"

轮到陈逾征。

编导："Fish 也是个人实力比较出色的选手，对上他，会不会有压力？"

他散漫地道："他很强，就是比我差了点。"

此话内涵了不少事情。

当初余戈刚出道也是惊艳四座的天才少年，不过碰上巅峰的周荡，一直被摁得死死的。

天才 AD 年年有，一个比一个如狼似虎，然而最后冠军还是 WR.Wan。直到周荡 S8 之后半隐退，余戈才拿到职业生涯的第一个冠军。

此事在余戈比赛输的时候经常被黑粉拿出来嘲讽。

画外音有工作人员笑，编导很快又问了下一个问题："Fish 也是在 LPL 很有统治力的老将了，你真的这么有信心？"

陈逾征没什么顾忌地说："未来是属于年轻人的，老将该歇歇了。"

他懒洋洋的样子配上这句话，显得十分欠揍。

后期还特地在此处加了一句："少年们未来可期呀！"

对此，余戈的回应是："是时候让他清醒一下了。"

赛前垃圾话一出，瞬间又上了几个热搜。其中一个就是"到底谁才是 Wan 真正的继承人"。

这又引发了一轮争吵，有周荡的粉丝冷嘲热讽——

"跟周荡比，他们也配？"

"不管他在不在，LPL 永远只有一个周荡，过去是，现在也是。粉丝不需要谁来取代他，也没人能够取代他。"

ORG 的粉丝不甘示弱地回击——

"Fish 虽然说过把 Wan 当作职业目标，但他一直都有自己的骄傲，也并不想成为谁的继承人。Fish 就是 Fish 自己，周荡粉丝别来破坏气氛了。"

"省省吧，Fish 现在的人气还需要当谁的继承人？睁开眼看看世界吧，周荡已经是过去式了。"

然而底下很快有周荡粉丝嘲讽——

"还有谁比余戈可笑吗？以前周荡在的时候只能当个万年老二，好不容易熬到周荡退役，现在连个新人都打不过。没听别人说？该歇歇了。"

"Fish 打到现在也只有 MSI 拿得出手了吧，S 赛有他什么事吗？就是个吹。"

两家吵着吵着，不知道发生了什么，又突然转头，集火陈逾征——

"算了算了，Wan 和 Fish 的人气确实都很高啊，实力也是有目共睹的，粉丝没必要非争个高下不可。只不过另一个，他是什么玩意儿？冠军都没一个，就先碰瓷上了？"

很快引来一片共鸣——

"确实，这个 Conquer 也太飘了，红倒是不红，蹭嘛就硬蹭。"

TCG 虽然有粉丝，但是跟这两家的战斗力一比，基本可以忽略不计。

陈逾征的新粉也不敢大声说话，糊咖没发言权罢了。外面吵得翻天覆地，她们也只能缩在超话里惆怅——

"征，你不打出点成绩来，妈妈就要凋零了。"

"征，能争点气吗？你不争口气，出去跟别人对线的时候，妈妈怎么挺直腰杆？"

"从 2021 年 5 月 3 号起，每日一打卡——今天 Conquer 红了吗？"

余诺看完赛前垃圾话，又点进热搜，不出所料，一片骂战。

她心情有点复杂。一边是她的哥哥，另一边是 TCG 几个人。两边不论谁输了，她都会遗憾。

下午是训练时间，余诺没什么事。

同房间的向佳佳是美工组的。余诺之前混圈时，也学了剪视频和修照片的技能，正好能帮她一点忙。

两人忙完，瘫在床上。向佳佳忽然说："哎，不然我们出去逛逛吧？好不容易来一趟，比完赛估计就要走了。"

余诺之前也挺喜欢这个城市的，点头同意："可以。"

两人商量着一会儿去哪儿玩。

余诺翻着攻略，询问向佳佳："你想去太古里转转吗？那边有个寺庙，我想去看看。"

两人买了杯奶茶，沿着春熙路和太古里大致逛了一圈。余诺打开地图，搜索大慈寺。

两人大概十几分钟就走到了目的地。

余诺停在门口，仰头看了看。

仿古式的建筑，被大树掩映着，露出弯弯的檐角。圆形拱门两边有翠绿的植物，朱红的墙壁上雕着金色的浮雕。

她跟向佳佳进去。

处在繁华商业区的寺庙，里面却意外地清静。下午时分，里面的人并不是特别多。

一个扫地僧默默地扫着地，两三个人在佛像前参观，几乎没人大声说话。

余诺双手合十，闭上眼睛许愿。

写祈愿卡的时候，向佳佳偷偷问她："你许什么愿啊，我看看？"

余诺有点担忧："看了会不会不灵了？"

向佳佳让她放宽心："有什么不灵的！只要你虔诚，佛祖一定会听到的。"

余诺递给向佳佳一张，上面是她写给余戈的。

愿他所愿皆成。

"还有一张呢？"

余诺有点不好意思，迟迟没有递过去。

向佳佳凑过去瞄到了，看了两秒之后，笑："可以可以，走心了。"

写完之后，余诺踮着脚，把两张祈愿牌挂在树上。

她退后两步。

一阵风吹过，挂满了枝丫末梢的祈愿牌下的红绳跟着轻轻晃动。

余诺侧头，发现向佳佳正在拍她。她走过去，好奇地道："你是在拍我吗？"

向佳佳翻着刚刚的照片："对呀，刚刚那一幕挺美的，忍不住就拍了。以后给你打印出来。"

余诺抿着嘴笑了一下："好啊。"

回到酒店，余诺才发现余戈一个小时前回复了她昨天的消息——

"在哪儿？"

余诺打字："刚刚去外面逛了逛，现在回酒店了。我还带了点吃的。你忙完了，我给你送过去？"

几分钟之后，余戈发了个门牌号过来。

这次主办方很贴心，专门安排了一个给战队训练的房间。

余诺找到地方，抬手，敲了敲门。

来开门的是阿文。

余诺进去，把带来的零食给他们分了。

阿文疑惑："这次怎么这么少？"

余诺心虚。

她哪敢说剩下的都在 TCG 几个人的肚子里了？

余戈坐在椅子上，看着之前比赛的复盘。

自从上次余诺告诉他，去 TCG 工作的事后，他们一直到现在都没讲过话。

余诺走过去，把刚刚求的护身符给余戈。

余戈看了一眼，没接。

余诺妥协地蹲在他身边："哥，你别生我气了……"

余戈靠在椅背上，抄着手，漠然地看着复盘视频。

余诺有点灰心，又扯了他的袖子："哥……"

余戈终于抬起眼睫瞥了她一眼。

她眼巴巴的。

余戈什么也没说，拿过她手里的护身符。

余诺瞬间笑了，目光闪烁，开心地说："哥，明天比赛加油。"

余戈把护身符收起来，终于嗯了一声。

第二天中午，TCG 和 ORG 坐着两辆大巴车，同时抵达成都体育中心。

两队的粉丝等候已久。

王不见王，一左一右，占据了两边的通道。不过气势这块还是

ORG 粉丝占据了上风。

余戈戴着口罩一露面，尖叫欢呼立刻冲破体育场的蓝天。

余诺跟着 TCG 的人一块儿下车。

几个队员被保镖手拉手围起来，唯恐出现什么意外的踩踏事件。

就在这时，原本一边倒的"Fish、Fish、ORG、Fish"的欢呼声中，突兀地传来几声清晰的刺啦刺啦的刺耳噪声："喂喂喂？？？陈逾征！陈逾征！"

所有人的脚步都停下，侧头望去。

连躁动的 ORG 粉都消停了一会儿，喧闹的场面瞬间安静。

Killer 定睛一看，噗的一声，差点喷了。

一群粉丝穿着 TCG 应援服，有组织，有纪律，举着像是收破烂用的电喇叭，输人不输阵，活生生地在人山人海的 ORG 粉丝里杀出一条血路。

粉丝几声怒吼："陈逾征！！！"

所有人的目光都齐刷刷地定格在陈逾征身上。

电喇叭持续传出声音："听得到吗，陈逾征？喊你呢，陈逾征！！！"

陈逾征停下脚步，回首，有些好笑地说："听到了，什么事？"

"今天比赛给我好好打，知道吗！！！"

众目睽睽之下，陈逾征精神不济，随口应了句："知道了。"

没人说话。

两个俱乐部的所有顶尖职业选手，包括领队、教练，以及 ORG 粉丝，就这么呆若木鸡地看着他们互动。

听到答复，那群喊话的粉丝满意地点头，大手一挥："行了，交代完了，进去吧！"

眼看着陈逾征的背影快要消失在通道尽头，电喇叭里又传来幽幽的吆喝——

"征，你什么时候才能红啊？！"

/第四章/

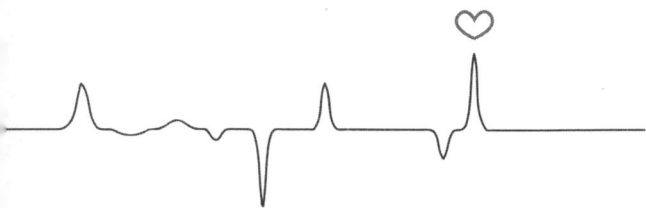

三岁也叫大？

13

比赛开始前的半小时，ORG 休息室，教练正在布置战术，做着最后的准备。

余戈把玩着手上的护身符，察觉到身旁的目光，回视。

Will 笑："妹妹给的？"

余戈嗯了一声。

分析师站在小黑板前涂涂画画："之前和 TCG 交手两次都输了，外界舆论一直有质疑，我知道你们心理压力肯定大。但 TCG 毕竟还是个新队伍，在 BO5 里肯定经验不足。我们主要关注 TCG 的下路，Conquer 他风格激进，在我的评估里，属于危险型选手。你们只要前期多抓他几次，把 TCG 下路为核心的节奏打崩，赢下比赛也是很简单的事情。"

临上场前，教练也在缓和气氛。几个队员跟着嘻嘻哈哈，说，没事，咱们什么大风大浪没见过。

阿文一个人坐在角落。

Will 朝 Roy 使了个眼色。

两人走到阿文身边坐下。他们什么也没说，使劲揽着阿文的肩膀，拍了拍。

阿文已经 24 岁，在这个普遍只有十几二十出头的选手堆里，竞技能力已经肉眼可见地下滑。阿文之前在 YLD 打了六年，一直都是队伍输出核心。

六年岁月，一年又一年，阿文进过很多次决赛，离那个奖杯仅一步之遥，却总到最后一刻差点运气。

热血洒尽，却每每都与冠军失之交臂。

余戈和他当初在青训队认识。

去年冬转，阿文通过余戈，主动联系 ORG 管理层，愿意降薪来 ORG 打职业。他明白自己的职业生涯已经到了末期，为了梦想，他还想再去拼一次。

阿文的原话是："宁愿做替补，宁愿不要钱，只要能上场打比赛。"

春季赛官宣，阿文加盟如日中天的 ORG，引起外界一片喧哗。有质疑的，有震惊的，也有无数猜测的。YLD 的标签基本已经贴在阿文身上，YLD 粉丝又是愤怒又是难过。

如果阿文抛弃对他有知遇之恩的 YLD，却依然没在 ORG 打出成绩，即将要面临的不只是退役，还可能是粉丝大量流失，以及黑粉的冷嘲热讽。换句话说，他将会晚节不保。

而今晚——

在此刻，在这个舞台上，阿文要赌上职业生涯去完成今天的决赛。

这是他最后一次破釜沉舟，也是他燃尽自己的最后一次机会。

到了上场时间，馆内许多观众坐不住了，人声鼎沸。大屏幕上开始倒计时，场内观众跟着一起喊。

"5、4、3、2、1——"

随着白色的烟雾散开，正中心的银龙杯缓缓升起来。

主持人从暗影里走出来："亲爱的召唤师和正在看直播的各位观众大家好，这里是 2021 年《英雄联盟》职业联赛春季总决赛现场。

"今天我们将迎来冠军奖杯的最终归属战队，让我们把最热烈的掌声给到今天即将出场的两支队伍——

"首先，Occupy the Ruby！"

底下观众举起应援棒疯狂挥舞，反响很热烈。

"啊啊啊！"

"ORG！ORG！！ORG！！ORG！！！"

主持人趁热打铁："然后是我们今天的第二支战队，也是今年春天的最强黑马——Thron Crown Game ！！！"

中央的屏幕上开始闪现两支队伍过往的比赛片段，余戈戴着耳机疯狂指挥，陈逾征拿下四杀后侧头与队友谈笑，Will 赢下比赛后振臂高呼，五个人赢下比赛后走到舞台前面鞠躬……

五六台摄影机在他们周围跟拍。余戈把手里的护身符捏了捏，放进口袋。

两支队伍从舞台两侧上去。

按照惯常的流程，主持人挨个介绍完每一位选手。

两个队伍回到自己的电脑前，检查着自己的外设。阿文落在人群后面，又回头，看了一眼舞台正中心的银色奖杯。

戴上耳机前，余戈喊："段宏文。"

阿文微微歪了一下头："嗯？干吗突然喊我大名？"

"还记得我当时把你找来 ORG 说的话吗？"

阿文顿了顿："什么……"

"我说，会帮你拿个冠军。"余戈平静地说完，没什么情绪，戴上耳机。

阿文笑笑，故作轻松："是啊，我这不就被你忽悠来了吗？"

游戏开始进行倒计时，余戈盯着电脑屏幕，试着键盘上的 Q 键和 W 键："今天。"

队内语音安静了一下。

阿文："什么？"

"答应你的冠军。"

场上给出两个队伍的数据面板。

解说开始就此进行分析："今天比赛非常关键的点就是，谁能在前期的下路拿到主动权，谁就基本可以掌握比赛的节奏。这两个队伍都是上路抗压，把重心放在下路。"

解说小梨接话："是的，我们刚刚也在休息室讨论过，两队的焦点都是下路。Conquer 这名选手今年刚出道嘛，一路打过来，操作确实很厉害。之前半决赛也是我们俩解说，Conquer 能忍敢打的风格也是给大家留下了很深刻的印象。但论经验来说，肯定是 Fish 占上风。"

解说均皓道："在垃圾话里面，这两个人也是谁都不服谁，打算硬碰硬了。"

说到这里，现场粉丝传来阵阵笑声。

解说嘉卫道："距离他们上次比赛也过去了半个月，相信两支队伍都准备了不少东西。对于 ORG 来说，或者对阿文来说，他一直都在被质疑决赛的心态问题，所以今天这场比赛对他来说也是非常有意义的一次对决，能不能突破自己的心魔就看今晚了。"

均皓："所以，今晚这场巅峰对决，到底是新生代的战队 TCG 新皇登基，还是 ORG 捍卫属于自己的王朝，我们将拭目以待。"

比赛正式开始。

第一局，解说们还在闲聊着战局，几句话的时间，忽然，下路打了起来。

导播镜头及时切换。

陈逾征走位失误，接了对面辅助一个 Q。

两边辅助交出治疗，陈逾征躲在小兵后面走位，只剩下一丝血。

余戈抓住机会闪现上去，跟着平 A 两下，伤害打满，直接收下人头。

解说惊呼："Fish 今天打得好凶啊，三分钟不到直接拿下一血？"

"Conquer 感觉刚刚有点瞎操作了，他刚刚是 E 到对方辅助脸上接的 Q。"

八分钟，ORG 经济领先 2500。

在职业联赛里，这是很夸张的一个优势。

余戈 6 级之后，把中路喊下来。两人卡了一个视野，蹲到了独自在下路断兵线的陈逾征。

两人语音交流了一下，一拨利落配合，一个控，一个绕后，干脆利落地击杀陈逾征。

陈逾征被打成0∶3。

均皓调侃："Conquer 有点不小心啊，他如果再遭重一次，就要直接退出游戏了。"

"说实话，就要被打炸了。"

通过转播平台观看比赛的人也纷纷打出一排排问号来。

"这就是吹了半年出道即巅峰的天才 AD 吗？真是有够好笑的呢。"

"这什么废物 AD！别送了别送了，再送人傻了。"

"又是经典的 Fish 血虐菜鸡。"

"Conquer 这是被 Fish 完爆了啊……"

大屏幕上，辅助刚买完装备回到线上。ORG 下路不仅没有撤退，甚至喊上打野，强行越塔。

奥特曼随逾征而去。

TCG 下路双人组被直接送回老家。

Van 刚好赶来控小龙。上路 TP 亮起来，加上中路，三个人集结在小龙坑附近。

余戈开始打信号。

Roy 吃完蓝 buff①迅速赶来正面战场。

陈逾征和奥特曼还没复活，TCG 意识到对方五个人都在附近，本来想撤退，奈何 ORG 已经先手开团。

ORG 硬着头皮和 TCG 三对五打了一拨，结果被团灭，直接炸穿。

比赛接近尾声，ORG 顺势把大龙小龙全部控下。

TCG 经济落后接近一万。

不到半个小时，比赛结束，TCG 被打成玲珑塔（0 人头，0 塔，0 击杀）。

---

① buff，指增益。蓝 buff，指野区的蓝色大型野怪，它被击杀后为击杀英雄提供限时增益，有回复法力和减少技能冷却时间的效果。

中场休息，后台 TCG 训练室里，一片低气压。

经理叉着腰训人。其实比赛中途对选手发脾气是不应该的，不但会额外给他们造成心理压力，还有可能影响接下来的发挥。如果是正常输一局也没什么，主要是 TCG 打得实在太难看，几乎没有任何还手机会。

教练："你们配合得太差了，尤其是你，Conquer，你今天怎么回事？状态这么差，刚刚第一拨接 Q 的时候你到底在想什么？闪现为什么第一时间不用？"

其他人低着头听训。陈逾征脸色苍白，什么都没说，望向一边。

"Conquer 你别给我这个态度！"领队声音瞬间拔高，"整场下来就你问题最突出，你自己不想想哪里出了毛病，还在这儿闹脾气？被打成玲珑塔是个什么概念？今天决赛如果你一直是这种发挥，那我们一个赛季的努力全白费了，你知不知道？"

余诺坐在角落，看着陈逾征的脸色，忽然意识到了什么。

第二局比赛很快开始。

TCG 三条线都没怎么失误，打得比上一局好了许多。

双方有来有回地交手几次，但到了中期的节点，陈逾征在清视野的时候被余戈单切了。

然后他连续在下路死了两次。

ORG 选的是大后期阵容，余戈几拨完美发挥，使得本来后期有优势的英雄，装备提前成型。

TCG 根本抵挡不了余戈的输出，顽强抵抗了二十分钟，还是被对方推上高地，拆掉水晶。

又是下路出现了问题。

《英雄联盟》总决赛上，几乎没有出现过"让二追三"的情况。如今 TCG 连输两局，大局已定。

领队也没再发脾气，去走廊上抽烟了。教练坐在液晶屏幕前，看着刚刚的几拨团战。

气氛持续低沉，Killer 和 Van 也垂头丧气。

陈逾征一个人窝在椅子里，双腿架在沙发沿上，懒散地低垂着头，手里转着水瓶玩。

忽然，耳边响起一个女孩儿轻柔的声音："陈逾征？"

他抬头，愣了一下。

余诺微微弯着腰，很认真地询问："你是不是有点不舒服？"

陈逾征没说话。

两人离得很近，余诺避开他的目光，解释："刚刚看你脸色不好，我猜可能是低血糖犯了。附近有个医院，我去买了葡萄糖液，你先喝一点？"

他还是一声不响。

她赶着时间，怕来不及，路上的时间都在跑。这会儿她脸上发红、冒热气，还在控制不住地小喘气。余诺一时窘迫，以为自己多管了闲事。她又从袋子里拿出一杯果汁："葡萄糖确实不太好喝，你不想喝的话，我还买了这个——"

陈逾征拿过她手里的葡萄糖液，撕开包装袋，仰头灌下去。

余诺松了口气。

看他喝完，她不敢打扰他，把买的果汁收起来，又默默地离开，坐回自己的位子上。

第三局比赛即将开始，分析师交代完最后几句话，TCG 几个人从椅子上站起来，陆陆续续往外走。

陈逾征走到门口时，脚步停了一下："余诺。"

余诺微怔。

这是他第一次叫她的名字。

外头隐隐约约的欢呼声传来，陈逾征站在那儿，看着她，沉默几秒之后，他开口："谢了。"

余诺忙摇头："没事。"

"那个，"陈逾征扫了一眼她手边的袋子，"也给我。"

余诺愣了一下。

以为她没听懂，他又说了一句："果汁。"

⟋⟍⟋⟍ **14** ⟋⟍⟋⟍

第三局比赛开始前，陈逾征走到位子前，回头喊裁判。

裁判走过来："什么事儿？"

"申请一下。"陈逾征随手将桌边的果汁拿起来，"把我喝的水换成这个。"

裁判有点意外，接过去查看了一下，点点头："可以，我让人给你找个新杯子，你把果汁倒进去。"

耳机戴上，外界吵闹的噪声被隔绝，只剩下队内交流。

"哎，Conquer，这果汁谁给你买的啊？"Killer 忽然问。

奥特曼抢答："余诺。"

Killer 长长地哦了一声："她对 Conquer 挺好啊。"

奥特曼苦着张脸："你还有闲心在这聊天，我们马上就要被ORG打成3：0了。"

"别说这么晦气的话。"Van 骂他，"好歹也要打个 3：1 出来。"

奥特曼问教练："哎，我们要是输了，赞助商会不会全跑了？那我们还能打职业吗？"

"哎哎哎，你说什么呢？"Thomas 提醒，"这是有录音的，你小心到时候上英雄麦克风。"

教练拿着笔记本，在他们身后走来走去："现在知道怕了？前两局怎么不好好打？"

"我的问题。"

陈逾征的手已经放在键盘上，脸上缺乏表情。

教练沉默一会儿，叹了口气，嘱咐："你个人能力不比 Fish 差，好好打，别急躁，不行就在塔下吃兵。稳着来，前期他们抓不死你，后期他们也管不住你。"

陈逾征垂下眼睫:"知道了。"

B/P 阶段结束,教练走下台。TCG 几个人互相打气:"没事儿,就这一把,兄弟们,冲了!!"

Killer 也收起往日的嬉皮笑脸,侧头看了陈逾征一眼:"阿征,你别自责,我们都没打好,不是你一个人的问题。"

陈逾征嗯了一声。

第三局。

刚开始,ORG 蹲在河道处埋伏,但没猜准 Van 的打野路线。

TCG 上、中、下、野全部集结,五个人和对方四个人正面交锋,爆发了一级团。两方辅助互换人头,双双倒地。

两个队从河道处一路纠缠到 TCG 野区。Killer 的引燃帮陈逾征拿到一血。很快,ORG 上单也跋山涉水赶到正面战场,由于没商量好集火目标,虚弱套上,被陈逾征的寒冰追着 A 了两下倒地。

解说语速很快:"看一下,Fish 的烬被迫交出闪现,完了,Roy 也没了。ORG 这拨炸了。Conquer 还在追。"

"寒冰!!!一个,两个!!!"

Van 在临死前,打出最后一个技能,把对面中单的人头让给了队友。

戏剧性的一幕出现了。余戈和陈逾征在红 buff①处单挑,两人血量都只剩一点,就这么站撸。

最后余戈换子弹的时候被陈逾征一发平 A 直接带走。

一级团结束,双方一共爆发七个人头,陈逾征拿下三杀。

连解说都笑了:"ORG 这把一级团送了寒冰三个人头,Fish 下路对线还怎么玩啊?"

均皓:"讲真的,我要是 Fish,我就直接挂机了。"

---

① 红 buff,指野区的红色大型野怪,它被击杀后为击杀英雄提供限时增益,有回复生命值和增加技能伤害的效果。

因为前两次陈逾征被抓得太多，Van 刷完双 buff 就直接往下路赶，保护刚刚建立的优势。

刚好兵线到了塔下，陈逾征利用兵线优势，直接开着二技能就往上抓人，根本不讲道理。对面打野在上半区，Van 和辅助把人头全部让给陈逾征。

再次击杀余戈下路双人组后，陈逾征原地回家，买装备，直接买了暴风大剑出门。

场外弹幕——

"这寒冰就直接出暴风大剑了？？？那 Fish 还玩屁呢，到十五分钟直接投了吧。"

"如果是路人局，我直接蹲在泉水骂街了。"

"建议直接下一把，别把 Fish 的心态搞崩了。"

"这是 LPL 决赛，开局直接带暴风大剑出门，我眼瞎了！！！"

接下来就没有悬念了。

ORG 一级团被灭门，陈逾征的寒冰前期线上完美压制余戈，直接起飞。

ORG 上、中、下三线全炸，几乎没有任何还手之力。

基本是完美复刻了第一局，只不过两个队伍的角色互换。

TCG 扳回一城，MVP 给到陈逾征的寒冰。

第四局。

TCG 和 ORG 两个队伍都小心谨慎了许多。

TCG 如果失误，冠军直接拱手让人。ORG 如果失误，就不得不打第五局。

往往比赛打到最后，到第五局，就是最考验选手心态的时候，有些抗不住压的，操作甚至会变形。

前中期，两个队伍都平稳发育。

当比赛进入后半段，两个队伍的外塔全部被拔掉。

所有 C 位的装备基本已经成型，两边经济咬得很紧。现在复活时间太长，差最后一拨团就能直接定胜负。

人头数来到10：11。

现场所有观众的心都被提起来。

TCG野区的视野一直被ORG压制，ORG抓住机会，趁着TCG回家休整，迅速集结在野区，偷下大龙。

现在打大龙的速度很快，TCG根本反应不过来。

阿文用惩戒收下大龙那一刻，现场隐隐响起了欢呼。

之后，ORG借着大龙buff，顺势一路带兵线进行拉扯，破了TCG两路高地。

胜利就在眼前。

现场观众坐不住，已经开始高喊"ORG"。

TCG这边英雄清兵线清得很快，几个人抱团，死死地守住上路高地塔。

ORG攻了几次都没攻上去。

均皓被感染，忍不住跟着喊："TCG还没有放弃！！他们还在坚持！！！"

TCG靠着顽强的意志，硬生生地把ORG大龙buff的时间拖了过去。

ORG几个队员迅速商量了一下，决定回家整理装备，再去打个大龙。

超级兵已经到达门牙，TCG众人把兵线清完。

就在这时，茶茶说："欸欸，TCG不清兵线了？他们打算去打远古龙！！是想最后殊死一搏，正面接团吗？！"

场上的ORG也意识到TCG想去打远古龙，但现在也来不及了，他们只能迅速赶往大龙坑处。

均皓："ORG打得很快，4000血，他们卡住位置了。1000血！！！500血！！！"

就在这时，打完远古龙的TCG人也赶到。

ORG怕被抢龙，决定先解决TCG的人。

两个队伍的双C在大龙坑处疯狂进行拉扯。

均皓觉得形势有点不对："ORG 不应该接团的呀，TCG 现在有龙血，打团肯定有优势。Roy 的飞机被消耗得有点惨啊，欸欸欸，阿文切后排了！！！Conquer 按出了金身。"

一拨激烈的交火，ORG 的辅助率先倒下。

陈逾征的金身时间结束，一套秒杀对方打野。

嘉卫大吼："Conquer 还在追！！！全都给我死！！！"

场中屏幕上不断出现——

-TCG Conquer 击杀了 ORG Roy

-TCG Conquer 击杀了 ORG Fish

-Triple Kill

-Quadra Kill

嘉卫看着陈逾征的小炮接连起跳，疯狂杀戮着残血的 ORG："Conquer 四杀了！！！要让他们全都死，冲了！！！一拨了！！！"

TCG 在大龙坑处团灭 ORG，摧枯拉朽的一拨进攻，直接拆掉对方老家，赢下第四局比赛。

剧情一波三折，出乎意料。

TCG 在先输两局的情况下，居然顽强地追回两局。双方鏖战四局，战成2：2。

所有人都见证了，TCG 这颗新星的冉冉升起。

就差最后一场决胜局。

开始前。

解说均皓："TCG 虽然都是新人，但是实力和心态确实不容小觑，0：2的情况下能硬生生地追回两局，把 ORG 也逼到了悬崖边。"

嘉卫："Conquer 这名选手，我留意过他的数据，常规赛里，他在 AD 中，场均击杀排第一，分均输出排第二，输出占比排第三。说明他本身就是一个硬实力非常强的选手，这次决赛也证明了这一点。"

均皓："《英雄联盟》的决赛上似乎没有出现过'让二追三'的情况吧？TCG难道真的要创造历史吗？今天这场最后的对决太好看了。阿文离他梦想中的冠军就差一步，TCG也正在创造属于他们的时代！

"现在两个队伍身后都没有退路了，希望他们都能放手一搏，不留遗憾。"

经过短暂的休息，两支队伍的队员回到舞台上。

BO5，战歌起。

只有打满五场的比赛，现场才会放的信仰之歌——

《Silver Scrapes》。①

战歌一出，瞬间点燃了所有在场观众。粉丝们听到这首歌全都开始沸腾了。

就连看直播的也一样——

"战歌！！！每次听到战歌，我都起鸡皮疙瘩！！！"

"呜呜呜，没想到会打得这么精彩，TCG给我冲啊！！！"

"Conquer这么强？那没事了。"

"来啊，来个人！把我杀了给他们助兴！！！"

第五局，B/P阶段，阿文在最后一选里锁定了自己本命打野盲僧。

盲僧在这个版本并不算强势的打野英雄。

就这一局，他要赌上一切，背水一战。

只有这么一次的绝望。就算死，也要死而无憾。

也许今晚过后，职业赛场上再也不会出现"阿文"这个ID，也不会有人记得他，提起他。

但此刻，全场观众，所有人都在欢呼他的名字。

为了这个直到今天还在坚持的老将。

为了他一无所有，也要往前走的勇气。

---

① 中文名《银痕》，是2012英雄联盟全球总决赛主题曲。后成为英雄联盟比赛打满BO5时最后一局中场的背景音乐，该惯例一直延续。

连追两局，TCG 的士气水涨船高。

前期一路高歌猛进，凭借两条土龙的加持偷下大龙，经济领先 4000。

25 分 16 秒。

ORG 被迫在小龙坑处，四打五的情况下开启和 TCG 的团战。因为装备劣势，被 TCG 打出二换五，三路高地告破。

三十五分钟，大龙重新刷新。

TCG 四个人在打大龙。

均皓紧张地道："阿文来了，徘徊在上面，他要抢龙吗？"

龙血已经掉了一半，话音刚落，阿文义无反顾地跳进 TCG 众人的包围圈。

阿文死前和 TCG 的打野同时交出惩戒——

"大龙还剩下 1300 滴血，阿文进去了！他抢到了！！龙有了！！！"

阿文虽然抢到了龙，却被 ORG 几个人瞬秒。另外两个掩护他的队友也相继倒下，临死前换了陈逾征和奥特曼。

TCG 被抢下大龙，剩下三人转头直接奔向 ORG 的基地，配合超级兵拆门牙塔。

ORG 只剩下中单 Roy 一人，赶回家和刚复活的余戈守家。TCG 刚刚打完大龙和小团战，状态并不好。

两人击退 TCG 几个人。

而 ORG 这边也只剩下裸水晶一颗。

阿文抢到大龙，ORG 成功续命，凭着 buff，反推对面几座外塔和高地，经济追平。

比赛拖到第五十分钟。

均皓解说这场上的形势："TCG 这边已经越来越乏力了，再拖下去输出不够，可能要被 ORG 翻盘了啊。"

抓住对方回家买装备的节点，TCG 第三次开大龙。

ORG 这边反应也很迅速，知道对方在打大龙后，上路直接亮起 TP。

解说嘶吼："Will 要偷家了吗？！ ORG 只需要把人留住就行

了！！他拆得很快！！！"

下面两路的兵线都在给压力，Will 在拆高地。

TCG 打龙打到一半，不得不回去守家。然而正想撤退的时候，Van 的酒桶被阿文的盲僧一脚踢回去。

余戈接上输出，Van 直接被秒掉。

现场响起惊人的欢呼，开始不停地有人呐喊 ORG 和阿文的名字。

茶茶语速加快："离 Conquer 复活还有三十秒，来不及了！！！Will 已经开始拆水晶了！！！"

只有三个人，TCG 只剩下三个人，全部被 ORG 的人拖住，Will 已经无人可挡。

"差一下，ORG 有了！！！"

TCG 水晶炸裂那一刻，正中央的大屏幕放大 ORG 每个队员的小窗口，镜头特写给到阿文。

他捂着头往后仰，似乎忍不住，已经哭了出来。

解说嘉卫是阿文的粉丝，激动之情溢于言表："阿文曾说自己是无名之辈，但命运不会垂怜无名之辈，所以无名之辈能做的只有拼搏，尽管冰冷的现实总是给他重重一击，但他永远不会向命运低头。

"六年，阿文等了六年，他在 2021 年的春天终于等来了属于他的冠军！！！"

ORG 一波三折，在连输两场之后，终于将 TCG 斩落马下。所有队员都摘掉耳机，冲过去抱住阿文。

几个解说同时开口，发出由衷的祝贺："那我们恭喜 ORG 战队拿下了 2021 年 LPL 春季赛总冠军！！！"

全场沸腾，欢呼，舞台上的金色彩带飘落。

TCG 几个人默不作声，落寞地坐在电脑前，看着赛后数据面板。

只差一点。

就差一点。

ORG 的人已经过来，和他们依次握手。

握完手，陈逾征低头，收拾着桌上的外设。

Killer 过来，拍拍他的肩："走吧。"

从旁边通道去后台，陈逾征漫无目地看了眼四周。

音乐震动着耳膜，掌声和欢呼没停止，台下的观众振臂高呼。只不过一切的热闹，都不是属于 TCG 的。

走到舞台中心时，阿文已经哭得不能自已。

很默契地，ORG 所有人都没去动那个奖杯。余戈终于露出笑容，推了推阿文："举奖杯啊你。"

梦寐以求的奖杯，就在眼前，却依然像做梦一样不真实。

他赢了，他拿到了冠军。

阿文手都在抖，低声对余戈说："谢谢你，真的，谢谢你。"

所有人都等着。

等着阿文举杯的时刻。

现场有一个大老爷们儿也忍不住哭了。

他也曾是骄傲的少年。

十年饮冰，热血终究难凉。

阿文终于成为故事的主角。

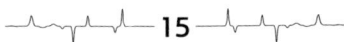

—⎍⎍⎍ 15 ⎍⎍⎍—

回到 TCG 休息室，气氛很凝重。

陈逾征冷着脸，领队扭头，拍了拍他，叹息："你后面几局已经打得很好了，今天尽力了。"

奥特曼也失去了往日的活力，坐在椅子上，用手肘撑着膝盖，捂着脸。

十几个人的休息室，连个开口讲话的人都没有。

尽管情绪低落，还是需要去接受赛后采访。TCG 的人被工作人员带去采访室，依次落座。

枪某电竞第一个提问 Killer："你们作为新队伍，一路打到了决赛，如今惜败 ORG，有什么想说的吗？"

"挺好的。"Killer 勉强笑笑，拿起话筒，故作轻松，"我们粉丝少，所以伤心的人也少。皆大欢喜呗。"

第二个被提问的是奥特曼，问题有点犀利："有关注网络上对你们的评价吗？会不会影响心态？"

"关注啊，网上怎么说的，我们都知道。"奥特曼脸色沉重，顿了顿，才继续说，"很多人都不看好我们，打到今天，也只是不想被那些人看不起。"

说完，他眼眶发红，低下头掩饰情绪。

其他几个队员都侧头看他。

采访室安静了一会儿。

轮到陈逾征。

一个自媒体的记者站起来："前两局，你和 Fish 对线都是劣势，是对上他有压力吗？"

陈逾征："没睡醒。"

"……"

提问的人也被这个回答噎住，哽了哽，又继续问："那你后面几局是怎么调整状态的呢？"

陈逾征敷衍："没什么调整。"

说完，他想到什么，心不在焉地更正："噢，喝了杯果汁。"

采访结束，几人从后方通道走出去。

已经将近十一点，还有一小群粉丝在守候。

看 TCG 的人走近，那群粉丝也没围过来，就在不远处看着他们。

直到上车前，有人喊了一声："陈逾征！"

他回头。

粉丝抄起电喇叭喊："陈逾征，别给我灰心！我们都等着你拿冠军的那一天。抬起头走路，你没什么丢人的！！！"

"还有 Killer、Van、Ultraman、Thomas，你们都加油！！！夏赛季我们还要在决赛看到你们！"

众人情绪都不高，还是对她们挥了挥手。

回去的路上，车里有人戴着耳机睡觉，奥特曼额头抵着车窗看外面的夜景，静静地，几乎没人讲话。

到酒店，余诺回到房间，窝在沙发上和向佳佳聊了会儿天。

一天下来，两个人都累得懒得动。

"唉……"向佳佳长叹了口气，翻着手机里今天拍的照片，"太抑郁了……"

余诺安慰她："没事的，以后还有机会。"

她陪在余戈身边经历过很多低谷。

职业赛场上没有人能一直一帆风顺。过去的事情已经过去，能做的只有向前看。TCG 还年轻，未来也有很多可能。

关于 TCG 和 ORG 的这场决赛，直到十二点，还有几个热搜挂着。

这次意外地没什么骂战，很多人都在真情实感地恭喜阿文终于圆梦。

ORG 粉丝一扫之前连输 TCG 的晦气，挺直腰杆在超话里欢天喜地地搞抽奖。至于 TCG 这个史上最强背景板，第五局被 ORG 一手 TP 偷家，甚至招来不少人怜爱。

TCG 官博几个小时内涨了十几万粉丝，评论全是事业粉——

"在？什么时候给你家队员开微博？"

"今晚打得不错了，本来以为要被 ORG 打个 3：0，后面还能追两局，已经满足了。"

"T 宝别佛了，趁着热度高，多发点你们家 AD 的照片圈圈粉。你争点气吧！标题我都给你想好了！天才 AD 的崛起之路，从亚军开始——"

余诺正在给手机充电，忽然有人敲门。

向佳佳开门，探头，是 Killer："吃夜宵，去不去？"

一起的还有小应他们。

余诺很少看到他们换下队服的样子，她感觉有点新鲜，就多看了两眼。

陈逾征穿着白 T 恤，应该是刚洗完澡，头发还有点湿润。

附近有很多露天大排档，他们随便找了一家。

几个人围着桌子坐下，余诺左边是向佳佳，右边空了个位子。她也有点饿了，玩着筷子，认真研究起桌上的菜单。

过了一会儿，旁边有人坐下。

几个人一起看着两份菜单。

余诺看完，准备递给向佳佳，她正在和小应聊天。余诺转了个头，把菜单递给右边的人："你点吧。"

正好奥特曼也点完了，和余诺同时把菜单递给身旁的陈逾征："你要什么？"

余诺刚想把手缩回去，陈逾征把她手里的菜单抽了出来。

被晾在一边的奥特曼表示疑惑。

他哽了哽，强行替自己挽回尊严："陈逾征，我也给你了，你是没看到吗？"

陈逾征翻着菜单，若无其事："她先给的。"

"你是在质疑一个职业选手的手速？"奥特曼不服，据理力争，"大家都看到了，明明是我先给的。"

"是不是？"奥特曼问 Killer，"是不是我先给的？"

Killer 看不下去："行了，你别自取其辱了。"

"就是。"Van 服了他，"别说了曼曼，再说我都替你尴尬。"

众人一阵哄笑。

他们表面上是在说奥特曼，实则是在调侃陈逾征。

陈逾征翻着菜单，置若罔闻，任他们说。

倒是余诺有点尴尬。

还好这个话题很快就被揭过去。

老板娘把杯子放到桌上，水就在余诺旁边，她顺手，给每个人都倒了水。

Killer："余诺，我发现你好喜欢照顾人啊。我都不好意思了。"

"嗯？"余诺抬头看他，"没关系呀，我比你们大这么多，照顾也是应该的。"

"你看起来哪里像比我们大？"Killer 啧了一声，"当时第一次见你，还以为你是个叛逆高中生呢，你那时候染了个粉毛吧？挺时髦的。"

"这个……"余诺沉吟。

一直没怎么说话的陈逾征突然开口："你多大？"

"我 22 了，如果算虚岁，差不多 23 了。"余诺想了想，"比你大三四岁。"

陈逾征有种淡淡的不爽："三岁也叫大？"

这个问题让余诺愣了愣，很认真地回答："我表弟也是 19 岁，在我眼里还是个小朋友呢。"

陈逾征纠正："我虚岁 20。"

他一说完，Van 就大笑，毫不留情地拆穿："你上个星期刚过的生日。"

奥特曼叹息，拍了拍陈逾征的肩，咬着字说："听到没？陈逾征，你还是个小、朋、友呢。"

夜宵和酒很快上来，几个男生喝了啤的，又叫服务员上了白的。几轮下来，除了不能喝酒的小应和余诺，其他人倒得七七八八。

奥特曼趴在桌上神志不清地呢喃："去他的，老子总有一天要拿冠军，让那些看不起我们的人打脸。"

Killer 跟着吆喝："说得好！拿冠军！！！"

少年们的愿望就这样被夜风吹散。

幸好酒店离这儿不远，互相搀扶着回到酒店大堂，所有人都瘫在沙发上不肯动弹。

只有小应一个男生，他累死累活，一个个把他们送回房间。

剩下余诺和向佳佳在旁边照看他们。

Killer 忽然哕的一声，跌跌撞撞地冲出门。

向佳佳吓了一跳，怕出什么事，赶紧跟上他。

陈逾征坐在沙发上，弓着腰，手撑着头，看着也像上了头，脸色发白。

他之前也吐了一次，余诺有点担心："你要不要喝点水？"

陈逾征慢半拍，摇头。

"今天……"他声音低哑，突然开口，又停住。

余诺嗯了一声，等着下文。

"果汁，谢谢。"

余诺："没事的。"

陈逾征盯着她，醉意蒙眬的眼睛里一层水光："失望吗？"

"什么？"余诺没懂。

"我输了。"

余诺怔了一下，谨慎地回答："我不失望。"

"替你哥开心？"

他突然提到余戈，余诺一下有点没反应过来。

陈逾征看入她的眼里，又说："喝了你的果汁，结果没打赢你哥。"

余诺不知道他是喝醉了说胡话，还是什么，只能半安慰半应付："你已经很厉害了，我虽然看不太懂，但是你们今天表现得都很好。"她绞尽脑汁想形容词，"就是，嗯……很精彩，很热血。"

沉默一会儿，陈逾征说："你说话怎么这么官方？"

余诺："……"

陈逾征讲完，又把头转了回去。

手机振动，余诺收到一条消息。

小应发来的："麻烦你了，帮忙照顾一下陈逾征和 Killer，他们有一个人吐我身上了，我收拾一下就下去。"

凌晨一点，《英雄联盟》LPL 赛区的官方摄影师发出了一组赛事图，有阿文落泪的，有 ORG 众人举杯的，还有 TCG 几个队员落寞的背影。

余诺刷到这条微博，滑动着照片，一张一张地看。

第八张是陈逾征。

她停了停。

第五局结束，他下台前低着头，敛着眼帘，只有一张侧脸。

光线和角度都正好，背景是虚影，陈逾征和舞台上的奖杯一左一右，只差几厘米。肩膀处的"Conquer"被灯光照得闪闪发亮，意境十足。

余诺有种说不上来的感觉。

她又看了好几遍，把这张图偷偷存下来。

看完这条微博，界面自动跳到下一条，是个视频，刚点开就是一个激昂的声音——

"今天小×就来扒一扒Conquer的那些打脸发言——"

深夜这个点，酒店大堂很安静，所以这个声音格外突兀。

余诺惊呆了。

慌张间，她想要关掉手机，却不小心按到音量键。急忙退出后，再一抬头，被"扒一扒"的当事人正看着她。

"我……那个……"余诺眼神从手机上移开，语无伦次，试图说清楚这个误会，"那个……"

陈逾征偏头，目光流连在她脸上，神情懒散，缓慢地说："偷偷搜我？"

余诺哭笑不得，关掉手机："不是的，就是不小心点到了。"

"你刚刚存我照片。"陈逾征说。

余诺："……"

如果现在有个地洞，她现在就钻进去算了。

余诺心跳加速，又快又重，下意识否认："那个不是你。"

"Conquer不是我？"

漫长而尴尬的沉默，连空气都像是凝滞了几秒。

余诺脸肯定红了，强装镇定："陈逾征，你是不是喝醉了？"

"是啊。"陈逾征重复了一遍，"你存我照片，我看到了。"

余诺看着他倾身靠近自己，忍不住往旁边挪了挪。

"怎么样？"陈逾征凑到她面前，停住，"我很帅吗？"

16

余诺惶惶然。

他离得太近，她完全招架不住，随便答应了一句："还行……"

陈逾征平平静静，靠回沙发："哦，还行。"

余诺视线不安地乱转，勉强地嗯了一声。

她稍稍放下心，同时在心里暗暗祈祷，希望他清醒之后，忘记今晚发生的所有事、所有对话。

过了一会儿，陈逾征说："那你看这么久。"

余诺哑然。

她如坐针毡，思索了几秒，无奈地问："你为什么偷看我玩手机？"

陈逾征睨她："你不也偷看我照片？"

"我没有偷看。"余诺说也说不下去，只能转移话题，"你喝醉了，陈逾征。"

如果小应在场，肯定会痛骂，陈逾征这个狗太无耻了，趁着醉酒和妹子调情……还没完没了！

就在这个时候，有人喊了一声："余诺。"

ORG 几个队员的身影出现在酒店门口，看着也是刚聚完餐回来。

余诺感觉得到了解脱，立马从沙发上起来，逃也似的离开这个地方。

她三两步跑过去。

余戈的视线从远处收回，打量了她一会儿："你怎么跟他在一起，干什么去了？电话也不接。"

"他喝了点酒，我看着。"余诺解释，"我没看到你给我打电话，刚刚出去吃了个消夜。"

一群人都东倒西歪。余诺看向阿文："文哥，你今天好厉害。"

阿文像是也喝了不少，推开扶住他的 Will，冲过来想抱余诺。

余戈及时挡下。

阿文又一个转身，扑到余戈身上："Fish，你可太是个男人了，呜呜呜，Fish，我太难了……妹妹啊，哥真开心，你知道不？"

余诺站在旁边，安慰地说："知道，知道。"

又说了一会儿，余诺有点放心不下陈逾征："哥，我先过去把他们送回房间，等会儿再找你。"

余戈被阿文缠得无可奈何，不耐烦又推不开："不用了，你早点回去休息，你们什么时候走？"

"应该是明天。"

余戈点点头："回去再联系吧。"

余诺答应："好。"

Killer 还在外面吐，余诺回到陈逾征旁边，小应还没下来。

她正准备给小应发个消息，陈逾征"喂"了一声。他胳膊肘支在膝盖上，歪着头："你过去干什么？你现在是……的人。"

余诺正在给小应发消息，第一下没听清，有点愣怔。

她只听到了后半句：你现在是我的人。

余诺茫然："啊？"

她迟疑着，忍不住又确认了一遍："你说什么？"

"我说……"

"欸，我来了我来了！"

小应的声音从身后传来，打断两人的对话。

环视了一周，小应问："Killer 去哪儿了？"

余诺："他去外面吐了。"

小应打量了一下陈逾征，挽起袖子："行吧，那我先把他送上去。"

余诺陪他们上楼，跟在后面，在想刚刚是不是自己幻听了。

不过看陈逾征醉成这样，口齿也不太清楚。

他刚刚说的应该是，她是 TCG 的人……

"余诺。"

小应见她没反应，又喊了一声："余诺。"

余诺这才抬头："嗯？怎么了？"

小应费力地回头："你帮我扶一下 Conquer，房卡找不到了，我去敲敲门。"

"哦，好。"

余诺上前两步，扶住陈逾征的胳膊。

除了余戈，这是她第一次碰到男性的身体。

他的体温很高，皮肤有少年的细腻，手腕削直的线条，骨头很硬。

余诺有点不自在，偏了偏头，躲开他灼热的呼吸。

陈逾征挣扎了一下。余诺被他带得整个人都摇晃了一下，后退两步，赶紧用两只手把他稳住。

陈逾征忽然喊了一声小应。

正在敲门的小应回头："又怎么了？"

陈逾征问："我帅吗？"

小应："……"

懒得理他，小应继续敲门："奥特曼，奥特曼！！！还醒着吗？开个门！！！"

"问你，"陈逾征提高了声音，"我帅吗？"

小应被烦得不行，一脸"你有病"的表情。

陈逾征视线蒙眬，又看回余诺："我不帅，为什么她……"

余诺意识到他要说什么，立刻抬手捂住他的嘴，阻止他继续说话。

"欸，算了……我下去跟前台要一张——"

小应的话戛然而止，瞠目结舌地道："你们两个……在搞什么？"

他鼻梁很高，再往下……很柔软的触感，在手心摩擦了一下。

余诺心底一震，意识到这个动作暧昧，准备把手撤下来。

想收回的手，突然被抓住。

她一阵耳热，使了点劲，想抽回自己的手。奈何他力气太大，余诺一时被止住动作。

陈逾征低笑，用只有两个人能听到的声音，问："干什么，占小朋友便宜？"

……

因为前一天晚上发生的事，余诺失眠到早上六点。直到天光微微亮起，她才勉强睡了几个小时。

昨夜大醉一场，所有人都无精打采。

下午三点的飞机。

TCG众人醒来之后，从酒店退房，就直接去了机场。

还有一个多小时才安检，领队随便在机场里面找了家豆浆店。

余诺眼底发青，也没什么胃口，她困倦地去自助取餐台拿了粥和豆浆，端着餐盘去找位子坐。

因为人多，分了几桌。

经过Killer那桌的时候，他喊了一声："哎，余诺，我们这儿还有两个位子，你过来吧。"

余诺脚步一停。

陈逾征靠着墙，正在听奥特曼讲话，像是有所感应，漫不经心地瞄了她一眼。

余诺跟他猝不及防对上目光。

昨夜所有的情景全部浮现，她慌乱了一下，丢下一句："没事，我去找佳佳。"

Killer看着她匆忙离开的背影，不解："我很吓人吗？余诺看到我怎么跟看到鬼似的？"

小应呵了一声："人家哪里是看到你！"

Killer微愣："那她看谁？"

小应意味深长地看了眼陈逾征："不好说。"

"你有完没完？"陈逾征皱了一下眉头。

小应无辜地道："我可什么都没说啊，你自己招的。"

其余人嗅到八卦的气息，赶忙追问："怎么了怎么了？"

小应一拍桌子，愤慨地道："陈逾征，他昨晚借酒装疯，性骚扰了妹子！"

奥特曼张了张嘴，震惊地看向陈逾征："真的假的？"

陈逾征气笑了："什么性骚扰，你能不能说点好听的？"

小应换了个词："那……轻薄？"

陈逾征丢了根筷子过去："闭嘴吧你！"

Killer满脸焦急："怎么骚扰的，细节呢？搞快点，说来听听。"

小应低头喝豆浆："我可不敢说。"

Killer又转头："你不是吧陈逾征，你到底把人小姑娘怎么了？！"

"什么小姑娘！"Van纠正他，"是余诺姐姐。"

Van说完又催小应："昨天到底怎么了？别吊胃口，赶紧说啊！！"

小应啧了一声："不是说了吗？"

"细节，我们要听细节！"

"就是……就是……"小应看着陈逾征的脸色，说得很含糊，"他强迫余诺，做了一些……肢体接触……"

此话一出，周遭安静了几秒。

见陈逾征不作声，Killer语重心长："按我多年的经验，姐姐是最难追的，姐弟恋一般没有好下场啊……"

Thomas笑得稀奇古怪："姐弟恋怎么了？床下叫姐姐，床上……多带感。"

"停停停，你怎么这么恶心？"

眼见他们越说越离谱，奥特曼满脸恶寒地打断："算我求你好不好？Conquer才19岁，你们也太能意淫了。"

"你这个处男，19岁怎么了？19岁都成年了，成年就是男人了。"Killer嫌弃，"再说了，你懂什么？小孩儿别插嘴，是吧，陈逾征？"

陈逾征摆着张臭脸："你是不是有病？"

"嘿，怎么说着说着你还急了呢！"

Killer振振有词："就是，就是，随便讨论一下呗，姐弟恋这个事儿没说你啊，你可别对号入座。"

坐飞机回到上海，取完行李，TCG 的大巴车已经等在停车场。

司机把后备厢打开，大家轮流把行李放上去。

轮到余诺时，她的行李箱有点重，搬起来略感吃力。

后面有个人倾身，想帮她。

余诺使了点力气，赶紧把行李箱提起来："不用了，谢谢。"

陈逾征被人晾了一下，没说话。

放完行李，她没多停留，错开他，往车上走。

见状，Killer 过来钩着他的肩："你到底做了啥丧心病狂的事情啊，别人这么怕你？"

陈逾征被弄得有点烦："关你什么事，你很闲？"

他浑身环绕着低气压，也跟着上车。

白白挨了一顿骂，Killer 有点讪讪的，晦气地喃喃："在别人那儿受气就跟我发火，离谱。"

大巴车开到 TCG 基地。

几天奔波下来，大家都疲惫不已。

宿醉一晚，又闹到半夜，没睡好，领队随便交代了几句，就让他们散了。几个人应了声，纷纷上楼准备休息。

余诺拖着行李箱，准备打车回学校。

她掏出手机，隔着人群扫了一眼。

正好陈逾征有意无意地看着她，想要说什么，还没开口，余诺极不自然地撇开了目光。

余诺跟齐亚男打了个招呼，走出 TCG 基地，站在路边等车，低着头，眼前忽然出现一片暗影。

陈逾征走到她面前。

余诺观察了一下四周，悄悄往旁边挪了一步。

陈逾征跟着，挡住她。

余诺做了一会儿心理建设，认命地抬起头，装傻："怎么了，有事吗？"

他表情困倦，仿佛没睡醒，问她："躲我干什么？"

余诺压根儿不敢跟他对视："没有……"

陈逾征慢慢地点头："没有？"

他个子高，尽管没站直，但还是给她一点压迫感。

余诺嗯了一声。

陈逾征视线掠过她的发顶，有个小旋涡。盯着乖乖站着的余诺，他开口："昨天晚上……我……"

余诺飞快打断他："没事没事。"

陈逾征停了停："你知道我要说什么？"

余诺垂死挣扎，稍稍抿唇："昨天你喝多了……"

陈逾征很有耐心，嗯了一声，等着她说。

余诺试探地问："你还记得发生了什么吗？"

陈逾征反问："发生了什么？"

她迫不及待地摇头："没什么。"

"小应说我……"陈逾征想到今早小应盯着他时诡异的表情，忍不住又皱了一下眉，"我把你怎么了？"

看来是全忘了。

余诺在心底松了口气，挑了个保守的答案："你让我……别占你便宜。"

陈逾征心情好转，哦了一声："你占我便宜了？"

余诺否认："当然没有。"

陈逾征："还有呢？"

余诺感受到了煎熬，想了想，艰难地道："你还问我，你帅不帅……"

"是吗？"陈逾征目光落到她脸上，"那你是怎么回答的？"

17

余诺："……"

她心虚地憋了半天，一个词都没说出来。

正好喊的车来了，陈逾征直起身："算了，逗你玩儿的。"

余诺抓紧行李箱的拉杆："那、那我走了？"

陈逾征："走吧。"

司机下车，帮她把行李搬上车。

余诺坐进副驾驶，稍微平复了一下心情，侧头往外看，陈逾征已经不在原地。

奥特曼睡了一觉才起来。

外面天全黑了，也不知道是几点。他迷迷糊糊地下床，看到旁边的陈逾征正戴着耳机玩手机。

奥特曼打了个哈欠，走过去："看什么呢？"

陈逾征眼也不抬："刷个牙再跟我说话。"

奥特曼被他刻薄到失语。

悻悻地去厕所刷完牙，出来后，奥特曼一屁股坐在陈逾征旁边："唉，好困啊，你干什么，没睡觉？"

"看照片。"

"什么照片？"

奥特曼凑上去："噢，官博发的啊。"

眼睁睁地看着陈逾征把他自己那张挑出来，存到手机里，奥特曼笑了一下："你好自恋，存自己照片干吗？"

存完这张照片，陈逾征把手机关了，丢到一边："留着欣赏。"

春季总决赛后，TCG 每个队员都有半个月的假期。

ORG 因为赢下决赛，马上要出国参加 MSI，休整了两三天，重新恢复训练。

余戈抽空和余诺出去吃了顿饭。

吃完饭，余戈看了一下时间："我送你回学校？"

余诺："你晚上还要训练吗？"

"今天休息。"

"那我们去公园走走。"余诺拉着他，"你每天都坐在电脑前面，也不运动，很不健康。"

这个点，很多大爷大妈在公园散步，晚风吹得人很舒服。他们随便聊着天。

余戈话不多，大部分时间是余诺在说。

"对了。"余戈问，"你在 TCG 工作得怎么样？"

"啊"余诺没想到他会提起这茬，思考一番，给了简单的回答，"挺好的，他们人都……很开朗。"

"开朗？"余戈眼里的嫌弃止不住，"那个 Conquer，叫什么来着，陈逾征？"

"嗯？"余诺心里一咯噔，"他怎么了？"

余戈表情淡淡的："看着就挺讨人厌的。"

余诺："……"

走了一会儿，余戈被路人认出来。几个大哥拿着手机过来，问能不能拍几张照。

余诺被挤到一边。

要签名的人很热情，拉着余戈聊起来。

余诺找到附近的长椅坐下。

其中一人发现了她，问："鱼神，带女朋友出来啊？"

余戈签完名回答："我妹妹。"

"哦哦。"那人又仔细看了两眼，由衷地赞美，"挺漂亮的，跟你长得好像。"

余诺刷着微博，习惯性打开 LPL 选手应援榜。

每个现役职业选手都在这个排行榜上，榜单按照粉丝送的奖杯来定名次。

余戈一骑绝尘，高居第一。

每个微博账号每天可以免费送五个，余诺点开余戈的头像右侧的送奖杯按钮。

送到三个的时候，她手停了一会儿。

她返回送奖杯的界面，又往下滑，到了中间段，才看见 TCG.Conquer。

选手头像框里是春季赛定妆照，陈逾征手插在裤子口袋里，抬着下巴看镜头，自然而然的一股踮劲。

想到余戈的评价，余诺忍不住笑了一下，在陈逾征头像旁边点两下，把剩下的奖杯送给他。

就在这时，微信弹出一条消息，是付以冬。

付以冬："！！！"

余诺："怎么了？"

付以冬甩来一个微博链接："我发现了一个超话，你必须跟我一起快乐，太毒了，我此生没有见过这么毒的！！！"

余诺被她勾起好奇心，点开链接，微博直接跳到一个名字叫"征余超话"的界面。

最新的一条就是——

@LLL："这都是些什么妖魔鬼怪？陈逾征和余戈，他们俩不是出了名的死对头吗？"

底下评论回复："就是死对头才带感啊，相爱相杀懂吗？我之前想了很久都没想明白，为什么 Conquer 打赢鱼神后那么亢奋？完了还贱嗖嗖地亮标，这是个正常人能干出来的事儿？某天晚上我寻思许久，忽然灵光闪现，这不就是为了在对方面前刷存在感吗！！！距离太过遥远，只能通过这种方式引起你的注意！陈逾征藏得太深，谁看了不觉得感人呢？"

余诺嘴巴微张，一脸震惊。

她看了一下超话人数，居然有三千多个人。

余诺继续往下翻。

"为什么 Conquer 在前面啊？鱼神看上去也不弱啊。"

"这你就不懂了吧，Conquer 气场强啊。"

"不行，我还是站 Fish，他的气场更强！！！"

"我站 Conquer，痞子才是绝世宝藏！！！"

除了这些，超话的精华帖里，还有他们俩的各种同人图。

除去同人图，有一张是在成都体育馆，ORG 赢下比赛后，余戈和陈逾征握手的真人照片。

两个人都没有看对方，底下配了一行字——

"那一年，我赢下所有人，终于站在你面前。"

"你在看什么？"

余戈的声音从头顶响起，余诺吓了一跳，摁灭手机，迅速藏到身后。

余戈："嗯？"

余诺赶紧站起来："哥，你粉丝走啦？"

余戈看着她一脸的做贼心虚："你刚刚在看什么？"

余诺："没什么，就是冬冬给我发的一些笑话……我随便看看。"

"什么笑话？我看看。"

余诺："就，不是很好笑。"

幸好他没再追问。

余戈开车送余诺回学校。

路上，余诺过一会儿就盯着余戈看。

她感觉已经无法直视余戈和陈逾征了……

半个月后，在粉丝的一再催促下，TCG 终于在微博发布了选手签约直播平台的消息。

很快，站鱼就转发了这条微博。

@站鱼游戏直播 V：噔噔噔，TCG 战队正式入驻站鱼了！5 月 15 日晚七点不见不散！！

TCG 同时也给五个队员开了微博。

余诺好奇，点进去看了看。

除了 Killer 和奥特曼发了几条微博和粉丝互动，其余人只转发了一条即将直播的消息。

余诺用小号关注了他们的微博。

15 号晚上，TCG 全员在站鱼首次直播。站鱼首页专门给了推荐位，刚开播时他们人气都不算低。

Killer 和 Van 开了摄像头。

奥特曼和 Thomas 本来没开，在直播间粉丝强烈要求下，还是打开了摄像头。

几个大男孩儿只知道玩游戏，第一次直播，在镜头面前略显拘谨，话不太多。

余戈也在这个平台直播，余诺之前充过钱，背包里还剩下一些礼物，给他们挨个刷了个"飞机"。

到陈逾征的直播间，画面里只有一个电脑桌面，他没开摄像头。

余诺蹲在里面看了一会儿，被粉丝的热情惊到。

其实人气不算高，但是弹幕刷得特别快，几十秒就"99+"，大小礼物也不断。

弹幕问了很多问题。游戏还在登录界面，陈逾征随便挑了几个回答。

弹幕纷纷要求他开摄像头。

陈逾征打开游戏，正在排队，敷衍了一句："今天没洗头，不开了。"

直播间粉丝纷纷刷起来——

"陈逾征快露脸！"

"陈逾征把摄像头给我开了！！"

"Conquer'征'的让人很伤心。"

接连不断地刷了半天，陈逾征终于打开了摄像头，只不过小窗口里只有手和键盘。

135

陈逾征："看操作吧，我卖艺不卖身。"

余诺也蹲在他直播间里，忍不住笑了笑。

他有时候还挺气人的。

就在这时，粉丝注意到他的键盘，纯黑色的，破破烂烂，Q、W、E、R 几个键帽甚至脱了漆。

潜伏的黑粉立刻趁机跳了出来——

"还有比陈逾征更穷的职业选手吗？键盘都买不起，用这个破烂玩意儿？"

"兄弟们，把'穷'给我打在公屏上！"

"穷穷穷……"

过了没两分钟，突然来了个 ID 叫"征的很行"的"皇帝"开始刷超火。

一发、两发、三发……

站鱼礼物分了等级，最贵的就是 2000 元的超级火箭，下一档是 1314 元的游艇，然后是 500 元的普通火箭、100 元的飞机，还有几块钱的小礼物，等等。

每一发超火都有全站提醒。

这一位不知道从哪儿冒出来的"神壕"，闷头连续不断刷了几十发，让直播间人气瞬间飙升到一千万。

许多吃瓜路人都进来围观，弹幕也疯了。

"征，你出息了。"

"陈逾征你要红了吗？"

"Conquer 是被哪路富婆看上了？"

"还在刷，还没停……"

"征，答应妈妈，拿着今晚赚的钱，去买个键盘吧。妈妈心疼你。"

陈逾征拿出手机给表姐发了条微信："有钱就给我发红包。"

表姐："别管我。"

陈逾征："？"

表姐："第一次直播，排面这块不得给我弟整起来？"

"征的很行"刷了两百发超火才停手。

此时陈逾征直播间的热度已经排在 LOL 区第一。

游戏正式开始，房管封了几个刷屏的黑子。

陈逾征玩起游戏就不跟弹幕互动了，连礼物也不怎么念。

同站一个舞蹈区的很有名的女主播也过来刷了两个超火，顺便表白了两句。

陈逾征打着游戏，直播间鸦雀无声，只有游戏的声音和键盘敲击的响声。

女主播待了一会儿就走了，之后引起一大批节奏。

直到一局游戏结束，弹幕还在刷——

"看见刚刚给你刷超火的女主播没？"

陈逾征随意道："看见了。"

"你还挺高傲，你知道人女主播有多少粉丝吗？"

"征，你怎么还没红，大牌就先要起来了？"

"人情世故这块，还要粉丝教你？你怎么像块木头一样？看见了也不知道谢别人几句！"

陈逾征又排了一把游戏，拿过一支烟，叼在口里："忘了。"

啪嗒一声响，是打火机的声音。

"你是不是在偷偷抽烟？给大家看看，想看。"

陈逾征声音有点轻佻："对啊，抽烟，直播间没法播，少儿不宜，别看了。"

余诺洗完澡，吃了点东西，把耳机戴上，闲得没事，又打开陈逾征的直播间。

她看他打了一会儿游戏，想起刚刚忘记刷礼物，又打开背包，刚好还剩下一个飞机，她随手点出去。

粉丝还在不停刷屏，要陈逾征露脸。

怎么刷了这么久还没停？

余诺跟着刷了一句："你怎么不露脸？"

梁西在身后喊她，余诺转过身，跟她讲了几句话。

过了一会儿，耳机里突然传来陈逾征的声音。

"爱吃饭……谢谢爱吃饭的鱼的飞机。"他似乎笑了一下，"谢谢老板。"

弹幕疑惑——

"？？？"

"陈逾征，你不对劲。"

"飞机你都谢，刚刚超火不谢？"

"爱吃鱼是谁？？？老板那么多，你为什么只谢她？？？"

余诺不知道刚刚发生了什么。

怎么他随口谢个礼物，直播间也能有这么大反应？

她有点蒙，又听到陈逾征说："你再刷一个，我就露脸。"

一听他打算露脸，弹幕立刻爆炸，热火朝天地刷着，刷着刷着，底下一行小白字显示——

"用户'爱吃饭的鱼'已退出直播间。"

/第五章/

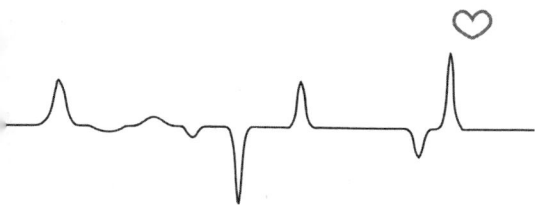

希望有一天，
他们能被所有人看到

18

不知道出了什么事，余诺宿舍的网断了一下，直播卡住了。

手机自动切成 4G，再进去的时候，弹幕全都在刷——

"爱吃饭的鱼老板，再来点礼物吧！"

"走了可还行。"

"征：看脸吗？老板：不必。"

"爱吃饭的鱼老板来了吗？她来了，她又来了！！！"

余诺惊了一下，怎么都在刷她的名字？

弹幕都催着她再刷一个礼物。

余诺打开站鱼的背包，里面没礼物了，只剩下一点免费的荧光棒，她送了几百根。

就在这时，陈逾征游戏界面黑了一下，系统提示他死了。

弹幕飘过几句——

"心乱了，手抖了，操作不起来了？"

身后，梁西凑过来："你在干啥？"

"嗯？"余诺把手机举了一下，给她看，"……在看直播。"

"谁的？"梁西拿起她的手机，看了会儿，"啊，他呀，长得挺帅啊！"

余诺："？"

手机重新回到手上。

陈逾征短发散落在额前。他屈起手指，正在拨摄像头，调整了一会儿位置，侧脸全部露出来。

游戏复活，他忙着买装备，没空看弹幕。

"求了你一晚上，你终于露脸了。"

"就……挺突然的……"

"啊啊啊！受不了受不了，眼睛好舒服，好帅，老公你好帅！！！"

几分钟过去，陈逾征一边清兵线，一边说着："爱吃鱼刷了什么？没看到。"

弹幕替余诺回答："几百个荧光棒……"

"这么多啊？"陈逾征似有若无地嗯了一声，"那等会儿给老板上个房管。"

直播间的粉丝以为他刚来站鱼不知道情况，纷纷给他解释——

"你有事吗？？？大哥，这是免费礼物，不要钱的！！"

"几百个荧光棒加一个飞机就能上房管？不合适吧。"

"救命，这个爱吃鱼到底是谁？？"

直播间的飞机和荧光棒唰唰地送起来。

陈逾征专心打着游戏，任直播间变成一片飞机场，也没再提给谁上房管的事情。

几天过去，余诺翻了翻日历，发现余戈的生日快到了。

她特地去咨询了一下阿文，阿文给她推荐了几个灵敏度、流畅度和手感各方面都比较均衡的品牌。

余诺有点选择困难症，最后千挑万选，给余戈在某个水果官网上定制了一个键盘，准备当今年的生日礼物。

买完之后，突然一顿，她想起陈逾征前几天直播用的键盘。

余诺心情有些复杂，正愁他之前送的手链太贵，思虑再三，她又订了一个和余戈的差不多的机械键盘。

到时候找机会送给他，算是补补手链的差价，免得她总是良心难安。

最近 LPL 处于休赛期，各个战队就在基地训练，顺便补补直播时长。余诺也跟着休假。

某天下午，余诺刚睡完午觉，向佳佳突然在微信上找她："诺诺，你有时间吗，帮我个忙可以不？"

余诺:"什么忙?"

向佳佳:"就是,最近宣发那边想出一个春季赛的赛事纪录片,我忙了两天,但是剪视频的人手不太够,忙不过来了。上次我们去成都,好像你也会做后期?我就想到你了!!!"

余诺迟疑:"可以是可以,但我可能不是很专业……"

向佳佳立马回复:"不要紧的!!!真的不好意思,麻烦你了!"

余诺:"没事,你们什么时候要?"

向佳佳:"你现在有空不?正好今天星期五,我们打算今天下午弄完,晚上发。"

余诺从床上爬起来,收拾了一下。

看外面天气好像还行,她换了一件白色长袖,穿上牛仔裤,打车去 TCG 基地。

走到基地门口,余诺脚步一顿。

有一只瘦骨嶙峋的小猫,窝在花坛旁边喵喵地呜咽着。

余诺的大学附近也有很多无家可归的流浪猫。她和室友看着不忍心,总是会喂点东西给它们。久而久之,她也习惯了在包里放点面包。

余诺低头,把面包拿出来,在掌心碾成碎屑,蹲下身子,耐心地喂着流浪猫。

小猫咪趴在草皮上,有点怕生,龇牙咧嘴地对她喵呜了几声。

余诺伸出食指,试探几番,在它脑门上揉了揉,嘴里也跟着喵喵呜呜地哄着它。

看着它吃,她又打开一瓶矿泉水,在瓶盖里倒了点水,给猫咪舔舐。

"喂。"

有人叫她,余诺茫然侧头。

陈逾征不知看了多久。他拿着杯咖啡,慢慢走过来:"你干什么呢?"

余诺从地上站起来,指了一下给他看:"我喂猫咪。"

"噢……"陈逾征垂眸,打量了一下那只丑猫。

余诺看到他,就想起了件事。

她今天专门背着平时上课用的运动双肩包，是用来装键盘的。这里正好没别人，余诺卸下双肩包，把键盘拿出来："对了，这个，给你。"

陈逾征没接："这什么？"

"我买的键盘。"

陈逾征挑了挑眉："你给我买键盘干什么？"

"呃……"余诺怕伤到他的自尊，沉吟一下，"就是，当你给我的手链的回礼。"

陈逾征瞧着她的表情，懂了："你那天看我直播了？"

"我看了。"余诺说，"不是还给你送了礼物？你忘了吗？"

陈逾征伸出右手，接过来，看了眼包装盒上的商标："谢谢老板。"

余诺赶紧说："你别这么喊我。"

陈逾征："那喊你什么？"

"名字就行了。"

"爱吃鱼？"

"余诺……"

陈逾征像是有点好奇，又问："这个键盘多少钱？"

"不贵。"

"多少。"

余诺说了一个数："一两千。"

"这还不贵？"陈逾征随口说，"我之前都用几百块的。"

余诺被这句话难住，踌躇一下，斟酌地安慰他："没事，你不是刚打职业吗？我哥他最开始打职业也是有点……"

陈逾征若有所思："有点什么？"

余诺觉得自己说错话了，纠结地吐出一个词："拮据……"

顿一顿，陈逾征恍然："拮据？"

"不是不是，我不是这个意思。"余诺看他表情变了一下，解释，"你还小，拮据一点是正常的……以后好好打，会赚到钱的。"

陈逾征颔首。

"所以……"余诺说，"你以后别买那么贵的手链了。"

陈逾征眯起眼睛，笑了："手链啊，我贷款买的。"

"啊！"余诺震惊了，"你贷款买的？"

她脑子里很快出现了那些上网贷款的少年的各种不归路。

陈逾征很淡然："是啊，怎么了？"

余诺急了："不然你退了吧，我、我真的不用。"

陈逾征看着她着急上火，依旧是那副不上心的样子。

她忧心地拿出手机："我查一下，这个还能退吗？"

陈逾征满脸探究："你怎么这么呆？说什么你都信。"

他们俩刚进去就碰到了 Killer，Killer 满脸暧昧地哟了一声："你们俩怎么在一起？"

陈逾征一声不吭，余诺说："我们刚刚在门口碰到的。"

Killer 瞅到陈逾征手上的东西，随口问了一句："你拿的啥？"

陈逾征唇角微微扬起："女粉丝送的。"

余诺："……"

TCG 官博晚上六点准时发了赛事纪录片。

过了十几分钟，官博又发了一条彩蛋微博，十几张照片，除了队员，还有领队，以及幕后的工作人员。

最中间的一张，被风吹动的树下，长发及腰的女孩儿微微仰头，踮着脚，把祈愿牌的红绳系在树梢。

下一张照片就是祈愿牌，上面是清秀的一行字迹——

"希望有一天，他们能被所有人看到。"

很快，评论都在问："这个小姐姐是谁？也太有心了吧！"

官博回答："是我们 TCG 的工作人员哦！"

"这句话怎么这么感人……我也希望我爱的少年，有一天能被所有人看到。"

随后，TCG 的几个人都点赞了这条微博。

包括陈逾征。

余诺陪着向佳佳忙完，已经晚上八九点。

刚刚下了一场小雨，基地门口的路灯坏了两个，余诺摸着黑往前走。

前面有个台阶，下的时候，余诺不小心一滑，身体失去平衡，摔倒在水泥地上。

一阵钻心的痛，余诺忍着，勉强地从地上爬起来。

这个点附近没有出租车。

她感觉是两只脚都崴了，蹲下身，打开手机的手电筒照着，查看伤势。

卷起裤腿，膝盖已经破了一大块皮，隐隐渗出血丝。她伸出手碰了碰，有点红肿。

余诺蹲在路边休息了一会儿，一辆车停在面前，喇叭响了响。

她抬头。

车窗降下来，陈逾征问："你怎么了？"

余诺忍着痛回答："刚刚摔了一跤，脚好像崴了一下……"

他拉开车门下来。

余诺想起身，脚踝那儿又传来一阵痛，她轻轻倒抽一口冷气。

陈逾征蹲在她身边，打量了一会儿，问："还能站起来？"

余诺勉强答："可以……"

陈逾征把手伸出来，他弯了一下腰，迁就她的高度。

余诺愣了愣，咬咬牙，搭上他的手臂，借助他的力量，从地上站起来，她小声说了句谢谢。

黑夜里，陈逾征的表情不太明显。她看到他皱了皱眉说："走吧，送你去医院。"

这个点，郊区路上来往的车辆很少，陈逾征开了远光灯。

两边的车窗全部降下，余诺的头发被吹得乱飞，她紧张地抓紧安全带。

遇到一个弯道，她深吸了一口气，忍不住道："你、你开慢点。"

车到一个红绿灯前减速，停下。

陈逾征不以为意，一只手扶着方向盘，手指缓慢地敲打着，另一只手撑着脑袋："怎么，怕？"

余诺缓了口气："你、你能两只手开车吗？我觉得有点危险。"

绿灯亮起。

他瞥到她的反应，笑了笑，踩下油门，车子又轰鸣一声，加速。

余诺吓了一跳，意识到他是故意的，有点崩溃："雨天路滑，小心一点。"

车子终于慢下来。

余诺问："你刚刚去哪儿了？怎么开车回来的？"

"和朋友吃饭。"

余诺点点头，没再问别的。

整理了一下被风刮乱的头发，她突然想到一个很严肃的问题："对了，陈逾征，你有驾照吗？"

陈逾征开着车，回答得很理所当然："没有。"

余诺吓住了："那你这样，不太好吧。"

陈逾征瞄她一眼："我说什么你都信啊？"

余诺："……"

又是这句话。

紧张过后，她心情松了松，靠在椅背上，开始打量车里的装饰。

中控台上有个很精致的小人偶，穿着 TCG 队服，上面写着"Conquer"。余诺看了几秒，欸了一声："这是你的车吗？"

"不然呢？"

听到他的回答，余诺脸色突然变得很奇怪。

她悄悄瞥了一眼方向盘上的标志，如果没认错的话……应该是很贵的牌子。

想到自己早上还絮絮叨叨地安慰了他一番，余诺有点……

陈逾征似乎知道她在想什么，说："贷款买的。"

余诺："……"

不知道他是不是在讽刺她，余诺坐立难安，勉强笑了笑："你好喜欢开玩笑……"

陈逾征打了个方向："怎么，不信？"

"呃……"余诺硬着头皮说，"你早上太正经了，说手链是贷款买的时候，我以为是真的。"

陈逾征笑了："之前不是说了吗？"

"什么？"

陈逾征看着前方路况："我没你想的这么惨。"

到了医院，医生查看了一下余诺的伤势，开了个单子，让她去拍个 CT。

检查结果出来，余诺的脚有些轻微的骨折，左脚还好，右脚比较严重，不过幸好不需要打石膏。

医生瞧着她："你这两天就待在家里休息，别乱动了。有没有人照顾你啊？"

余诺："我还在上学，住校。"

"那你请个假吧，这个星期最好别下床。"

两人说着，陈逾征推门进来，拿着刚刚缴完费的单子。

医生收拾了一下桌面："行了，跟你男朋友回去吧。"

余诺听到这个称呼有点尴尬："他不是我男朋友。"

医生又打量了他们一会儿，也不在意："哦，你们是兄妹？"

陈逾征顺势回答："姐弟。"

医生点点头："行了，带你姐姐回去吧。这几天别让她乱走。"

两人从办公室出去。陈逾征慢悠悠地跟在余诺身旁，看她有点艰难地挪动着。她两只脚都受伤了，根本站不稳，只能扶着墙壁借力。

陈逾征故意问："你还能走吗？"

余诺："……"

她说："能。"

陈逾征在她前面，半蹲下来，侧头看她："上来。"

余诺哪里好意思，立刻摆手拒绝："不用，我自己走吧。"

"你想走到明天？"

虽然上次也有过肢体接触，但那次陈逾征意识不太清楚。这会儿两个人都清醒着。

陈逾征的手垫在她的大腿下，余诺脸发热，尽量后仰了一点，减少和他的接触面积。

陈逾征穿了件外套，里面是低领 T 恤，她的手腕不小心蹭到他的锁骨。余诺不太自在，手往回缩了缩。

陈逾征把她往上颠了一下："别乱动，要掉下去了。"

余诺不敢再碰他，双手交叉，腾空钩在他脖子前，也没个着力点，其实她也有点吃力。

地下车库很安静，两人近得呼吸可闻。余诺望着他的侧脸，担心地问："我是不是很重？"

"确实有点。"

她被他噎得没话讲。

余诺想起一件事："对了，刚刚的医药费多少？我等会儿转给你吧。"

"不用了。"陈逾征停下步子，"有空去我直播间刷两个礼物。"

余诺："……"

他腾出一只手，准备摸钥匙。

余诺的腿根本不敢用力夹着他的腰，他手一松，她立刻垮了，差点掉下去。

陈逾征勉强捞住她，侧了侧头："帮我拿一下钥匙。"

"在哪儿？"

"上衣口袋，左边。"

余诺往下瞄了瞄，伸着手去摸。

他的口袋有点大，她费力地找了一会儿。

陈逾征懒洋洋地喊了她一声："姐姐。"

余诺动作一顿，惊觉自己的手在一个不尴不尬的位置，她刚想移开，听到他问——

"你摸哪儿呢？"

 **19**

余诺一僵。

指尖触到钥匙，她立刻拿出来，跟他道歉："对不起，对不起，我不是故意的。"

说完，余诺压根儿不敢看他的表情，脸、脖子和耳后根都在发烧。她在心里不停提醒自己，老天爷……他才 19 岁，才 19 岁……

车门拉开，陈逾征把她放上去。

倒车的时候，陈逾征看了眼后视镜："你的脸怎么这么红？"

"是吗？"余诺有点窘，"可能……是热的。"

"给你开个空调降降温？"

他的好心让余诺更加窘迫："不用了。"

车开出车库，陈逾征问："你住哪儿？送你回去。"

"住学校。"余诺拿出手机看了看时间，已经过了十二点，"不过门禁已经过了。"

"那你去哪儿，开房？"

余诺："……"

也不知道为什么，听他说话，她总觉得哪里不太对劲。

她翻了翻包，又摸了摸身上，长叹口气："我没带身份证。"

家里的钥匙也放在学校，余诺一时愁住了。

车就停在路边，陈逾征等着她。余诺有点不好意思，想了想："不然你先回去，把我放在路边就行了。"

陈逾征："你要爬回去？"

余诺："……我可以打车。"

陈逾征提醒她："你手机亮了。"

"啊？"余诺低头一看，手机屏幕亮着光，不知道什么时候静音了，她看到来电显示，立刻接起来："喂，哥？"

余戈语气有点凶："你去哪儿了？打电话也不接。"

短暂的安静。

余诺心一跳，压低声音："我刚刚手机静音了，没看到。"

"你不在学校？"

"什么？"

"我刚刚给你室友打电话，她们说你还没回去，你干吗去了？"

余诺忐忑地解释："我刚刚不小心摔了一跤，来医院了。"

"哪个医院？我过来接你。"余戈想到什么，"摔得严重吗？就你一个人？"

"嗯……"余诺看了一眼陈逾征，"还有一个。"

"谁？"

陈逾征轻描淡写："你哥啊？"

余诺默默点点头。

电话里，余戈问："男的？"

余诺很心虚："就是……那个，陈逾征……你认识吧？"

电话那头安静了一分钟。

"你说呢？"余戈冷笑，"在哪儿？我去接你。"

陈逾征看她接电话那尿乖的样子，有点好笑："怎么说，把你送到你哥那儿？"

余诺点点头，询问余戈："哥，我今晚能到你们基地住一晚吗？学校进不去了。"

等了一会儿，她说："好……我到了给你发消息。"

后知后觉地，脚又开始有点痛。

察觉到车里过于安静，余诺看了眼时间，找了个话题："都这么晚了，今天……麻烦你了。"

陈逾征："顺手。"

余诺是那种很怕麻烦别人的性子，也不爱欠人情："等我好了……请你吃饭。"

到了地方，车停下。余诺还在给余戈发消息，副驾驶的门被拉开，陈逾征撑着车门，低下头，问："你哥在哪儿？"

余诺举了举手机："我正在问。"

陈逾征刚想把余诺扶下车，肩膀被人拍了拍，他转过头。

余戈淡淡地道："让开。"

陈逾征："？"

余诺喊了一声"哥"。

余戈弯腰，蹙眉，打量了一下她脚上缠的绷带，把她从车里打横抱起来。

她细瘦白净的手臂顺势搂上余戈的脖子。

陈逾征靠着车边，从裤兜里摸了根烟出来，娴熟地点上。

余戈顿了顿，声音冷入冰潭，对他说："谢谢。"

陈逾征眼睛微微抬起："不用谢。"

时间也不早了，余诺嘱咐他："你早点回去休息，路上开车小心。"

余戈抱着余诺往回走，听见后面有人喊了一声，余诺立马转头。

车停下，陈逾征夹着烟的手递出来一个袋子："你的药忘拿了。"

余诺匆匆扫了眼，对他说："谢谢。"

陈逾征似笑非笑："那我走了啊，姐姐。"

说完，也不等两人反应，车子一下子蹿出去老远，只剩下车尾气喷了余戈一脸。

很久的沉默，余戈嗤了一声，问："他喊你什么？"

余诺头皮发麻，很快道："就是……喊着玩的。"

"姐姐？"

余诺："……"

余戈："他是不是有什么疾病？"

余戈帮余诺请了几天的假，让她留在基地。

临近毕业论文交稿，余戈去学校帮她取了笔记本电脑，顺便收拾了几件衣服和日常用品。

余诺拿到东西，翻了翻，躺在床上，哭笑不得："哥……你没给我拿电脑的充电器。"

余戈："……"

他们就要出国打比赛，最近训练也很紧张。余诺不想再麻烦他跑一趟："算了，没事，应该还有点电，我把之前的稿子导到手机上。"

她问："对了，你们基地还有电脑能给我用吗？"

"有。"

余诺："好。"

又躺了两天，她终于能下床了，不过行动不是很方便，还需要挂着拐。

下床第一件事，余诺给自己洗了个头。

基地开着中央空调，有点冷，她随便披了一件外套，头发就这么半干地披在肩上。

一队和二队平时训练的地方不同，余戈他们一般是晚上十一点左右训练。

下午空出来的电脑很多，余诺趁着没人，用了一下余戈的电脑，打开毕业论文的文档开始修改。

ORG 基地有一只布偶猫，叫咪咪，很喜欢她。余诺改着改着，咪咪跳到她的腿上，余诺摸了摸它的背。

下午五点多，Will 走进来，他欸了一声："妹妹，你怎么在这儿？"

"我写毕业论文。"余诺看着他，"你们今天这么早就要开始训练吗？"

"不是，我今天补一下直播时长。"Will 笑了笑，"不然要扣工资。"

余诺了然点点头。

Will 开电脑前问她："等会儿我要打个水友赛，你要不要戴个耳机？我怕到时候吵到你。"

"没事没事。"余诺说，"你忙你的，不用管我。"

站鱼星期六搞了一个明星职业选手对抗赛，为了话题度，特地邀请了 TCG 和 ORG 的几位职业选手，剩下的就是其他分部热度比较高的大主播。一共有三场，参与的人很多，有《绝地求生》的，还有舞蹈音乐区的一姐二姐。

因为最近 ORG 全员都停播专心训练，粉丝许久没见到他们，Will 一开播，人气就很高。

他随便排了几把，跟弹幕聊着天。

直播开了摄像头，蹲在直播间的粉丝很快注意到只有一个背影的余诺。

"基地怎么还有个妹子？"

"谁，是谁，谁坐在鱼神的位子上？我没看错吧，还是长头发，女的？？"

Will 笑得很温柔，解释："她是 Fish 的妹妹。"

余戈微博大号没关注余诺，但关注他们比较久的都知道余戈有个妹妹，只是不知道具体长什么样儿，也不知道是谁。弹幕问了一会儿之后就消停了。

余诺写着论文，有点卡住。她发了一会儿呆，推了一下桌子，艰难地够到旁边的拐杖，准备去倒杯水。

Will 喊住她："你要干什么？"

余诺蹦蹦跳跳，停住，回答他："我去倒杯水。"

她不知道 Will 开了摄像头，直接转过头跟他讲话，也没避嫌。

Will 站起身："坐着吧，我帮你。"

他去旁边饮水机给她倒了杯温水，余诺接过，说了声谢谢。

Will 习惯性摸了摸她的头，交代："有什么事喊我。"

余诺乖乖点头。

他们的互动全部落在粉丝眼里。

等 Will 坐到位子上，直播间疯狂地刷着一排排问号。

"这还是我认识的Will？？你这个狗贼，什么时候这么温柔过！！！"

"Will 直说，你是不是想认 Fish 当大舅哥？"

"Fish 危！！！"

"余戈拔刀吧，ORG 上路和 AD，决裂就在今晚！"

奥特曼还是个萌新，第一次参加这种线上活动。之前比赛交手过几次，但奥特曼跟着陈逾征走下路，对 Will 的路数也不太清楚。知道 Will 等会儿也要参加，于是奥特曼偷偷摸摸地开了小号，去他直播间看看底细。

此时 Will 直播间里满屏全是爱心，红的黄的绿的，刷个不停。

奥特曼蹲了一会儿，像发现了什么不得了的惊天大八卦，叫了一下："什么？ Will 和余戈的妹妹谈恋爱了？？"

"余戈的妹妹……" Killer 从电脑前转头，兴高采烈，"余诺？他们俩？不能够吧！"

奥特曼："我不知道啊，我看 Will 直播间弹幕都在说。"

Killer 看了看陈逾征，幽幽地道："那个 Will 是余诺男朋友？"

"不清楚……"奥特曼又观察了一会儿，"好像是粉丝在开玩笑？"

比赛晚上七点正式开始。

大家提前进入官方的 YY 频道，每支队伍都带了同站的三个主播，主办方还专门请了两个解说。

第一场，红色方战队是 TCG 的两个人，陈逾征和奥特曼，上次给陈逾征刷礼物的女主播也在。

蓝色方战队是 Will 和 Roy。

开始前，大家都在各自的 YY 频道聊了会儿天。为了节目效果，几个人的话都多，YY 里一片欢声笑语。

队伍里只有一个妹子，一个男主播问："欸，齐齐，你怎么不讲话？"

齐齐声音很柔："嗯……第一次和职业选手打比赛，有点紧张。"

奥特曼立马安慰："别紧张别紧张，大家都是瞎玩的。"

男主播也说："Ultraman 和 Conquer 都很秀，等会儿抱他们大腿就行了。"

齐齐："啊……我知道，看过他们比赛，是粉丝来着。"

男主播继续搞事："咦，你还是 TCG 的粉丝？有特别喜欢的选手吗？在不在啊？今天刚好要个签名呗。"

齐齐笑了笑，配合地说："有啊，他今天在。"

直播间粉丝记得上次她给陈逾征刷过超火，看他还不主动，纷纷恨铁不成钢。

"都暗示到这个地步了，Conquer 怎么还不给点反应？装起来了？"

"陈逾征，收起你的高傲，就今晚，签一千张签名送到齐齐家！！"

奥特曼打了个圆场，主动问："妹子，你是喜欢 Conquer 吗？"

齐齐委婉地道："嗯，他挺厉害的。"

男主播采访另一个当事人："Conquer 怎么说？"

"什么？"陈逾征哦了一声，"谢谢。"

YY 里一片令人尴尬的沉默。

奥特曼闭麦，催促身边的人："你倒是多讲两句啊！"

瞅见陈逾征那张没什么表情的脸，他问："你今天怎么了，心情不好？"

齐齐迟疑着问："怎么大家都不说话了？"

奥特曼连忙道："Conquer 他害羞呢。"

重新恢复欢笑，男主播调侃："毕竟是被美女当面表白，能理解能理解。"

游戏开始，进入选人阶段。

齐齐打辅助，跟着 AD 走下路，选英雄的时候她专门问了一下陈逾征："我玩什么英雄呀？"

陈逾征："随便玩。"

男主播选了一个狐狸打中路，另一个人选了武器大师打上路。倒数第二个，轮到陈逾征，他瞬间锁定狮子狗。

奥特曼疑惑："你玩打野？"

陈逾征嗯了一声。

因为是娱乐赛，又有业余主播参加，大家都是随便选的位置。奥特曼也没说什么，选了个卢锡安打 AD。

此时弹幕——

"Conquer 真的好直男……好好的机会不带妹，跑去打野？？？这个寡王，注孤生。"

游戏开始。

游戏风平浪静地进行了几分钟，Will 玩的是发条，走中路。对面是熟人，Will 玩得很随意，甚至控蓝的时候还上去骚了几拨，跳了个舞。

这场游戏的平静终止于第八分钟。

Will 刚刚把兵线带到对方塔下，残忍的一幕出现了。

一只狮子狗突然从草里跳出来，直接开 E 技能冲上去，接一发普攻，Will 当场去世。

这只是一个开始。

接下来十分钟里，Will 的战绩直接从1：0变成1：5。被抓崩几次之后，他终于忍不住，在公屏发了个问号。

"大兄弟，你有事吗？"

问号发过去，屏幕又黑了，系统显示：你已被击杀。

Conquer 已经无人能挡了！

陈逾征针对得实在太过明显，连解说都好奇："Will 是哪里得罪了 Conquer？"

弹幕："可能是爱过。"

一整局，Will 全场"黑白游戏"，被杀到崩溃。

基地门口只剩下光秃秃的水晶，Will 攒钱买了个金身，还没走出家门口，空中又冒出一只攒满怒气的狮子狗，出现的一瞬间，弹幕都在提醒"前方高能，速速撤退"，Will 还没来得及按出金身，屏幕又黑了。

节目效果爆炸，全直播间的粉丝都在心疼 Will。

"Conquer 来了，他来了，他杀疯了。"

"Conquer：没想到吧，又是我。"

"陈逾征今天怎么这么残暴？帮 Will 戒网瘾来了？"

Will 玩不下去，回到泉水挂机，直接发起投降："我点了，兄弟们，别折磨我了。"

然而红色方队伍并没有什么人性，即使超级兵全部涌上高地，也不点最后的水晶，纷纷守在泉水门口，等待他们复活再虐杀一拨。

基地被点爆的前一秒，解说笑了："Conquer 什么意思啊，他对着 Will 亮了两条鱼的图标？"

—⌒√⌒⌒ 20 ⌒⌒√⌒—

"这个标是两条鱼，是我想歪了吗？ Conquer 这是在挑衅 Fish ？？"

"不是，这个人为什么能这么嚣张？又又又亮标，太没素质了！"

"Conquer 真的好毒瘤啊，早点滚出 LPL ！！！"

就连反射弧格外长的奥特曼都发觉了丝丝的不对劲。

游戏结束，他关了自由麦，憋了很久，还是问："大哥，你什么意思啊？这么针对 Will，找骂吗？"

陈逾征没回应。

Killer 围观了全场，阴阳怪气地叫："急了急了急了，陈逾征他急了。"

"什么急了？"

"你说呢？" Killer 提示他，"你以为他为什么要亮标？"

奥特曼大惊："难道是在嘲讽 Fish 和他的队友都是废物？"

Killer："……你是傻吗？"

奥特曼下楼去拿奶茶了，Killer 略微沉吟，八卦兮兮地压低声音，问旁边的人："你真对余戈的妹妹有意思啊？"

"什么？"

"别跟我装傻。"

他声音平淡，否认："没啊。"

"那你疯狂抓 Will 干什么？"

陈逾征漫不经心："好玩。"

Killer："……"

虽然只是一场站鱼举办的娱乐赛，但 Will 和 ORG 的粉丝还是气到不行。

抓个一两次就算了，全场抓，这不是故意不让人玩游戏吗？两家本来已经平息的战火重新被挑起，比赛打完，微博上一片骂声。

"嘁，某人决赛打不过，水友赛来泄愤了？可笑可笑。"

余诺不知道发生了什么。

忙完了，躺在床上刷了会儿微博，她倒也没太在意，随便看了看就关了。

待在 ORG 基地的日子还挺热闹，余诺闲着也是闲着，平时就帮基地阿姨给他们做饭煲汤，她从小就喜欢在厨房待着，除了做饭，还会捣鼓一点自制小零食。

阿文被养得十分满足，饭后跟余戈感叹："Fish，你说你这么好的妹妹，以后会便宜哪个狗啊？我建议你干脆这样，咱就在 ORG 搞个招亲大会，《王者荣耀》分部和《绝地求生》分部的都叫来，我们好好挑选一下妹夫，肥水不流外人田嘛，你说是不？"

余戈顶着一如既往的冰山脸，用"你在放什么屁"的眼神瞥了瞥阿文，不接话茬。

Roy 感叹两声："他估计寻思着让妹妹一辈子不嫁人最好了。"

"怎么？"余戈淡淡反问，"我有钱养她，为什么要嫁人？"

阿文："……"

Will："……怜爱一秒你未来的妹夫。"

又过了几天，ORG 统一给一队的人放了假，让他们好好休息一天，后天准备出国参加今年的 MSI。

余诺脚恢复了些，也不好继续待下去，打算明天回学校。

晚上收拾行李的时候，她突然想到一件事，打开陈逾征的微信，在聊天框里打了几个字，又删除。

十分钟之后，终于发过去一条——

"你睡了吗？"

隔了半个小时，那边回："没有。"

余诺迟疑着，又打下一段话："上次不是说好请你吃饭吗……你明天有时间吗？"

Conquer："没有。"

余诺："那，后天？"

Conquer："也没有。"

余诺就算是个傻子也感受到了陈逾征的敷衍，心里想着，他可能懒得跟她出来吃饭。

她考虑了一会儿，很识趣地说："好，我知道啦！你什么时候有空，通知一下我就行。"

发过去之后，对方显示"正在输入中"，但很久都没回。

手机放在旁边，余诺等着等着就睡着了。第二天，早上起床，她迷蒙着眼睛，去厕所刷牙，拿起手机的时候，发现陈逾征凌晨三四点给她回了一个——

"明天。"

余戈临时被一家自媒体拉去做采访，喊了 Will 送余诺回学校。

Will 开车送余诺回学校，陪她把东西放到寝室。

他闲着没事，询问余诺："妹妹，你带我在学校逛逛呗？"

Will 高中毕业就没上学了，一直打职业到现在，所以对大学有种莫名的向往。

余诺看了眼手机，跟陈逾征约好吃饭的时间还早。她答应："好，不过我可能走得有点慢。"

Will 又揉了揉她的头："没事，慢慢走，我配合你。"

今天是周末，学校路上来往的学生很多。

余诺带着他在食堂、教学楼和操场附近逛了逛。路上还偶遇了几个男生，他们是 ORG 的粉丝，跑上前来跟 Will 要签名。

余诺习惯性地走在左边，随口跟他介绍着学校的一些建筑。

"你想喝奶茶吗？"到一家奶茶店门口，余诺给 Will 指了指，"这是我和我室友平时最爱喝的一家。"

Will 答应。

走到点单台前，余诺问他："你想喝什么？"

"跟你一样的。"

他们拿着奶茶又逛了一会儿，Will 问："时间也不早了，我请你吃个晚饭？"

余诺啊了一声，有点不好意思："我等会儿约了人。"

Will 笑笑："没事，那我送你去吧，你们约在哪儿？"

和陈逾征约的地方在一栋商业楼的星巴克门口。

Will 停好车，坐着陪余诺等了一会儿。

两人随便聊着天，余诺看了看表，四点半。

Will 忽然递过来一个耳机："妹妹，给你看一个视频，贼搞笑。"

余诺："什么？"

她刚想戴上，Will 想起什么，体贴地把右边的耳机换给她："等会儿，你用这边。"

余诺愣了愣："谢谢。"

是 B 站一个 UP 主①上传的《超级玛丽》的游戏视频，余诺陪着 Will 看了一会儿，桌沿突然被敲了敲。

余诺侧头。

安静几秒。

陈逾征挑眉，看到桌上两杯一模一样的奶茶并排摆着，他和 Will 对视一眼，问余诺："怎么，打扰到你们了？"

"啊……"余诺连忙站起来，"我们在等你。"

---

① B 站指哔哩哔哩（bilibili）。UP 是 upload 的简称，本意为上传，UP 主指在视频网站、资源网站等平台上传视频、音频或其他资源的人。

"？"

陈逾征恍然："三个人吃饭？"

察觉到冷场，Will 关掉手机，替余诺回答："我不跟你们吃。"

他和陈逾征认识，但也没熟到能一起吃饭的地步。

Will 跟陈逾征打了个招呼，又嘱咐了余诺两句，拿上车钥匙，走人。

从咖啡店出来，余诺跟在陈逾征身边，问："我们吃什么？"

他看着前面，漫不经心："不知道啊。"

余诺小心地观察了一下他的脸色："你不舒服吗？"

"还好。"

余诺翻了翻美团外卖，她伤刚好，走路也走得不快，低头查了一下手机，再抬头，陈逾征似乎也没什么等人的自觉，独自走出去很远。她小跑跟上去，把刚刚找出来的几家递给陈逾征看："那个，你看看。"

他接过去，快速滑了一番，把手机扔给她："没什么胃口。"

余诺勉强接住手机："那你想吃什么？"

"不知道。"

余诺好脾气地继续问："那我再找找看？"

陈逾征没搭话。

又沉默着走了一段路，余诺忽然意识到，他今天似乎……心情不太好？难道是前几天又被骂了一顿的原因？

她翻开大众点评，心里默默琢磨着，听到陈逾征说："今天不想吃了。"

余诺："？"

陈逾征不知道怎么了，好像心情很差，话少疏离，和前两天逗她的样子判若两人。

他自始至终都没看过她一眼："我还有点事儿，你回去吧。"

"……"

余诺被他的冷漠弄得有些无所适从："你不是都出来了？"

陈逾征敷衍地嗯了一声。

之前还是猜测，余诺现在终于肯定了。

陈逾征不知道被谁惹恼了。她刚好撞到枪口上，成为替死鬼，在这里当他的出气筒……

余诺把手机收进口袋，停下脚步，问他："那好吧，你今天不想吃的话，我就先回学校了？"

陈逾征瞥了她一眼。

余诺和往日一样，很平静温和的模样，也没多纠缠，等着他回答。

他走了。

余诺："……"

刚刚至少还给她点反应，现在就这么无视她……走了？

走了？

电光石火间，余诺忽然想——难道是因为 Will ？！

细细一思考，她越想越觉得有可能。

前两天他刚刚因为 Will 被网上的人骂了，今天她还带着 Will 来跟陈逾征见面……

完了……肯定是因为 Will。

怪不得他脸色那么臭。

余诺在心里暗骂自己，她情商真的太低了。

她原地发呆的时候，陈逾征已经走了很远。

余诺连忙跟上去，小跑起来，脚有点痛。她皱了皱眉，喊了一声："陈逾征！"

他听到了，顿了顿，没回头，继续往前走。

余诺又喊了一声："你等等我。"

她跑上前，连忙拦住他，道歉："对不起啊……"

陈逾征停住脚步："什么？"

"你……"她脱口而出，"你是不是因为 Will 而心情不好？"

陈逾征："……"

见他不讲话，余诺更加肯定了自己的猜测："那个，我没考虑你的感受，真的对不起。我忘记你前两天被骂的事了……"

陈逾征："？"

"抱歉抱歉。"

陈逾征打量她一会儿："你说什么？"

余诺沉浸在内疚里，没注意到他奇怪的表情。她想了个法子，试图挽回一下："你不想去餐馆的话，或者……有没有喜欢的菜想吃？我要是会的话，可以给你做……"

沉默良久，陈逾征收回视线："走吧。"

余诺："嗯？去哪儿？"

陈逾征声音很淡然："回基地。"

他看她一眼："你不是要做饭？"

"哦哦，是的是的。"余诺赶忙答应。

TCG 旁边有个沃尔玛，陈逾征把车停到附近。

余诺解开安全带，问他："你要逛超市？"

"你不买菜？"

余诺沉默了一会儿："去超市买菜？"

陈逾征完全没觉得有什么不对："不然去哪儿？"

余诺告诉这位不食人间烟火的少年："当然是菜市场。"

"……"

逛菜市场的时候，余诺跟他讲述："超市的很多东西都不新鲜，然后价格还贵，很坑人的。"

陈逾征看着脚下泥泞的路，旁边鸡飞狗跳，空气中弥漫着一股难言的味道。他停住脚步，蹙眉："姐姐，这里好脏。"

余诺："……"

她已然是认命地接受了这个奇怪的称呼，随口安慰他："菜市场都是这样的，不然你先出去，在车上等我？"

"算了。"

余诺询问他平时喜欢吃什么，有没有什么忌口，陈逾征有一搭没一搭地回她。

他好像心情比刚刚好了点……余诺心里松了口气。

她停在一个摊位前，蹲下来挑豆角，仔细选了半天后，问老板娘多少钱。

老板娘说了个价，余诺沉吟一下："是不是有点贵了？"

"哪里贵！我们现在都是这个价。"

余诺不甘心地嘀咕："上个星期买还便宜一块多呢。"

两人讲了一会儿价，老板娘松口，单价便宜了他们五毛。余诺开心地把豆角装进塑料袋。

陈逾征替她拎着："没看出来，你还挺能说。"

余诺讲价成功，眼里亮亮的："小时候我和我哥出来买菜，别人说多少，他就付多少，后来都是我来讲。这是我的一项技能。"

"你爸妈呢，让你们俩买？"

余诺沉默，笑容退去，没说太多："我爸妈在我很小的时候就离婚了。"

沉默地走了一段路，陈逾征咳了一声："那什么，不好意思。"

"没事没事。"余诺说，"都是很久以前的事情了。"

平时日夜颠倒的电竞少年，到晚上七八点才起来。

Killer 一下楼就闻到一股浓郁的鸡汤味，他深吸了一口，循着味跑去食堂，嘴里嚷嚷着："哇哦，今天吃大餐啊！"

最近基地阿姨放假，他们连吃了一星期外卖，都有点顶不住。

一推开门，Killer 看到一桌子残羹冷饭，心痛道："陈逾征，开小灶不喊上兄弟们？"

陈逾征靠在椅子上："有你什么事儿？赶紧滚。"

Killer 被他气到失语："你、你……"

两人正说着，余诺戴着厚手套，端了一锅汤出来。

Killer 看到她，一愣："你怎么在这儿？"

他反应了两秒，又指了指陈逾征："你们……"

余诺把汤放在桌上："你醒了？正好煲了一点汤，你要尝尝吗？"

Killer 咽了咽口水，看到陈逾征的表情，他识相地道："不喝了，等会儿我吃外卖吧。"

余诺说："不然我再给你们做一顿？反正我等会儿没事，刚刚买了挺多菜的。"

Killer 挣扎几秒，忍痛拒绝，很有眼力见儿地把门给他们带上："不用了，不用，你们聊，我先撤了。"

余诺脱下围裙，坐在旁边，看陈逾征喝汤，她试探地问："味道怎么样？"

"凑合。"

"……"

余诺煮了不少汤，两个人喝不完，想着等会儿TCG的人全都起了，还能给他们喝一点，她起身，又跑去厨房，重新打开火，把汤给温着。

余诺胃小，刚刚吃几口就饱了。她想了想，捞出刚刚泡在盐水里的柚子，用刀把柚子切开，剥下柚子皮。

"你干什么呢？"

余诺分神回头。

陈逾征抄着手，正靠在墙边，看着她忙活。

余诺移开视线："帮你们做点柚子糖。"

她挤干柚子皮的水分，把它们从水里捞出来，放到加了白糖的锅里。

等糖汁收干还要一个小时，余诺等着也没事，问陈逾征："你下午是不是生气了？"

陈逾征很坦然："是啊。"

"……"

厨房的灯是暖色调的，余诺头发半扎起来，只有几缕碎发垂在颊边。她手里拿着铲子，翻搅着锅里的柚子皮。

安静了一会儿，陈逾征盯着她："姐姐，你和我吃饭，带另一个男人，你不觉得哪里不对吗？"

余诺愣了一下，没品出来他的深意，以为他还在说他跟 Will 有矛盾这件事。她老老实实承认错误："对不起。"

陈逾征直起身。

余诺喊住他："你干吗去？"

"抽根烟。"

凌晨三点，TCG 基地灯火通明。

刚刚训练完，奥特曼游荡进厨房，拉开冰箱的门，忽然注意到角落里的一罐柚子糖。他拿了几瓶可乐，把糖也顺手带了上去。

训练室里，其余几个人还在打排位赛，陈逾征双腿交叠，搭在桌沿，玩着手机。

"谁买的柚子糖啊，好好吃哦。"奥特曼抱着玻璃罐，吧唧着嘴，"你们要不要来点？"

陈逾征余光扫到那罐糖，收起手机，对奥特曼伸手："我的，拿来。"

奥特曼："你怎么这么小气，吃两颗怎么了？"

Killer 哟哟哟几声："这可是余诺做的，经过人 Conquer 同意了吗就吃？没眼力见儿的糟心玩意儿，赶紧放下！"

奥特曼把玻璃罐丢到陈逾征身上："行行行，你的你的，都给你。"

Van 突然说："这柚子糖怎么有点眼熟啊？"

其他人声音消失，都看着他。

Van 翻着手机，一拍大腿："找到了，这不是 Will 前两天微博上发过的糖吗！"

刚往嘴里丢了一颗柚子糖的陈逾征动作顿住。

Killer 反应过来，有些心疼地问："征，你还好吗？心碎了吗？还撑得住吗？嘴里的糖是不是瞬间苦涩了？"

21

这次 MSI 的地点在欧洲，一共六支队伍，分别是来自各个赛区的冠军队伍。赛程在半个月左右。

紧接着还有一个洲际赛，也是拳头官方举办的国际赛事。亚洲的洲际对抗赛有三个赛区——LCK、LPL、LMS。这回 LPL 去的是打春季半决赛的四支队伍，ORG、TCG、WR、YLD。

等 ORG 的 MSI 打完，就要收拾收拾去打洲际赛。时间只有半个多月，很紧凑，其余三支队伍也开始集训。

TCG 每个人的体检报告余诺都看了好几遍，把每个人的食谱写下来，发给小应，让他打印出来交给基地阿姨。

奥特曼贫血，陈逾征低血糖，余诺特地在微信上给他们单独发了几条注意事项。

奥特曼："谢谢！"

余诺回了他一个揉脸的猫咪表情包。

过了很久，陈逾征回了一条："1。"

余诺特地去网上搜了一下："回复 1 是什么意思？"

百度答案：1 的汉语拼音是 yī，"y"也是英文 yes 的首字母，表示肯定、同意、知道、好的。

她沉默了一会儿。

他还挺高冷的。

前段时间某个动漫祭的返图出来了，余诺把照片整理了一下，发到长草的微博上。

她平时不怎么营业，加上扮演的人物都来自冷门的日漫，风格比较保守，评论和点赞的人数都很少。

发了微博大概半个小时后，底下有人评论了一句——

TCG.Killer：@TCG.Conquer。

余诺有种马甲掉落的羞耻,他点名陈逾征干吗……

她赶紧翻了翻自己发的九宫格照片,看有没有什么不妥。

微博提示 Killer 刚刚关注了她,余诺回关,微信就收到了 Killer 的消息。

Killer:"诺姐,啥时候再来我们基地做饭呗?"

最近是流行起了叫姐姐吗?

余诺哭笑不得,给他回过去:"叫我名字就行了,你怎么知道我微博的?窘。"

Killer:"你不是爱吃鱼吗?之前你给 Conquer 转钱,我们全基地都知道了。"

余诺:"这样……捂脸。"

Killer:"能不能问你一个问题啊?"

余诺:"什么?"

Killer 啧了一声,喊陈逾征:"要不要帮你问啊?"

"什么?"

"你不是想知道那个 Will 跟余诺啥关系吗?"

陈逾征连眼皮都没抬一下,咔嚓咔嚓地点着鼠标:"我什么时候想?"

Killer 一眼看穿他在装:"你不想?"

陈逾征被他惹得有点烦,把游戏的声音调大了点:"闭嘴,别吵。"

Killer 哼哼两声,摸了摸鼻子,给余诺回:"没什么。"

一局比赛结束,陈逾征摘掉耳机。

Killer 已经开始准备打排位。

陈逾征起身,去接了杯水,路过 Killer 的时候,问了一句:"怎么说?"

"什么怎么说?"

陈逾征:"你说呢?"

Killer 回过味来,无辜地道:"你不是不想知道吗?"

陈逾征:"……"

Killer 恨恨地呸呸两声："晚了。"

"什么意思？"

Killer 开始瞎编："我问，你跟 Will 什么关系啊？小姑娘可羞涩了，也不说话，就发了一个表情包，还带粉色爱心的，这指定是有点问题。"

"什么表情包？我看看。"

"你想得倒挺美。"

陈逾征把水杯放到桌上，把 Killer 的手机拿起来："密码。"

Killer 跳起来想抢，陈逾征耐心耗尽，侧了侧身："快点儿。"

Van 看着他们闹，嗑了把瓜子，茫然道："什么事儿啊，这么热闹？"

Killer 被陈逾征卡着喉咙，挣扎着："陈逾征恼羞成怒要杀人灭口了，救救我，快救救我。"

奥特曼在单排，被吵得玩不下去游戏，大叫："Killer 的手机密码就是 123456。"

Killer 瘫回椅子上，不甘心地喃喃："你这是侵犯公民隐私权！你有本事，你别尿，你自己去问啊！"

陈逾征看他一眼，压着火。

他打开微信，找到余诺，翻了翻他们之前的聊天记录。

来来回回滑了几遍，他发现被人耍了。

Killer 笑疯了："哈哈哈……活该，要你装，你再装！"

付以冬出差回来，拉余诺出去吃了顿饭。

她最近甩了前男友，又新交了一个，连吃饭的时候都在腻歪。

余诺在对面专注地吃着饭。

付以冬和男友聊完，关掉手机，打量了她一会儿："诺诺？"

余诺："嗯？"

"你多大了？"

"22 呀。"

付以冬一拍桌："22 了，还没个男朋友，这像话吗？"

169

余诺无奈："这不是还挺小……"

"最近有没有看上的？"

余诺仔细想了想，摇摇头。

付以冬一眼看穿她的迟疑："是不是有喜欢的了？"

余诺："真没有。"

"行吧……"付以冬叹息，"等会儿给你微信推几个名片，就你这呆样，再单身十年都找不到男人。"

余诺顿了顿，似乎也有个人说过，她很呆……她夹了个蛋塞进嘴里："你怎么突然关心起我感情生活了？"

"那有没有小哥哥撩你？"

余诺："什么样叫撩？"

"就是，经常主动给你发消息，约你吃饭，给你送小礼物，约你干啥干啥……"

"啊？"

付以冬期待地看着她："怎么样，你细想，有没有？"

倒是没谁对她这样，只不过自己……余诺心里一惊。

她这段时间，动不动就给陈逾征发消息，每次都是她主动找他，还约他吃饭……给他送糖。

好像付以冬说的每条都对上了。

余诺有点食不下咽，拿过旁边的果汁喝了一口。

她这样……是在撩陈逾征？

余诺犹豫，咬着吸管："但如果，发消息，或者送东西、约饭，都是有原因的，这也算吗？"

"为什么不算？"付以冬说。

两人吃着吃着，付以冬突然问："对了，你最近是不是天天都能跟 Conquer 见面啊？我最近忙起来都没时间看他们比赛了，补了一下之前的视频，太帅了。你什么时候带我去 TCG 基地遛遛？"

余诺正心虚呢，乍一听到他的名字，她立刻呛到了。她拿着纸巾擦嘴:"这个,我得问问,看方不方便。"

"除了 Van,其他几个有女朋友吗?"

余诺摇头:"不太清楚,但是他们职业选手那么忙,除了训练就是直播,应该也没空谈恋爱吧。"

付以冬想到什么,托腮:"没火之前都是这样的,唉,我已经开始担心了,我们后援会的群里,天天都有人发自拍呢,妹子一个比一个漂亮。你说等 Conquer 火了,会不会也这么多人献殷勤啊?"

余诺:"……他才 19 岁。"

"和年龄有什么关系?你没看他之前有个赛后采访,跟女主持说了几句话,就多看了别人几眼,把那个女主持人的脸都看红了。你知道吧,Conquer 就是那种跩了吧唧,又有点痞,还有点冷淡,那种勾人的劲儿,很招女人。"

付以冬翻了个白眼:"算了,跟你说这些,你也不懂。"

周四晚上 TCG 团建,齐亚男在群里发了地址,在正佳广场。余诺临时有个会要开,到的时候有点晚了,她推开包房的门,里面已经坐得七七八八。

陈逾征一眼就看到了她。

今天上海的气温忽然升高,余诺长发披在身后,穿了一条黑白色的高腰裤,A 字米色短裙,腰后还有个大大的蝴蝶结。

她一进来,好几个人都不说话了。

余诺站在门口,抱歉地笑笑:"有点事,来晚了。"

齐亚男挥手招呼她:"没事儿,找位置坐吧。"

奥特曼和 Killer 同时站起来:"来这里!"

被他们夹在中间的陈逾征:"……"

Van 和 Thomas 都心照不宣地开始笑。

齐亚男瞪他们一眼,警告:"够了啊,别动不动调戏小姑娘。"

余诺在向佳佳旁边坐下。有人递过来餐具,她道了声谢,拆包装的时候，一抬眼，看到坐在正对面的人。

想到付以冬前几天的那番话，余诺不由得多观察了几眼。

热闹的人声中，陈逾征歪着头，姿态随意，一只手放在桌上，玩着水杯。不知道 Killer 在说什么，他漫不经心地听着，嘴角还剩下点笑意，闲闲的。

或许是她偷看得久了，察觉到打量的视线，陈逾征收了调笑，眼睛一瞥。

视线毫无防备地对上。

余诺无措，赶紧别开脸，手上继续拆着包装袋，心里默默想，付以冬说得没错，确实挺招人的……

吃饭中途，齐亚男挨个和每个人喝了一杯。

余诺其实酒量不太好，但是不想扫兴，就多陪着喝了几杯啤酒。

差不多散场的时候，余诺脑袋已经开始犯晕。她去厕所洗了把脸，接到个电话，是江丽打来的。

喉咙卡了卡，"妈妈"两个字到底还是没喊出来。

电话一接通，江丽就在那边哭。问怎么了，她也不说话，就一直哭。

余诺推开一扇隔间门，关上，又问了一遍："怎么了？"

"小祥他……他今天去医院……"

余诺坐在马桶盖上，心里一沉："别哭，慢慢说。"

江丽抽噎了一下："他今天去医院，突然查出了一种慢性病，小诺，我本来不好意思找你们的，但实在是没办法了。前段时间……他又出去赌了，家里根本拿不出钱治病……小祥现在人还躺在医院，明天下午还要做手术……"

江丽："小诺，你问问你哥，还能不能借点钱给我？以后我一定会还的，这真的是最后一次了……"

话到这里，她没继续说下去。

余诺没出声。

"如果不是真的没办法，妈妈也不会来找你们的。我知道你和你哥都怨我，但当初如果不是你爸和那个贱人搞上了……我……"

余诺平静地打断她："……你发个卡号给我吧，我手里现在有几万，先拿去垫垫。再多的，我也拿不出来了。"

"你哥呢？"

"别去找我哥。"余诺稳了稳声音，重复了一遍，"别去找他了。"

眼泪掉在手背上的时候还无知无觉，余诺擦了擦，发现自己哭了。

可能是酒喝得有点多，人也变得很脆弱，忽然想起了小时候的很多事情。

不想哭，可眼泪在不停地掉，她心里倒是很平静。

向佳佳进来找她，喊了两声："诺诺，你还在厕所吗？你还好吧？"

余诺蜷缩着抱住膝盖，抬起头，刚想开口，发现声音有点嘶哑。

不知道是不是喝多了，她有点难受。懒得收拾自己，不想动，也不想见人，她回了向佳佳一句："没事儿，我没喝多。"

向佳佳担忧，敲了敲门："看你上厕所上了好久，真的没事吗？"

"真的没事，我在……"余诺抿了抿嘴，把哭音吞进喉咙里，"我在跟我一个朋友打电话。"

向佳佳："那我在门口等你？"

余诺："你们先走吧，我等会儿还有点事，今天吃饭 AA①的钱我等会儿发到群里。"

向佳佳走后，过了一会儿，手机又响起来，余诺没动。

电话铃声一直响。

她迷迷糊糊的，摸起旁边的手机。

是陈逾征。

余诺按下通话键，低低"喂"了一声。

陈逾征："你还在厕所？"

"嗯。"

_____

① 指各人平均分担所需费用。

"喝多了？"

"不是。"

陈逾征："他们走了，你还有东西没拿。"

"你帮我放在……"察觉到自己失态，余诺又哽了哽，才续上刚刚断掉的话，"放在前台，我等会儿去拿。"

"知道了。"

"谢谢。"

余诺放下手机，把头埋进膝盖。

大概半个小时之后，眼泪终于流干了，脚也蹲得发麻。余诺扶着门慢慢站起来，手机掉到地上。她捡起来，发现电话还通着。

余诺完全失去了思考能力，试探性地"喂"了一声。

一两秒之后，陈逾征嗯了一声："好点没？"

余诺心中翻涌，张了张嘴，鼻音有点重："你没挂电话吗？"

"没有。"

她不出声。

他声音很平淡，比平时低沉些，听不出情绪："哭好了就出来，我在外面等你。"

余诺两个眼睛红肿着，脸上挂的泪痕还没干，鼻尖也是红的。她低着头，不敢看陈逾征。

他戴着棒球帽，靠在走廊上，手里还拿着她的包。

余诺脑子还有点蒙，苦笑："不好意思……麻烦你了。"

陈逾征往她脸上扫了一眼。

看他的表情，余诺这才意识到自己刚刚脑子紊乱，连脸也忘记洗了。

两人从饭店出去，刚走了没几步，突然围过来一群粉丝。

余诺退了半步，低着头。

陈逾征眉头皱了皱，扯了她一下，把她拉到身后。

粉丝认出来真的是陈逾征，纷纷求签名和合影。

这种狼狈的情况下被一堆人围住，余诺有点度秒如年。他手抓着她的手腕没松开，余诺想走也走不掉。她有点紧张，把头垂下来，让头发遮着脸。

　　与此同时，粉丝也发现了陈逾征身边的余诺。一个女孩儿目不转睛地盯着她，冒出一句："她是谁呀？"

　　陈逾征单手给她们签名，淡淡地抛出一句："我朋友。"

　　几个人对看一眼，脸色都变得有些微妙。

　　陈逾征慢条斯理地把自己的帽子扣到余诺头上，跟举着手机的女粉丝说："别拍她。"

/第六章/

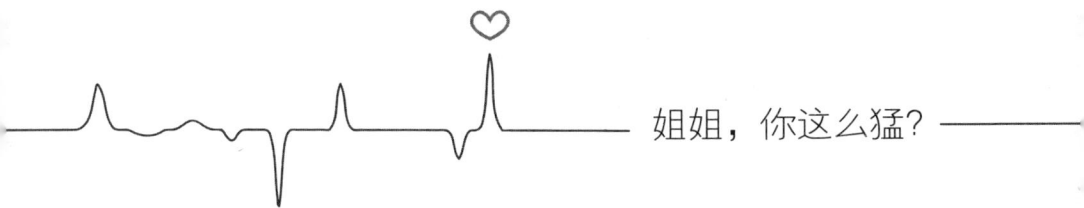

姐姐，你这么猛？

22

眼前忽然暗了一些，棒球帽戴在头上，余诺的头垂着，视线移到自己的手腕上。

身边围满了人，旁边的灯光不是十分明亮。陈逾征一只手背在身后，抓着她。

两人的影子交叠在一起。

他的手温度很高，指尖修剪得很干净，骨节又直又长。

抓着她手腕的手没有用很大力量，她呆了呆，手指微微蜷起，老老实实，一动不动地静默着。

等人群散去，陈逾征把她松开。

余诺攥紧了包包的带子。

旁边玻璃窗投出霓虹的彩光，和他们的倒影。

陈逾征不说话，她也保持着沉默，沿着繁华闹市的街道慢慢向前走。

接近打烊的点，旁边商铺传来断续的歌声。余诺埋下头："今天……谢谢你。"

"谢我什么？"

"……"

余诺脑子还有点僵，有点转不过来，不知道说什么，也不知道该怎么说。

刚刚在厕所哭完，可能陈逾征也只是顺手没挂电话。

可在那一瞬间，余诺鼻头一酸。

一种无声的沉默，在另一头，安静地陪伴着她。

他无意施舍的温柔，让余诺觉得自己偷偷掩藏的难过，似乎被安慰了。

余诺偷偷观察他："好像……每次在你面前，我都很狼狈。"

陈逾征笑了笑，随口说："你故意的啊？"

她有点没反应过来："嗯？"

"没什么。"

她又看了一眼他，没有皱眉或者不耐烦，这才稍微放下心。

余诺性子有点木讷，从小父母离婚，继母性格不好，时间久了，她在家里做什么都谨小慎微，怕说错话、做错事，就慢慢变得不太爱说话了。

后来和别人单独待在一起时，朋友说什么，她总是要想好久才能接上一句，动不动就冷场。

余诺其实想感谢一下陈逾征，奈何话到嘴边，就是不知道该怎么说。

陈逾征停在一家烧烤店的门口，余诺也跟着他停下，问："怎么了？"

他打量了一会儿她，说："饿了，陪我吃点东西。"

余诺："你不是才吃完饭吗？"

"年纪小，长身体。"

两人进店里坐下，服务员在旁边问他们要吃什么。余诺刚刚其实也没怎么吃东西，闻到面的香味，她看了看招牌，点了一碗鸡蛋炒面。

服务员问陈逾征，他说："跟她一样。"

小店里灯光很亮，生意不太景气，只有他们两个客人。余诺有些局促，视线左顾右盼，打量着店内的装修。

陈逾征看了她好几秒钟："你刚刚哭什么？"

"嗯？"

"失恋了？"

余诺垂下脑袋，否认："不是……"

余诺沉默着，安静了很久，久到陈逾征以为等不到她的回答了。

"……因为我家里的事情。"

陈逾征一直静静地盯着她，余诺忽然觉得有些难堪，嘴唇下意识地抿起来，努力控制住自己的情绪。

她抓起桌上的水杯，喝了一口，才说："就是我妈妈找我有点事……其实没什么。"

虽然勉强地笑了一下，但她眼里的愁苦一览无余，略有些不自知的可怜，根本瞒不住人。

陈逾征若有所思："你爸妈不是离婚了吗？"

余诺情绪低落，点点头。

很快上了两碗面，热气腾腾的。余诺把香菜挑出来，一口一口，吃得很慢。

她吃了一会儿，悄悄看了几次陈逾征。

他好像……基本没动筷子。

余诺思索着，也停下："这面，不合你胃口吗？"

"不饿。"

余诺："……"

又冷场了。

她不知道怎么找话题……余诺顿时整个人都不太好了，闷了一会儿，期期艾艾地问："陈逾征，我能再喝点酒吗？"

陈逾征坐在那里，有点讶异，随即挑眉："你还能喝？"

余诺肯定地点点头。

她不想让气氛这么尴尬无奈……又沉重。

听付以冬说，她喝了酒，话好像会多一点点。

陈逾征："你随意。"

服务员上了一打啤酒，余诺倒满一杯，先是尝了一小口，深呼吸两下，一口喝下去。

啤酒入喉，味道带点微微的苦涩，但是不冲，一屏息，就像水一样，也不难喝。喝完一杯，余诺擦擦嘴角的酒液，又给自己倒了一杯。

陈逾征倒也没拦着她，不紧不慢地问："姐姐，你这么猛？"

余诺笑得很腼腆，避开他的目光，少有地，开了句玩笑："你就当我借酒消愁吧……"

她本来没打算喝太多，到微醺还能聊天就差不多了。

只不过喝着喝着，晕乎乎的感觉又上来了。这种感觉很新鲜，好像烦恼都没了。

喝到后来，余诺手里的杯子被人抽走，她茫然了一下，飘飘然去抢："我还没喝够呢……"

陈逾征倒了杯白开水，拿起来，递到余诺手里："最后一杯，喝完了我们走。"

"最后一杯吗？"余诺看着手里的一杯水，郑重地点点头，"好，最后一杯。"

她仰头灌下去。

陈逾征似笑非笑地看着她："味道怎么样？"

余诺脸色发白，眼神清亮："我觉得……我还没醉。"她打了个酒嗝，"我还可以再喝几杯。"

"还没醉？"

余诺含混地嗯了一声，拿起还剩半瓶的啤酒。

陈逾征挡了一下，余诺啪地打开他的手："你让我再喝一点，就跟你讲话……"

口齿倒是挺清晰。

陈逾征停了两秒，微微俯身，把她从位子上拉起来："喝多了脾气这么大？"

深夜这个点，街上的店铺几乎都已经打了烊。

余诺不肯让旁边的人扶着，嘴里喃喃着："我真的没醉。"她推开陈逾征，"你不信，我走个直线给你看。"

她睁大眼睛，看着地面上的白线，打开双手，像在走平衡木一样认真。

陈逾征慢悠悠地跟在她身后。

走了一会儿，余诺回头，弯起眼睛叫他："陈逾征？"

他嗯了一声。

"我走得直吗？"

陈逾征点点头。

余诺满意地继续走，走着走着，感觉身后有人追她，她又跑起来。黑灯瞎火的，不知道撞到什么东西，她一个趔趄，摔倒在地上。

上次的伤口被蹭到，她眼里立刻浮现了一点泪花。

时间好像被无限延长，旁边有个人把她从地上拉起来。

鼻尖萦绕着一股清淡的烟草味。余诺大脑麻痹，无知无觉，闭着眼睛，往这人身上靠了靠。

陈逾征停住脚步。

他略略低下头，抬手，替她擦掉眼泪。

"手机给我。"

余诺坐在长椅上，反应了两秒。

陈逾征："给你朋友打电话。"

余诺立马摇摇头："我不想回去。"

陈逾征耐心地问："那你想干什么？"

余诺一本正经地说："我要，要，去海边……看日出。"

她拍了拍旁边的位置："你坐下，我跟你讲讲话。"

余诺沉思了一会儿，问："你想听故事吗？"

陈逾征一边打电话，一边抽空配合她："什么故事？"

"童话故事。"

"……"

表姐在那头又"喂"了两声："你说话，人呢？"

陈逾征神色如常："开辆车过来。"

"这么晚了，你要车干吗？"

余诺已经开始胡言乱语："你想听《海的女儿》《丑小鸭》，还是《卖火柴的小女孩》？《拇指姑娘》我也知道……"

"你随便讲。"

"那我给你讲……《卖火柴的小女孩》。"

陈逾征嗯了一声，把电话换到另一边，跟表姐报地址。

余诺以为他在跟自己说话，听不太清，凑上去："你说什么？"

她头昏脑涨，费力地看着他的口型，耳朵还是嗡嗡的。

陈逾征盯着她，随手挂了电话。

见他不再说话，余诺眼里溢满了水雾，有点无措："对不起……我右耳听力不太好……你能再说一遍吗。"

陈逾征倾身，在靠她很近的位置停住，低声问："听得到吗？"

余诺迟钝地点点头。

陈逾征头偏了偏，眼睑垂下去，几乎凑到了她耳边。

"我说，你喝多了……还挺可爱的。"

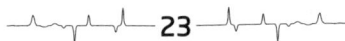

―♥― 23 ―♥―

徐依童把车停到路边，拿起旁边的小香包，踩着高跟鞋下车。

抱臂靠在火红的法拉利上，打量了两秒情况，徐依童喊了声："嘿，你怎么回事儿？"

陈逾征刚起身，就被人攥紧衣角。

余诺眼睛都不眨，可怜巴巴地问："哥，你要去哪儿？我还没讲《海的女儿》呢，你不想听了吗？"

陈逾征把她歪倒的身子扶了扶，说："等会儿再听。"

徐依童笑得肩都在颤抖，慢悠悠地走过来，双手撑住膝盖，弯下腰，面对面地打量了一会儿余诺。

小醉猫乖乖地坐好了，只是手还拉着陈逾征的衣服不肯放。她脸颊晕红，本能地感觉有些不安，偷偷瞄了一眼徐依童，小心翼翼地问："哥，她是谁呀？"

徐依童没忍住，噗了一声："陈逾征，你什么时候认了个妹妹？"

陈逾征顿了顿："她喝多了。"

徐依童揶揄道："出息了，还知道把别人小姑娘灌醉了，想带去干啥？"她直起腰，摇摇头，"你这样不行，这犯法啊，征。"

陈逾征："？"

"你想多了。"

余诺迷迷瞪瞪的，突然捂住嘴，站起身，跌跌撞撞跑到旁边，找了棵树，扶着树干，蹲在地上吐。

陈逾征视线紧随，跟上去。

他在旁边半蹲下，拿起刚刚买的水给她漱口，又把纸巾递过去给她擦嘴。

凝神多看了两秒，徐依童乐不可支，举起手机开始拍："不行，我得记录一下，发到群里，给她们都看看。"

陈逾征没空理她，拍了拍余诺的背。

长这么大，徐依童就没见过陈逾征这样。别说对他发酒疯，就是别人跟他多讲两句话，他都懒得理。

他什么时候能对一个女生这么低声下气、没脾气，嘴里还哄着？

余诺吐完，摇摇晃晃站不太稳，往后趔趄了两步。

陈逾征扯住她，本来只是怕人摔倒，然而余诺竟然倒进他怀里。

她双手攀附上他的腰，嘴里上句不接下句，一会儿喊哥，一会儿喊安徒生。

徐依童一边拍，一边想上来帮忙扶人，被拒绝。

陈逾征动作稍稍一顿，弯腰，单手捞过她的双腿，托起她的腰，把人打横抱起。

他蹙眉，分神喊了一声看热闹的徐依童："别拍了，把车门打开。"

几个小视频刚发到闺密群，手机立刻叮叮咚咚——

A："这个是你表弟？那个喝多的女生是谁？"

B："呜呜呜弟弟长大了，公主抱！！！好 man①噢！！！"

A："还记得上次过年出去吃饭，我喝多了站不稳，你弟跟我说了句什么吗？他说'别碰我'，他说了句别碰我？？？你弟这个绝世狗贼，居然还有这么温柔的时候！！！终究还是我错付了！！！"

C："有生之年居然能看到征征谈恋爱，想当初第一次见，他还是个上初中的小酷哥，哎，我们都老了。"

混混沌沌间，余诺意识慢慢回笼。喝多了酒，嗓子干燥难忍，她睁开眼，想倒杯水喝，发现自己躺在床上。

床边的壁灯亮着，有点晕黄的光。

她发愣几秒，一个激灵坐起来，打量了一下这个陌生的房间。

掀开真丝被下床，赤脚踩到白色毛毯上，余诺低头看了看自己，穿着一件白色睡裙。

缓了一会儿，她拼命回忆，昨晚是发生了什么？

和陈逾征吃完烧烤，她喝了点酒，又在马路上走……再往后，就没印象了……

手机放在旁边，余诺脑子慢慢清醒，拿起来看了看时间。

凌晨三点。

她动作迟钝，在床边又坐了一会儿，起身，推开门出去，沿着走廊往前走。

外面客厅灯还亮着，角落摊着漫画书，还有各种乐高。

徐依童握着游戏手柄，紧紧盯着电视屏幕，嘴里嚷嚷着："欸欸欸，陈逾征你往后退，别又死了。"

玩着玩着，听到脚步声，徐依童转头，眼睛亮了一下，叫："欸，陈逾征，你妹妹醒啦！"

---

① "man"本意指男人、人类，在网络用语中常用于表达有男子气概、强壮、有男友力。

余诺："……"

陈逾征靠坐在沙发上，淡淡地看了她一眼。

与此同时，电视机上出现一个血红的 Game Over（游戏结束）。

徐依童气恼地丢开游戏手柄，爬到陈逾征身上，用手掐着他的脖子："要你往后退！气死我了！！"

陈逾征头往后仰，懒洋洋地丢开游戏手柄，阻止徐依童的动作："别碰我。"

看他们俩打闹，余诺有点不自在……她好像出现得不太是时候？

"那个……我……"余诺尴尬地指了指自己，"我……"

徐依童："你刚刚喝多了，是我们把你接回来的。"

余诺硬着头皮道谢，有些难为情："麻烦你们了，我、我衣服在哪儿？这么晚了……我先回去？"

徐依童跑过来，把余诺上上下下打量了几番："不急不急，你先坐。"

余诺被她扯得踉踉跄跄，一屁股坐在沙发上。

陈逾征侧头打量她："你好点没？"

余诺点点头。她只穿了一件薄薄的睡裙，里面真空……此刻两个人都盯着自己，她稍感不自在，负罪感都写在脸上，往旁边挪了挪，局促地抓过旁边的抱枕挡在胸前。

徐依童踢开游戏手柄，盘腿坐在地毯上。她双手撑着脸颊，笑眯眯地看了一会儿余诺，颇有兴趣地问："妹妹，你跟陈逾征什么关系呀？"

"啊？"余诺先是看了一眼陈逾征，赶紧解释，"就是朋友……"

"就是朋友？！"徐依童明显不信，"我没见过阿征和哪个女生单独出去喝酒。"

陈逾征起身。

余诺视线紧随着他。

"我……衣服……"余诺问得有些迟疑。

"是我帮你换的呀。"徐依童兴致勃勃地说，"欸，还是我帮你洗的澡，妹妹你多大了？身材不错哟。呜呜，我最喜欢你这种白白瘦瘦的、腰细胸还大的女生！你平时吃不吃木瓜啊？"

余诺脸爆红。

陈逾征递了杯水到她手里，警告地看了一眼徐依童，跟余诺说："她是我姐姐。"

余诺谢了他一声，连忙说："姐姐好。"

"别叫我姐姐，太老了。"徐依童噌地直起腰，满脸写着不高兴，"叫我童童！"

余诺喝了口水，强作平静，回答徐依童刚刚的问题："我 22 了，平时……不怎么吃木瓜。"

"啊！你昨天一直拉着陈逾征喊哥哥，我还以为你未成年呢。"

余诺脸色一变。她还在喝水，一个没忍住，呛着了。

她捂着嘴，侧头，猛咳不止，打了个磕巴："什、什么？"

"对呀，你叫他哥哥！"

顺过气后，余诺完全不敢看陈逾征的表情。

再也没有比这一刻更丢脸的时候了，她被公开处刑，窘得头顶都快冒烟了，仓促地说："我、我不记得了，可能是喝多认错人了？"

陈逾征嘴角隐隐露出一点笑。

余诺低下头，陷入极度的羞耻之中……完了，以后她在陈逾征面前还怎么做人……

徐依童调戏够了，笑得前仰后合："不逗你了，你怎么这么害羞？"

她从地上站起来，留恋地用手指钩了钩余诺的下巴："哎，太可爱了，跟小猫咪一样。"

"你们怎么着？"徐依童打了个哈欠，"今晚都在我家睡？"

余诺立刻说："我回去吧。"

昨天 TCG 团建，她怕又玩得很晚，特地带了家里的钥匙。

徐依童："你衣服都脏啦，我帮你丢洗衣机里了，明天才能干。"

陈逾征起身："我去洗个澡，送你回去。"

余诺看着他的背影，啊了一声："不用麻烦了，我打个车吧。"

徐依童忽然想到什么，抿嘴笑了一下，把余诺的手腕拉起来："行吧，那让我弟弟送你吧，来来，去我房间，我给你挑一身衣服。"

余诺哪好意思再麻烦她："我把衣服拿出来吹一下，应该还能穿。"

"没事儿没事儿。"

徐依童拉着她上二楼，推开一扇门，把灯按开。

余诺站在门口，往里面看。

四面都是全景落地窗，远远透过玻璃往外看，外头灯火辉煌。几乎占了半面墙的梳妆台，七扭八歪随意躺的都是极其昂贵的护肤品。

徐依童把衣柜挨个打开，手撑着下巴沉思。

余诺像个布娃娃一样任她摆弄。

徐依童取出几件衣服来，把她拉到镜子前，耐心十足，一件一件比画。

余诺侧头："随便给我找一件就行了……"

"这可不行。"

余诺连着换了好几件衣服，徐依童都不满意，顺手又拿起一件："你再换这个试试。"

陈逾征敲了敲门："你们好了没？"

里面没动静。

他又敲了敲。

徐依童在里面喊："等会儿，别急！再等两分钟！"

陈逾征靠着栏杆，低头玩手机。

门口传来响动，徐依童把头探出来，眨了眨眼睛："弟弟，你准备好了吗？"

陈逾征："？"

他往她身后瞄了一眼："准备什么？"

徐依童让了一步，嘿嘿两声："出来吧！"

余诺根本没勇气抬头，被轻推了一下。她往前走了两步，有些局促不安。

徐依童："怎么样？"

陈逾征短暂地沉默了一下。视线从头到脚，随意把她扫了一番。

头顶的光倾泻而下，余诺脸颊柔软，赤着脚，长发被松松绾起，脖子细长瓷白。

她穿着一条短款低胸的雪纺黑色碎花裙，抹胸款式，肩膀上两根细吊带，后面是绑带设计。两截莲藕似的葱白手臂，不自在地抱起。

没人说话，余诺干笑两声，跟陈逾征对视了一眼，又不自在地别过头去。

她从来没这样打扮过，犹豫着，问徐依童："我这样，很奇怪吗？"

"奇怪什么呀？"徐依童啧了一声，伸手在陈逾征眼前挥了挥，"某个人眼睛都看直了。"

陈逾征嘴角一挑，收起手机："走吧。"

余诺侧头，盯着窗外的夜色。道路两旁的景色飞快往后退。

耳边有鸣笛声响起，余诺回神，跟陈逾征说："我家在世纪城那边……我给你开个导航吧。"

陈逾征双手搭在方向盘上，看了眼后视镜："不用了。"

"嗯？"她没有多想，"你知道位置吗？"

"不知道。"

余诺："……"

察觉到车开上高架，路线好像不太对，余诺小心地问："那，我们这是去哪儿？"

"你想去哪儿？"

"……你不是要送我回家吗？"

"本来是这么打算的。"

"嗯？"

"你穿成这样，"陈逾征顿了一下，说，"我改变主意了。"

余诺："……"

余诺不知道陈逾征要带她去哪儿，也不问了，默默地坐在副驾驶上，垂下头，玩着手指。

精神其实很疲惫，心里却觉得很轻松。和他待在一起，也不知道等会儿要发生什么，但她莫名有种能安下心的感觉。

陈逾征突然问："心情好点没？"

余诺侧头："什么？"

她反应了一下："我昨天喝多了……是跟你说了什么吗？"

"说了啊。"陈逾征轻笑一下，"不停喊我哥哥。"

余诺："……"

他随口问："兜过风没？"

"嗯？"

"带你试试？"

余诺刚啊了一声，还没来得及反应。车顶响了一下，顶棚开始自动从前往后缩，四面的风都狂钻进来。

跑车发出低沉的轰鸣，在一瞬间加速。

头发被吹飞，余诺几乎眯了眼。

凌晨的高架桥上，法拉利像一道红色闪电。跑车发动的失重感让余诺撞了一下椅背，她紧紧闭着眼。

陈逾征被逗笑了，歪着头叫她："姐姐。"

风声太大，余诺慌张的声音也断断续续："我不行了，你先、停一下。"

陈逾征："眼睛睁开。"

她不知所措，声音颤抖："我不敢……"

他轻轻的低笑就在耳边，余诺攥紧了安全带。

车继续往前开，等失重感过去，耳边是狂啸凛冽的风。她表情纠结，慢慢地睁开双眼。

余诺瞬间愣住。

遍布星辰的夜空接近深蓝色。绚丽的霓虹灯，阑珊的光影闪成一条黄色的线从身边流淌过。

出神地看了半晌，余诺转头。

陈逾征轮廓分明的脸在一明一暗的光线下显得很英俊，他嘴角还有残余的笑意。

不知道是因为紧张，还是什么，余诺的心脏忽然开始失序地跳动。

余诺赶紧移开视线。

她悄悄把手挪到车窗边，手指张开，感觉到风穿梭而过的触感。

车丝毫没有减速的意思，余诺有些担心："……感觉好危险……不然你先停停？"

陈逾征斜靠在窗边，屈肘，用手撑住头："再喊声哥哥？"

余诺脑袋一片空白："嗯？"

"喊声哥哥，我就停。"

24

余诺被他说得面红耳赤。

她没有和年轻男孩儿相处的经验，平时接触最多的异性就是余戈。陈逾征说完，明明脸上一本正经……却总让她有种被人调戏的错觉……

陈逾征看着她："怎么，不喊？"

余诺："你比我小这么多……我喊不出口。"

他似乎有点疑问："你昨天不是喊得挺顺溜？"

余诺坐立难安："……那我不是，喝多了……"

陈逾征也没再为难她，车速慢慢降下来，恢复正常，似乎刚刚让她喊哥哥就是开个不痛不痒的玩笑。

他开着车。车内，柔和的纯音乐流淌着，偶尔有机械的导航女声响起。余诺打起精神，陪他说了一会儿话。

说着说着，她脑袋点了几下，抵挡不住困意来袭，终于两眼一闭，昏睡过去。

不知何时车停了下来，也不知过了多久。

余诺是被冻醒的。她疲倦地睁开眼，有种不知今夕是何年的感觉。足足清醒了一分钟，她微微坐起来，身上的外套滑下来。

转头，发现身边的座位已经空了下来，陈逾征人不见了。

外面的天将亮未亮，月亮变成半透明的弯牙挂在天空。

余诺翻了翻，找到手机。推开车门下车，空气很清凉，她打了个哆嗦，拢了拢身上的衣服，深吸了一口气，整个人都清醒了不少。

风刮过树叶，发出沙沙的轻响。

余诺四处望了望，惊讶地分了一下神，这是在……海边？

天即将破晓。

余诺用手机打着灯，慢慢地往前面走，踩上柔软的沙滩，喊了声："陈逾征？"

他穿着一件干净的短袖，背对着她，听到声音，回头。

余诺走下台阶，过去，在他身边坐下："我们这是在哪儿？"

"夏威夷。"

余诺："……"

她安静地陪他坐了一会儿。

脚下是细软的沙子，余诺抬脚，踩出一个脚印，又用脚尖踢了踢，扬起一片飞沙。

她玩了一会儿，看他不说话，主动问："我们来这里干什么？"

在她困惑的注视下，陈逾征下巴抬了抬，用眼神示意她往前看。

余诺不明所以，转过视线。

她晃了一下神，然后，屏住呼吸。

远处半圆形的朝阳从稀薄的云层后慢慢显现，从海的边际线后升起，金色的碎光变浓，霞光扩散，洒到波光粼粼的海面上。水天相接处被晕染成了亮色。

忽然响起了海浪声，海水开始翻腾。

——就在一瞬间，整个世界都被照亮了。

她持续地失神，忍不住，又去看陈逾征，张了张口，想说什么，又停住。

他漫不经心地眯着眼睛，嘴里还咬了根烟，在笑。嘴里喷出的白色烟雾，模糊了他的侧脸。

她琢磨着："你是……带我来看日出？"

陈逾征眼睛轻轻瞥她。

余诺和他对视，一秒，两秒……心跳失速的感觉又来了，她慌张地想移开目光。

陈逾征："继续看啊，看我干什么？"

余诺听话地转头，心就悬在那儿，麻麻的。

两人都没有讲话，继续看着日出。

好像整个世界的声音都消失了，只有微弱的海浪声，有种奇异的宁静。天空的尽头，耀眼的金色渐渐蔓延开，她心中也有一种很奇怪的东西跟着溢出。

余诺不知道是什么，也不太明白这种感觉。但是有一瞬间，她突然萌生了一个念头，如果时间永远停留在这一刻，好像也很好。

海边的日出太美了，美到她没法用所知道的语言去描述。

只觉得这一幕，很美，很美。

美到让她觉得，自己这辈子都忘不掉了。

余诺把手机举起来，打开相机，对着日出拍了几张。

她站起来，欲盖弥彰地说："这里视角不太好，我去别处拍。"

陈逾征没注意到她的不自然，嗯了一声。

余诺攥着手机，三两步，跑到后面的台阶上。

手机的摄像网格对准了天边，拍了几张。余诺犹豫一下，往下稍微移了移。

焦点模糊了一下，重新聚集在某个人的背影上。

海风把他的短发吹得凌乱，雾霾蓝的背景下，陈逾征弓着腰坐在长椅上，微侧着脸，指尖烟火明灭。

咔嚓一下，这一秒的画面，就这么定格在她手里。

不知道坐了多久，天光大亮，余诺低头，打了个喷嚏。

附近有来晨练的大爷大妈，陈逾征从长椅上站起来："走吧。"

"嗯。"余诺被冻得不行，又打了个喷嚏。

他昨晚没睡，从这里开回去还需要几个小时。

余诺不会开车，又怕他疲劳驾驶："你要不先睡一会儿？"

陈逾征没什么精神，想了想："你定个闹钟，等会儿喊我。"

两人换了一个位置，陈逾征拉下遮阳板，用外衣盖着脸，躺在副驾驶座上。

她怕吵到他，把手机调成静音。

这会儿也不困，余诺打开相册，翻了翻刚刚拍的照片。

放在中控台上的手机亮了亮，有来电显示，是陈逾征的手机。

余诺看了一眼，是 Killer 的电话。

她怕有什么急事，又不忍吵醒刚刚睡着的他。余诺拿起陈逾征的手机，轻手轻脚地推开车门。

站在不远处，余诺眼睛看着车那边："喂？"

电话那边静了几秒，嘀咕了一句："打错了？怎么是个妹子的声音？"

余诺："是我。"

死一样的寂静，Killer 试探着："你……余诺？"

她嗯了一声。

"陈逾征呢？他死了？一晚上没回基地，手机怎么在你这儿？"

"不是。"余诺解释，"他在旁边睡觉。"

"什么？！"Killer 宛若被雷劈了，"陈逾征在你旁边睡觉？你们俩一起过夜了？"

"……"

"不是。"余诺面红耳赤，想着该怎么跟他说，"我昨天喝多了，然后……"

Killer 更加震惊了："昨天你喝多了，然后跟陈逾征过了个夜？？？"

"不是你想的这样……"

余诺一急，语言就组织不清楚。她还想说什么，被 Killer 打断："那没事了，没事了，你们继续，我不打扰你们了。"

"……"

她哑然，张了张口，Killer 已经挂断了电话。

余诺回到车上，思考了半天，给 Killer 发了一条消息——

"你误会了，我刚刚没说清楚。我昨天喝多了，陈逾征把我带到了他表姐家……"

写写删删，余诺对着屏幕沉思了半晌，有点神经质地咬着手指。

犹豫了很久，她还是没有告诉 Killer，和陈逾征来海边看日出的事情。

余诺从小循规蹈矩，没做过出格的举动。

直到今天，她平淡的人生里，就像突然多出了一个浪漫的小秘密。

可能对陈逾征或者别人来说都无足轻重，但是余诺觉得很珍贵。

珍贵到……她不想跟任何人分享。

在车上睡得很不舒服，外面人声吵闹，陈逾征皱着眉头，把眼睛睁开。

衣服已经滑到脖子上，他转了一下眼睛。

余诺趴在方向盘上，头枕在手臂上，对着他的方向，眼也不眨，不知道在发呆还是在干什么。

意识慢慢恢复，陈逾征挑了挑眉。

他还没说话，她像是被吓了一跳，立刻弹起，结结巴巴地道："你、你醒啦？"

陈逾征抓过手机，看了眼时间，开口，刚睡醒的嗓子有些沙哑："怎么没喊我？"

偷看被人抓包，余诺无比心虚："……你看上去很累，想让你多休息一会儿。"

陈逾征转了转酸痛的脖子，坐起来一点。

他好像刚睡醒，还不是很清醒。

余诺抿了抿唇，心里悄悄松了口气。她刚刚数他的睫毛，数得太入神了……

陈逾征把她送到学校门口时，已经接近下午三点。余诺看他脸色隐隐发白，有些担忧："不然我带你去吃个饭？"

"不用了。"陈逾征没什么胃口，恹恹地，"我回基地了。"

"那你回去好好休息，到了给我发个消息。"

陈逾征嗯了一声。

车开走后，余诺在原地等了一会儿。直到红色的车尾彻底消失在视线里，她才转身，慢吞吞地往宿舍走。

明明折腾了一晚上，余诺感觉自己可能是回光返照了，一点困意都没有。

洗完澡，余诺站在镜子前，擦干净雾气，又把自己打量了几遍。

吹头发的时候，余诺去微博搜了一下，最近电竞的营销号全都在发 ORG 在 MSI 的赛况。

这周过去，他们已经打完了小组赛，淘汰赛也晋级了，下周连着两天打半决赛和总决赛。

吹干头发，拉上宿舍窗帘，余诺拿着手机爬上床，忍不住，又翻出刚刚在海边的照片看。一张一张，她看得很仔细，翻着翻着，翻到陈逾征那张。

她停了一下，拇指轻轻滑过他的侧脸。

把手机关机，余诺翻了个身，闭上眼，脑子里全是昨晚发生的事情。

翻来覆去一会儿，她还是睡不着。

她爬下床，蹲下身，拉开一个柜子，翻找了一会儿，找出那个精致的小盒子。

余诺把那条微笑手链拿出来。细细的玫瑰金链子，在暗处也折射出细碎的光。

在掌心里端详了一会儿，她咬了一下唇，把它戴到左手腕上。

那天之后，徐依童要陈逾征把余诺的微信推给她，主动找她聊了几次天。

余诺感谢对方那晚的收留，后来还衣服的时候，特地带了自己做的蔓越莓饼干，送了几罐给徐依童。

徐依童嗜甜且馋嘴，吃完后又厚着脸皮找余诺要，甚至还约她出去玩了几次，就这么一来二去的，两人熟悉了起来。

MSI 的赛程到了尾声，韩国队在半决赛的时候爆冷，被欧洲队伍淘汰。历来的决赛，LPL 在对上欧洲队伍时胜率惊人，几乎没输过。

得知大洋彼岸 ORG 夺冠的消息，微博一片欢天喜地。

因为陈逾征，徐依童也关注了一些电竞号，但她没什么兴趣，粗略地扫了一眼就滑过。

点开一个美妆视频看了一会儿，徐依童无聊地长叹口气。她最近过得有些寂寞，闺密们出国各地飞，没人可以约。

想来想去，徐依童又在微信上嘀嘀最近的新宠："妹妹，我好无聊，你在哪儿？我去找你玩？"

隔了一会儿，余诺回："跟我哥哥在一起，准备吃个饭。"

徐依童从小娇生惯养，父母和朋友都无条件地宠着她，所以她一点都没有会麻烦到别人的自觉。看到余诺消息的时候，她立刻非常自来熟地问："那我能来不？我也没吃饭，跟你们一起呗。"

余诺向来不太会拒绝别人的要求，跟余戈打了个招呼之后，给徐依童发了地址。

最近 ORG 风头正盛，怕被人认出来，他们吃饭专门找了一个在角落的包间。余诺跟余戈待在一起时，话特别多，什么事都想跟他说说。

余戈前两天才回国，昨天才开始倒时差，精神状态也不太好，有一搭没一搭地应着她。

两人正说着话，门口传来抱怨的声音："哎呀，什么破地儿！我找了好久。"

虚掩的门被推开，余戈转头看过去。

徐依童挎着最新款的爱马仕包包，踩着十厘米的闪亮高跟鞋走进来。

包间里安静了一下。

余诺站起来，喊她："童童。"

徐依童压根儿没注意到坐在阴影处的余戈，略带嫌弃地扫了一眼房内的装修："诺诺，你怎么来这种地方吃饭？卫生条件看着好差呀。"

余戈："……"

相处几天，余诺已经习惯了她的娇气，安慰道："这是我经常来的家常菜馆，很卫生的，味道也好。"

徐依童压根儿没注意这个房间里的第三个人，在余诺身边坐下，放下包，迫不及待地给余诺看自己新做的美甲，不停地说了好大一堆。

余戈从没见过哪个女生能聒噪成这样。

碍于是余诺的朋友，他没说什么，拿过耳机戴上，找了部旧电影开始看。

徐依童讲着讲着，忽然发现对面角落里坐了一个男人。她的话一停，被吸引了目光，眼睛眨了两下。

余戈出门向来穿得很随意，一件没有任何图案的黑色短袖，袖口是 ORG-Fish 的标志。

他低着眼，半垂下眼睫，脸隐在阴影里，只露出下巴的轮廓，嘴唇很薄。

余诺看她不说话了，问："怎么了？"

徐依童回神："欸，他是你哥哥吗？"

余诺察觉了一点异样，点头。

徐依童兴致勃勃地喊了一声余戈："欸，帅哥你好，认识一下呗，我叫徐依童。"

她把手伸过去。

余戈听到声音抬头，他视线平淡，移到徐依童脸上，嘴唇微微动了一下，略带敷衍和随意地说出两个字："你好。"

他懒得多言的样子，没去握她的手，也没自我介绍。但徐依童是个声控。

对面男人的低音炮一出来，她瞬间软了下来。

菜还没上，徐依童压低声音，问余诺："你哥叫啥？"

"余戈。"

徐依童："哪个 gē，歌声？"

"戈壁的戈。"

徐依童盯着余戈袖口的 ID 出神了一会儿。

ORG……Fish……怎么有点儿眼熟啊……

徐依童按捺不住，借口要上厕所，出了包间。她找个位子跷着腿坐下，拿起手机，在微博搜了一下。

看完之后，她打开微信，开始疯狂轰炸陈逾征。

陈逾征甩了个问号过来。

徐依童："问个事儿。"

Conquer："？"

徐依童："ORG 那个 Fish 你认识吗？就，余戈。"

Conquer："怎么？"

徐依童："给你十分钟，我要他所有的资料。"

徐依童心满意足，把手机收起，又像公主出巡一样，在小破饭店里慢悠悠地逛了一圈，回到吃饭的地方。

她靠在门边，拿起手机，重新打开微信，陈逾征几分钟前给她回的消息映入眼帘——

"有病就去治。"

$\sim\!\!\sqrt{}\!\!\sim$ **25** $\sim\!\!\sqrt{}\!\!\sim$

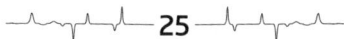

徐依童给气个半死，咬牙切齿，给陈逾征回过去："好，你给我记住。"

气了一会儿，徐依童推开门进去，菜已经上了。两人都没动筷，等着她。

徐依童落座，笑了笑："不好意思啊，刚刚去接了个电话。"

余诺帮她拆碗筷："没事没事。"

一顿饭吃下来，余戈基本不说话，都是余诺陪着徐依童聊。

徐依童单手托腮，主动同坐在对面的余戈搭话："你们当职业选手的是不是很累呀？"

余戈："还好。"

徐依童好奇："那你们平时的娱乐活动是什么？"

"没什么娱乐。"

"……"

持续冷场。

余诺也感觉空气中弥漫着一丝丝尴尬，她打了个圆场："我哥他话比较少，你别介意。"

徐依童轻轻哼了一声，�’嘴："他对谁话都这么少吗？"

余诺想了想："是的。"

"那你哥还挺高冷的。"徐依童又偷偷瞄了一眼余戈，嘀咕了一句，"不过男人话少点好。"

吃完饭，徐依童看时间还早，提议去附近看电影。

结完账，余戈跟余诺说："你去吧，我回基地了。"

徐依童立马热情地说："你基地在哪儿，我送你吧？"

余戈反应很寡淡，拒绝她："不用，我开车了。"

站在路边，徐依童歪了歪头："那你送送我们呗？我想看的电影，附近的电影院都没有场次了。"

余戈按捺住脾气："你不是开车了吗？"

徐依童："啊？我没有呀。"

"那你怎么送我？"

徐依童随手指了一下，非常自来熟地说："我打算扫个免费单车，骑车带你回去，还能顺便锻炼一下身体。"

余戈："……"

余诺默默地等在旁边看热闹。

这种场景，她也算是很熟悉了。从上小学开始，直到高中，余戈每次接她放学，都有同班的女生趁机跟他搭话。到后来甚至发展到有同年级其他班的女生，特地拜托她给余戈送情书。

但无一例外，都碰了一鼻子灰。

除了自己以及 ORG 基地煮饭的阿姨，余诺长这么大，也没见余戈身边出现过其他亲近的女性。

他就像是一个天生的性冷淡，自动隔绝身边所有异性。

电影开场前，余诺取票，徐依童跑去服务台买了两杯可乐和一桶爆米花。

余诺伸手去接的时候，徐依童瞄到她左手腕上的手链，咦了一声，随即，笑容暧昧地问："哎，这个是陈逾征送你的吧？"

"嗯？是的……"

徐依童一脸高深莫测："所以，你们俩现在什么情况？"

"什么什么情况？"

"哎，他不跟我说实话，你也跟姐姐装傻？"

"不是装傻。"余诺说着有点底气不足，"我们……我们现在就是朋友。"

"现在？"徐依童一下抓住重点，"那以后呢？"

余诺满脸通红："这个，我……"

"他要是追你，你千万不能答应，知道吗？"徐依童满脸沉痛，"真的，你不知道他有多渣，我不能因为他是我弟，就昧着良心骗你。"

"啊？"

徐依童心底充满了报复陈逾征的快感："陈逾征他原来就因为长得帅，同时跟好几个小姑娘玩暧昧。我不止一次看见他被小姑娘拉着哭，而且每次都不是同一个人。你说他还是个人吗？"

余诺震惊了："这，真的吗？"

"这还能有假？再说了，我骗你干什么？"徐依童一脸正经，揽过她的肩膀，"你要是想听，我跟你详细说说，他从小到大干了多少坏事。"

徐依童喋喋不休，讲了陈逾征十几分钟的坏话。余诺一边听她说，一边回想起某次吃饭，付以冬在她耳边的唠叨。

"Conquer 和 Fish 那种帅的感觉不一样。Fish 多禁欲啊，一看就不近女色。但是陈逾征呢，他不同。以我多年精准看男人的经验来说，他身上就是那种浑不吝的小坏，俗称渣男气质，你懂吧？

"就像高中很多女生都偷偷幻想过的学渣校草，经常逃课打游戏。平时什么都不当回事，心情来了就懒洋洋地撩一撩你，撩得你春心荡漾，然后他拍拍屁股走人。可你呢，就算知道他不把你当回事，还是忍不住心动。

"这种男的碰不得，一碰就毁一生。"

……

电影是土耳其翻拍的《七号房的礼物》。余诺泪点比较低，看得途中忍不住眼泪哗哗流了好几次。

散场的时候，余诺还沉浸在电影里，去豆瓣搜最近的影评。

徐依童也懒得动，坐了一会儿，侧头，偷偷举起手机，拍了张余诺的照片发给陈逾征。

"来，征，给你看看甜妹。"

影院的光线很昏暗，余诺抱着膝盖上的一桶爆米花，拿着纸擦眼泪。

一两分钟后。

Conquer："她怎么跟你在一起？"

徐依童："你管呢？整天正事不干，瞎操心一些有的没的。"

Conquer："？"

徐依童："来，再给你看看美女。"

她在相册挑选了几张刚刚和余诺照的自拍，去 P 图软件上抠了几朵花，特地把余诺的脸挡住，发过去。

Conquer：“你很无聊？”

徐依童：“你不是要我去治病？”

她两眼放光，噼里啪啦地飞速打字：“对了，陈逾征我跟你说，你最好别惹我，赶快把余戈的资料整理成 Word 发到我邮箱，不然我指不定要跟小诺诺说点啥，顺便介绍几个适龄帅哥给她，你一辈子都别想追到她。”

调戏完陈逾征，一套熟练的拉黑，徐依童想象了一下他在那边气急败坏的样子，心满意足地收起手机。

从商场出去，徐依童看余诺还抱着爆米花在吃，有点好笑：“你晚饭没吃饱？”

“嗯？”余诺略微有些拘谨，“这不是就剩一点了？我把它吃完，免得浪费。”

徐依童：“……”

徐依童从小在国外读的书，大学毕业之后回来就在家里的公司摸鱼上个班，身边全是跟她一样奢侈浪费的大小姐，平时讨论得最多的就是哪家又出了新款包包和鞋子。

她很少能见到像余诺这样有点单细胞的呆萌女孩儿。

心里默默感叹了一会儿，她深深觉得自己刚刚说陈逾征坏话也是应该的。

——他不配。

余诺不想麻烦徐依童送，站在路边准备打个车回学校，手机一振，收到了陈逾征的微信消息：“徐依童跟你说什么了？”

余诺先是看了眼旁边正在打电话的人，回复他：“没什么……”

Conquer：“少跟她混在一起，她脑子有点毛病。”

徐依童想起什么，侧头问：“诺诺，你哥哥有女朋友吗？”

余诺赶紧收起手机，回答：“没有，他平时有点忙。”

徐依童眨巴着大眼睛，期待地说：“那你把他微信给我好不？”

余诺答应："好。"

回到家，徐依童在闺密群里通知大家——

"姐妹们，官宣一个惊天好消息，我，徐依童，即将泡到一个绝世帅哥。"

群里闺密纷纷恭喜撒花。

徐依童洗了个澡，涂完身体乳，信心满满地去加余戈微信："你好呀小哥哥，我是今天跟你一起吃饭的那个，可以认识一下吗？"

几分钟过去，毫无反应。

徐依童丝毫不气馁，又在好友验证的聊天框里发了一大堆卖萌的颜表情。

怕他看不见，她加了好几次。

半个小时过去，发送的好友请求还是石沉大海，毫无反应。

徐依童丢开手机，咸鱼般躺在床上，盯着天花板。

真是应了张震岳那首歌："天气热的夏天，心像寒冷冬夜。"

徐依童心如死灰，又忧郁地打开了闺密群。

徐依童："姐妹们，我，徐依童，失恋了。"

A："恭喜。"

B："一个小时不到，你又失恋了？"

C："是哪个男人有眼无珠，敢给我们徐大美女摆脸色？有无照片？"

徐依童："是的，我失恋了，我有我的骄傲。"

A："一个帅哥倒了，还有无穷无尽的帅哥等着你。童，咱们万万不能在一棵树上吊死。"

徐依童去百度百科上找了一张余戈的照片发到群里。

照片发出去，闺密群安静了几分钟。

首先是 A 发了一个问号，紧接着 B 说："徐依童，既然他已经成了你的前男友，不如你把联系方式给我，我去试试。"

徐依童："你在想屁吃。"

C："欸？这个人，我好像有点印象，这不是 LOL 的一个特别有名的选手吗？我男朋友天天在我面前说他……"

A："童，你不然再接着试试？我觉得这个男的，有搞头。"

徐依童看着群里乱七八糟的消息，自闭了一会儿，又给余戈重新发了两条好友申请。

——徐家人，永不言弃。

追男人，要了解他的全部。为了以后有共同话题，徐依童连夜下载了《英雄联盟》。

第二天下午，徐依童盘腿坐在电脑前，登录刚刚安装的《英雄联盟》。

一登上去，首页挂着恭喜 ORG 夺冠的消息。配图是一组 ORG 全员的定妆照，余戈双手插兜，就站在中心位。

徐依童盯着他那张面无表情的脸，冷哼一声。

一个人玩太无聊，徐依童喊上余诺，两个人开了语音。

余诺玩得不多，之前刚过了新手教程，她说："我只会寒冰一个英雄。"

徐依童："那我玩个辅助，我们一起走下路。"

于是两个人磕磕绊绊开启了第一局匹配，没有任何意外，在低分段被揍得鼻青脸肿。

游戏结束，徐依童和余诺两人被队友骂得狗血淋头。

徐依童火上来了，自己从小到大吵架还没输过。她在房间里和路人对骂了十几分钟。

骂完人她利索退队。

两人重开了一局，被暴揍的剧情和上一把一模一样。

连续输了好几把，徐依童有些丧气："这破游戏怎么这么难啊？"

余诺安慰她："不然我们去打人机吧？对面可能不是新手，会有一些代练，或者是带朋友玩的，会玩小号什么的，我们打不过也很正常。"

"什么？这不是要赖吗？"徐依童没受过这种委屈，越想越气，"那我也要喊人。"

她发微信消息给陈逾征："速速，喊两个人来陪我 LOL。"

那边没理。

自从上次陈逾征被拉黑，他没再搭理过她。

徐依童截图了一下列队的房间发给陈逾征："你是不是不理我？知道'爱吃饭的鱼'是谁吗？知道我在跟谁玩吗？你来不来？"

余诺等了一会儿，看到徐依童还没开游戏，问："那我们还玩吗？"

"玩。"徐依童应了一声，"等我喊几个人。"

徐依童又接连轰炸了一番陈逾征，他给她发了个房间号——

"过来。"

快到月底了，大家都在补直播时长。Killer、奥特曼和陈逾征本来在三排，YY 的小房间突然进来两个人。

徐依童"喂"了一声，跟他们打了个招呼："Hello。"

Killer 讶异了一下："嗯？谁喊来的妹子？陪玩吗？"

奥特曼："不是我。"

徐依童自报家门："我是陈逾征喊来的。"

Killer："他还挺有情趣。还有一个人呢，怎么不说话？"

余诺把自由麦打开："我在。"

奥特曼听出她的声音："余诺？怎么是你？"

Killer 长长地哦了一声："行，那我懂了，来来来，上号，带你们玩儿。"

她们俩在一区没号，几个人去电五重新开了个小号。

弹幕："三个职业选手带着两个妹子血虐新手场？？"

选人的时候，奥特曼问："你们玩什么？"

徐依童刚刚被虐惨了，立马道："我不想玩辅助了，要玩能拿人头的。"

奥特曼："成，那你随意发挥吧，余诺呢？"

余诺不好意思地说："我、我没练过辅助……只会寒冰一个英雄。"

奥特曼："你想走下路是吧？"

还有三十秒，余诺滑动着英雄列表："我都可以。"

奥特曼深知陈逾征对辅助的要求极其严格，想起上次水友赛，他宁愿去打野也不跟女主播走下路，于是自告奋勇："那你随便选个辅助，我玩 AD，带你打穿下路。"

余诺答应："好，那我玩什么辅助？"

一直没说话的陈逾征开口："选你会的。"

余诺为难："我只会寒冰……"

陈逾征："选。"

余诺锁定寒冰。

奥特曼没说话，还在找 AD，看到陈逾征选了一个牛头。他蒙了一下，以为自己眼花了："不是，陈逾征，你玩辅助？"

他们都开着直播，疑问一出来，三个人的直播间全是弹幕刷的问号。

"有生之年，居然还能看到 Conquer 给别人打辅助……"

"LPL 的天才 AD 不去打职业扬名立万，在这个破黑铁局给妹子当狗？陈逾征，你到底在干什么？"

/第七章/

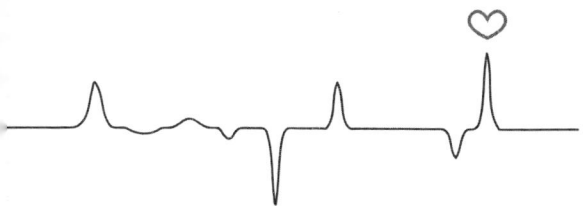

祝你爱我到天荒地老

26

节奏带得太疯狂，陈逾征直接关闭了弹幕助手和摄像头。

与此同时，又有人提出疑问："Cyz（陈逾征）为什么要关摄像头？怕我们看到他带妹带得春心荡漾？""爱吃饭的鱼，好像有点印象啊，这不是我们家那个送飞机就上房管的老板吗？"

游戏开始，Killer买完装备，出门，跟余诺和徐依童说："看着啊，今天不把对面打出屎，算他们拉得干净。"

"……"

奥特曼在自家野区刷完，在河道处逛了一圈，跑到下路的草丛里蹲着看情况。

余诺缩在塔下，偶尔动弹两下，补一两个兵。

身为职业选手，基本上，最忌讳、最不能接受的，就是漏兵。

眼看着炮车、小兵接连漏掉，奥特曼实在受不了她这么烂的补兵，甩了几个技能，帮忙清了一下兵："余诺，你得出塔，算一下小兵的血量再点，不然这样多浪费，你吃不到经济，装备怎么起来？"

他还在不停地传授经验，告诉余诺这该怎么玩，那该怎么点，脚底下突然出现了一连串的黄色问号，然后是几个撤退信号、危险信号。

公屏——

[所有人]Cyzzz（牛头酋长）：？
[所有人]Cyzzz（牛头酋长）：？

210

[所有人]Cyzzz（牛头酋长）：？

奥特曼话顿住。

作为陈逾征的老辅助，奥特曼知道，他只要这么一发问号，指定是要开口骂人了。奥特曼不解："什么意思？发问号干吗？再发我屏蔽了。"

"你干什么？"

"我教余诺补下兵。"

陈逾征声音有点不耐烦："去中路，别来下路。"

"奥特曼！！！你赶紧滚！不要打扰他们下路双人组约会。"

"奥特曼，我都替你着急，你有没有点儿眼力见儿？？妹子还要你教？？走就是了！"

"往日恩情不再了是吗？ Conquer 你已然是忘记了那年奥特曼用命给你挡过的技能。心疼我们奥特曼，呜呜呜！"

奥特曼可太委屈了，质问陈逾征："不是，你自己不吃兵就算了，你身为一个 ADC，你底线都没有了，你节操都没有了。活生生地看着别人漏兵，你也是牛。"

说着说着，他心态崩了，找 Killer 评理："你说陈逾征离谱不离谱？你还记得吗，我上次就不小心点了他一个炮车，害他漏掉一个兵，他有多刻薄？他喷了老子半局，让我再吃他一个兵就滚回泉水挂机，完了还让我去自定义对局练技术。"

Killer 悠悠地叹了口气，安慰道："唉，行了，别说了。不过是被嫌弃的曼子的一生罢了。"

奥特曼："……"

Killer："来，曼曼，你来中路，哥不嫌弃你。"

余诺专心打着游戏，看到对面两个人晃来晃去就害怕，神经处于高度紧张中。

他们在聊天，她就分神听了几句，也不太明白补兵意味着什么，有点抱歉地跟奥特曼说："不好意思，我刚玩，不太会，有空我也去练练技术。"

陈逾征淡淡地道："别理他。"

奥特曼："？"

YY 里，他被气得大吼一声："你是要这样吗陈逾征？"

奥特曼连说了三个好："你记住，陈逾征。我今晚就转会，我这辈子都不给你打辅助了，老子今晚就走，从此 TCG 再无 Ultraman。"

陈逾征的直播间。

牛头直接一个 WQ 二连，把对方顶起来，定住，加上 E 的被动眩晕，对面两人无路可跑。

弹幕就这么看着他疯狂当着打工仔，挡住了一切枪林弹雨，一直用 W 加平 A 输出，把对面消耗得差不多了，然后喊："爱吃鱼。"

"看到那个美人鱼没有？"

"看到了。"

他耐心地说："嗯，按 Q，上去。"

余诺胆战心惊，跑上去，紧张地躲在牛头背后，也不会走位，就傻傻地站在原地平 A，收下人头。

看着他们在下路缠缠绵绵，弹幕实在忍不住了。

"征，你给人当狗的时候居然这么卑微吗？你的嚣张呢？你的骄傲呢？你的冷酷呢？兵不要了，人头也一个都不要，全让了？全让了？"

"Conquer，你直接转辅助位吧，我看行。"

"……我男朋友都没这么宠过我，我酸了。"

"陈逾征，你是怎么了？怎么比陪玩还舔？"

"什么情况？我本来是进来学技术的，结果你在黑铁局玩辅助撩妹，搁这儿闹呢？辣眼睛，走了走了，太晦气了。"

一整局下来，余诺就在旁边围观陈逾征一对二，偶尔打点伤害，给他加个治疗。等陈逾征喊她，她就快速跑上去，收下几个头。

轻轻松松地直推到对方水晶，余诺感觉刚刚玩的和自己之前玩的压根儿不是一个游戏，难度直接降了好几个层级。

她不知道发生了什么，就觉得玩得还挺开心的，有点雀跃，发自内心地佩服："你们好厉害。"

"不不，那还是陈逾征比较厉害。"

Killer 这边的直播间也有粉丝在刷，都在问这个爱吃鱼是谁。他忍笑，翻着赛后数据面板，阴阳怪气："跟他玩 LOL 这么久，还没见他这么舔过。"

奥特曼："还来吗，再开一局？"

徐依童还沉浸在被职业选手带飞的快乐之中，立马答应："好啊好啊。"

余诺看了眼手机消息，跟他们说："你们玩吧，我先不玩了，等会儿还有点事。"

"行行，拜拜拜拜。"

余诺退出 YY。

她心情不错，关了电脑后，拿出零食吃了一会儿，切到微博大号，忍不住把刚刚 11-3-3 的战绩发出来：

> @爱吃饭的鱼：今天和朋友打了几局，发现《英雄联盟》好像没那么难，开心！

没过一会儿，新增粉丝的提示音叮咚叮咚地响。

她点开私信，一大串问的——

"你就是爱吃饭的鱼？刚刚跟 Conquer 打游戏的那个吗？"

"我去我去，翻了一下之前的照片，小姐姐好漂亮呀！呜呜呜，终究还是陈逾征那个逆子高攀了。"

平时冷冷清清的评论区也热闹起来。

"好家伙，职业选手都给你当狗，能不简单吗……"

余诺没想到这么多人从直播间摸到了她的微博，眼看着私信问陈逾征的人越来越多，余诺心里担忧。

她不太清楚 TCG 那边的规定是什么，但是隐隐记得余戈曾经跟她说过，他们队内有个隐性规定，打职业期间不能谈恋爱。

虽然现在关注 TCG 的人不多，奥特曼和 Killer 也经常口无遮拦地瞎调侃，但余诺还是怕给陈逾征惹上什么麻烦。

犹豫一下，她把刚刚发的微博删了。

MSI 结束，周末有个官方举办的出征仪式，下周，LPL 的春季赛前四名的队伍就要参加洲际赛。

这也是 TCG 第一次出国打这种国际赛，齐亚男在群里发了通知，要后勤组的人星期四去基地开个会准备准备。

刚好有之前认识的摄影师约余诺周四上午去拍场照，主题是 JK①，刚刚到膝盖的制服裙，短袖白衬衫，余诺妆化得很淡，看着就像个高中小女生。

拍摄不是很顺利，换了几个地点，最后挪到了天台布景。忙完已经接近中午，快到开会的时间，余诺来不及重新换身衣服，就打了个车赶到 TCG 基地。

她在门口碰见向佳佳下来取奶茶的外卖。看到余诺，向佳佳拉着她聊了几句。

余诺指了指旁边那群穿蓝衣服的工人："他们是干吗的？"

向佳佳解释："基地的电表坏了，来了几人在修。"

余诺点点头。

她热得满头是汗，缩在角落里躲太阳，用手扇风，突然听到向佳佳一声尖叫："水管爆了！"

几个人手忙脚乱地往旁边撤，余诺就在水管旁边，反应不及，被

---

① JK 一词来源于日本，意为女高中生，也用于指日式女子高中生制服风格的衣服。

喷了一身，连头发都没能幸免。

向佳佳拍了拍胸口，围过来："你没事吧？"

余诺抹了一把脸上的水，苦笑："没事。"

幸好今天气温高，被淋湿了也不觉得有多冷。向佳佳把余诺带到基地楼里面："你先在这儿等等，我拿完外卖去给你找个吹风机。"

余诺答应："你去吧。"

她把头发拨到前面，挡住胸，又低头，拧了拧被打湿的裙角，准备去三楼的洗手间收拾一下自己。上了几个台阶，站在楼梯转角处，余诺迟疑地顿住脚步。

倚着墙边的人也听到动静，眼抬起来。

"你……在这里抽烟？"

话音落下，她就感觉自己问了废话。

陈逾征立在那儿，微偏着头，打量了她一会儿，回答道："是啊。"

"……"

就在这时，Van 和奥特曼端着杯水路过。

余诺睫毛上还挂着小水珠，和他们愣愣对视。刚刚有点热，她衬衫的扣子解到锁骨下，JK 短裙下，两条又细又白的腿被水打湿。

Van 吃惊地张了张嘴，还没来得及说什么，眼睛被奥特曼一把捂住："少儿不宜少儿不宜。"

奥特曼也背过身去，提醒不动的陈逾征："你还搁这儿看呢，下不下流啊！"

余诺的脸爆红。

意识到自己这样确实不太雅观，连招呼也没打，她立刻三两步跑上楼。

等她急匆匆离开，奥特曼把手放下。他咳嗽一声，刻意地瞟了瞟陈逾征下身，暧昧地问："你还好吗？"

Van 邪笑着，慢悠悠地走到陈逾征身边，停住，出其不意伸出手去摸："让我来感受感受，应该是不太好了吧。"

陈逾征叼着烟，把他的手掼开："有病？"

Van 一脸震惊，担忧地问："怎么回事儿啊征征？！怎么好像有反应了啊？"

───⟋⌇⌇⌇⟍─── **27** ───⟋⌇⌇⌇⟍───

奥特曼无声地笑起来。

陈逾征神色自如，把抽了一半的烟掐了，丢进垃圾桶。

基地阿姨在楼下喊吃饭。

他们后天下午就要去场馆参加出征仪式，今天专门调了作息，被强行从床上拉起来，都有点精神不济。

Killer 起得最晚，睡眼蒙眬，趿着拖鞋最后走进小食堂："怎么了，在说啥呢？"

Van 和奥特曼心照不宣对视一眼。

Van："也没事儿，就是我们征哥刚刚差点儿走火了。"

"走火？" Killer 浑浑噩噩，脑子没转过来，"走什么火？"

奥特曼表情耐人寻味，念了一句烬的台词："我开火前的瞬间，便是极乐的巅峰。"

Killer："？"

Killer 咬了一口馒头，语调一下子变了："哦，这个走火啊，懂了，陈逾征血气方刚啊，看片了？"

陈逾征靠在椅子上，看了他一眼。

奥特曼："看什么片，那玩意儿能有余诺管用吗？"

"余诺？"大约察觉了什么，Killer 也八卦起来，"什么情况？来，曼曼，跟哥详细说说。"

Thomas 打断他们："行了行了，你们一群大老爷们儿，天天开 Conquer 和人小姑娘的玩笑，有完没完？下个星期就要比赛了，能不能好好训练？"

"这不是枯燥的生活中唯一一点儿乐子了吗？你这个人真是无聊。"Killer 不忿，"陈逾征这人就很不对劲，上次人余诺喝完酒，他还把人带回家过夜，这没发生点儿什么，谁信啊？"

奥特曼："什么？！"

Van 惊呼："都到这一步了？"

陈逾征用脚踹了一下 Killer："少造点谣。"

"你装个屁装，我还看不出你那点心思？老实交代，你到底跟余诺啥情况，你可得想清楚啊，她可是 Fish 的妹妹！你还真打算认他当大舅哥啊？"

陈逾征："认个屁的大舅哥，说了没情况。"

"啧啧啧，你看他，他急了，他又急了。"奥特曼懂了，"那就是看上了，追不上呗。"

Van 纳罕："都这个年代了，你还玩暗恋这套？"

陈逾征："……"

"征，你这样不行，太软了。"Killer 摇摇头，深深地叹了口气，"追妹子，就是要硬。男人这么软，怎么追？"

奥特曼继续拱火："毕竟是余戈的妹妹，余戈是谁？ LPL 除了退役的 Wan 神，谁还有他人气高？微博粉丝都一百多万了，陈逾征追人家妹妹，想当人妹夫，这不是上赶着抱大腿吗！"

陈逾征没说话，抬眸，冷冷地盯着他。

奥特曼讪讪："我闭嘴，我不说了。你去抱 Fish 大腿吧，蹭个热度，说不定还能养活全队，曼曼支持你。"

Van 举手表态："VV 也支持你。"

Thomas："一群二货。"

余诺跑进洗手间，关上门，抬手，摸了摸自己的脸，好烫。

向佳佳拿过来两个吹风机，帮着余诺吹完衣服和头发，随便聊了一会儿天，等余诺收拾完。

时间差不多了，两人去会议室等着开会。

齐亚男说了一下洲际赛和夏季赛的事情，把下周的行程表发给他们，一人一份。

余诺还专门拿着个小笔记本，认认真真，把注意事项都记了下来。

会议开了半个小时。散会后，余诺收拾完自己的东西，下楼。刚到门口，有只小猫咪跑过来，黏在她脚边喵喵呜呜的。

余诺脚步停了一下，靠花色认出是上次的流浪猫。她有点惊喜，蹲下身打量了一下。

小猫咪身上干净了不少，浑圆的眼睛睁着，胡须一抖一抖的，还长胖了一点。她伸手摸了摸，跟它玩了一会儿。

Killer 拿着一袋猫粮过来，踢了踢旁边的铁盆，在余诺旁边蹲下来："陈托尼，开饭了。"

"它叫……陈托尼？"余诺觉得这个名字有点奇怪，侧头问，"这只猫被你们收养了吗？"

"啊？"Killer 不甚在意，随口说，"不是我们收养的，是陈逾征不知道从哪儿捡来的丑猫，太丑了，你瞅瞅陈托尼这个大小眼，还有这一身的杂毛，尾巴跟断了半截似的，陈逾征这人就是审美不行。"

"……"

陈托尼明显很抗拒 Killer 的触碰，对他龇牙咧嘴，浑身毛都奓起来了。Killer 笑了："哟，你还听得懂人话啊？丑还不让说了，脾气够坏的，跟你主人一个德行。"

话音刚落，屁股就被人踢了一脚，Killer 哎哟一声，整个人差点没撅过去，恼火道："你怎么这么喜欢踢人，玩盲僧玩上瘾了？我实在是受够了你的凌辱！"

陈逾征："让开。"

听到他的声音，余诺神经一紧，下意识地直起背。

Killer 看了眼余诺，咳了声，悻悻起身。

刚刚那一幕在脑子里浮现，余诺正胡思乱想着，陈逾征在旁边半蹲下。

他没说话，拿起小盆，往里面倒水，抬手的时候，手不经意擦过她裸露的小腿。

余诺心一跳，屏住呼吸，悄悄扭头，发现他没有看她。

陈逾征五官和气质都偏张扬，没什么表情的时候，看起来会有点不近人情。

余诺主动搭话："这只猫，是你收养的？"

他简短地嗯了一声。

两人都沉默着。不知为何，余诺明显感觉他现在似乎……有点心情不佳……她默默地看了一会儿陈逾征喂猫咪喝水。

她心里猜测，难道是因为刚刚被 Killer 说了一顿？

余诺想了想，说："这只猫，其实挺可爱的，名字……名字你也取得很好听。"

"是吗？"

余诺肯定地点点头："嗯。"

这句话好像取悦了他。陈逾征嘴角提了一下，摊开手，托尼喵喵两声，很温顺地把头蹭进他的掌心。

等托尼喝完水，陈逾征起身。

余诺也跟着站起来，跟他道别："那，我先走啦。"

陈逾征双手插兜，喊："姐姐。"

余诺一听这个称呼就耳朵发麻，稳了稳心神："嗯？"

陈逾征眼神下移，丝毫不掩饰，扫了一眼她的腿。

余诺神经紧绷，不自在地后退了一步。

他轻描淡写："没人告诉过你吗？"

"啊？什么？"

陈逾征微微低下头，在她耳边说："男人多的地方，裙子记得穿长点儿。"

……

余诺躺在床上，又翻了个身，盯着手腕上的项链。脑子里挥散不去的，还是下午陈逾征的那句话。

想着想着，脸又开始发烫。

她最近对上陈逾征，都不敢怎么跟他对视，自己脸红的次数太多了。

心底隐隐约约浮现一个猜测，余诺心跳越来越快。明明宿舍开了空调，她还是觉得浑身燥热。

余诺忍不住，在微信上找付以冬。

余诺："冬冬，我想问你件事。"

付以冬："但说无妨。"

余诺："如果一个男生，让一个女生裙子穿长点，这代表什么？你觉得暧昧吗……"

付以冬："谁让你裙子穿长点啊？你哥？"

余诺："不是我哥，是我一个朋友……"

付以冬："行了，别装了，这个男的有没有对你表示过好感？"

余诺："……没有。"

付以冬："？"

下一秒，付以冬的电话就拨过来了，余诺找了副耳机戴上，接通。

付以冬："我上次问你，你不还一个劲地跟我说没情况吗？"

"不是不是。"余诺怕吵到室友，压低了声音，"我没情况，我就是问问你。"

"那个男的是谁啊？我认识吗？"

余诺沉默。

付以冬："这男的多大啊？比你小几岁？"

余诺报了个数："19。"

"这么小！"付以冬声音拔高了，"小奶狗还是小狼狗？"

"……"

余诺叹了口气。

付以冬不解："你这么忧郁干什么？你终于要迎来春天了，小鱼鱼！"

"他……"余诺不知道该怎么说，"他好像把我当姐姐。"

"啊？"付以冬安静了一会儿，"什么把你当姐姐啊，都是放狗屁，现在这些小男生的心思我可太懂了，他没说过喜欢你吗？"

余诺顿了顿："没有。"

"那，暗示呢？"

"什么暗示？"

"就是经常在你面前有意无意地说自己很寂寞，想找个女朋友，或者问你有没有男朋友啥的？"

余诺想了想："……也没有。"

说完，她又补了一句："但是，我感觉他对我还挺好的。"

付以冬："所以你现在这是单相思了吗？"

听这话，余诺心里一惊："单相思？"

"不然呢，你怎么这么……"付以冬啧了一声，"你都来问我这种暧昧不暧昧的问题了，你自己心里没点数？"

余诺有些结巴："我真的不知道。"

付以冬又问："所以那个男的，就真的对你一点表示都没有？"

余诺："没有。"

"那他这不就是在养鱼吗！"

余诺："……"

"快逃，姐妹。真的，连夜逃。"付以冬指导她，"这种人我见多了，你一定要把持住。他可能是对你有点意思，但是又不想收心，所以时不时给你一种他在跟你搞暧昧的错觉，让你天天魂不守舍，折磨你！"

余诺被她说得有点难受，心一点点凉下去，她手指无意识地揪着被子："……我也不是想跟他谈恋爱，他没折磨我。我就是觉得……"

她低下头："觉得他对我挺好的，真的挺好的，可能是把我当成姐姐了吧。"

付以冬："……"

就在这时，微信叮咚一声，付以冬给她发了个"爱上渣男怎么办"的百度答案。

"爱上了渣男，该戒还是得戒。人要懂得取舍，及时止损，爱上人渣是很多人会经历的事情，但离不开人渣就是你的问题了。离开错误的人，就等于给了自己重生的机会。"

付以冬语气沉痛："看到了吗？诺诺，听我一句话，渣男不值得，拜拜就拜拜，下一个更乖。"

余诺："……"

和付以冬打完电话，余诺又失眠到半夜。

第二天起来，发现"大姨妈"来了，她小腹酸痛，给自己泡了杯红糖水。

唉……怪不得最近这么多愁善感。

没过两天，徐依童约余诺去看星期天的洲际赛出征仪式。

徐依童在微信上问她出征仪式的事情。

余诺："你想去吗？我可以直接把你带进去。不过，可能没办法去前面，只能在后台。"

徐依童立马回复："不用不用，我专门从黄牛那儿收了 VIP 座的票，好贵。"

这次出征仪式，主办方专门请了几个流量明星来参加，以提高话题度，还搞了一场明星和职业选手的表演赛。四个战队齐聚，来的粉丝又多又杂。

余诺跟她解释："这次的票好像有点难抢，所以很贵。"

徐依童："小事儿小事儿，我还帮你买了一张呢。然后还要拜托你一件事儿，就是比赛结束，你把我带到后台去瞅瞅可以吗？"

余诺以为她想去看陈逾征，答应："应该可以。"

徐依童发了一个击掌的表情包。

齐亚男把下周出国比赛时住的酒店的地址给了余诺，让她查查附近的中餐馆。

周日那天，余诺把整理出来的东西带到 TCG 基地，正好跟他们一起出发去场馆。

还是熟悉的大巴车，其余人都还没来，司机在底下蹲着抽烟。余诺陪着他聊了一会儿，上了车。

她一路走到自己和向佳佳常坐的位置，倒数第三排。

发车的时间还早，余诺靠窗坐下，闲得没事，翻出背包里的小说和零食。

她渐渐看入迷了。

过了一会儿，旁边有人坐下，她还以为是向佳佳，吃着甜甜圈，含糊地打了个招呼："佳佳。"

没人回应。

余诺正好看到精彩的地方，也没在意。她一旦开始专注地做什么事情，就对周遭发生的一切无知无觉。

午后的阳光很好，蓝色的车帘拉了一半。

余诺肩膀处落了点阳光，发尾也被染成金色。

她专注地看着书，又咬了一口甜甜圈，觉得味道不错。她跟向佳佳也熟悉了，随意地把手递过去："佳佳，你也尝一口，还挺好吃的。"

余诺把膝盖上的书翻了一页，旁边没动静。她转头："你不吃……吗？"

她有点惊讶："陈逾征？"

陈逾征低垂下眼，瞧着嘴边的甜甜圈，挑了挑眉。

余诺刚想把手缩回去。

他固定住她的手腕，停了几秒，凑上去，慢悠悠地咬了一口。

——在她刚刚吃过的地方。

28

余诺被他吓到，慌乱之下，下意识地松开手指。

被咬了几口的甜甜圈啪的一声，掉在陈逾征腿上，碎屑飞溅，又滚落到地上。

前面有人过来，余诺急忙把自己的手抽回来，小声地跟陈逾征说："抱歉。"

他嘴里含着东西，没说话，细嚼慢咽，用眼睛瞥她。

余诺僵了一下，拿出纸，稍微俯身，想把地上的甜甜圈捡起来。

东西落在陈逾征脚边，她怕碰到他，停止了摸索的动作。

陈逾征把腿岔开了一点，给她留出空间。

余诺深呼吸一下，费力地够着，手指刚扒拉到甜甜圈，头顶突然传来咳嗽声。

Killer又重重地咳了一声："那什么，你们俩，注意点儿影响啊。"他拍了拍陈逾征的肩。

余诺赶紧把东西捡起来。

车发动，晃来晃去，看书看得头有点晕。

余诺把书合上，小腹又开始隐隐作痛。她现在不知道为什么，有点乱，身边坐的人让她更乱。

陈逾征开口："你甜甜圈哪儿买的？"

余诺："随便在路上一家店买的。"

"噢，还挺好吃。"

她勉强地笑了一下。

陈逾征："下次带我去。"

余诺说："我把地址给你吧，就在你们基地附近，你应该可以找到。"

陈逾征："……"

沉默了一会儿，他忽然问："你今天心情不好？"

"嗯？"她反应了几秒，眼神逃避，摇摇头，"没有。"

陈逾征表情平淡，哦了一声。

气氛一下子就冷了下来。

余诺把口袋里的耳机摸出来，戴上，盯着前面的座椅发呆。余光里，陈逾征转了几次头。

她装作没看见，闭上眼睛，假装睡觉。

可能是感受到了她的抗拒，陈逾征也没再问什么。

一路无话，到了洲际赛出征仪式的场馆。余诺下车，跟齐亚男打了个招呼，要了两张临时的工作牌，然后给徐依童发消息。

她们在入场的地方会合。

两人进场，找到位子坐下，徐依童抬起手，给余诺看她的新手环："我从网上定制的，好看吗？"

深蓝色的底，有两条鱼，背面是一片沙漠戈壁，上面印着花体的"Fish"。

余诺仔细端详了一会儿，真诚地道："好看，这是我哥的名字吗？"

"对。"

场馆里很吵闹，徐依童的声音很大，她眼尖，反手抓住余诺的手腕，疑惑了一下："欸，诺诺，陈逾征送你的手链，你怎么不戴啦？"

余诺愣了一下。

徐依童本来只是随口问问，看到她这副表情，直觉有点不对劲："怎么了，你们俩？"

余诺不愿多说，摇头："没什么。"

她虽然在笑，但眼里根本藏不住事。

从今天见面开始，徐依童就觉得余诺情绪有点低落，但她也没往深处想。

徐依童很直接地问："是不是陈逾征惹你了？你跟我说，我去收拾他。"

"不是不是。"余诺说，"他什么也没对我干。"

徐依童语出惊人："他现在难道不是在追你吗？"

"什么？"余诺知道她误会了，连忙解释，"没有的。"

徐依童嗤了一声："我比你更了解他。长这么大，我反正是没见过他带哪个喝醉的女生来找我，也没见过他给哪个朋友买礼物。"

她特地加重了"朋友"两个字。

余诺沉默。

徐依童联想了一下最近的事，恍然记起什么来，大惊："小诺诺，你不会把我上次的话当真了吧？"

"嗯？"

"就上次跟你看电影，我说陈逾征同时跟几个小姑娘玩暧昧，就这事儿。"徐依童赶紧说，"你别当真啊，我那就是开玩笑，说着玩儿的。"

怕她不信，徐依童发誓："真的，我不是替我弟说话。主要是陈逾征这人从小又寡又独，对谁都一张臭脸，完了成绩也不好，脾气又差，还喜欢撑别人。他除了一张脸还行，身上基本是没啥闪光点了。但是我能保证，他们陈家祖祖辈辈，上到老，下到小，都还挺专一的。"

徐依童掰着手指头给她细数："从我姥爷说起吧，再到我表舅、表哥，反正他们姓陈的都是这样，一家子脾气都横，只对老婆好，老婆说啥就是啥，基因特别强大。"

余诺哭笑不得。

徐依童满脸深沉："虽然我不知道陈逾征谈恋爱是个什么情况，总不可能到他就基因突变了吧？"

余诺："他以后的女朋友，应该也会很幸福。"

"那你就考虑考虑他呗。"徐依童笑得很暧昧，"当我弟妹？"

"啊？"余诺迟疑，"这个……"

"你是不是嫌弃他脾气不好？"

余诺否认："不是。"

话在嘴边，几度要说，她却不知道从何说起。

其实余诺一点都没觉得陈逾征脾气不好，除了有时候喜欢逗她，其余时候，都给她一种他很温柔的感觉。

比如收养流浪猫，又如默默等在厕所外，听着她哭完，让粉丝别拍她，带她去海边看日出……

确实惹出了她很多不应该有的遐想。

余诺小时候父母离婚，继母对她和余戈并不好，加上余将重男轻女，所以余诺从小就养成了一种卑微的讨好型人格。

付以冬经常说她缺爱。她也知道自己大概就是这样。只要谁对她好一点，她全部放在心里，要很珍惜地，反复琢磨很久。

可陈逾征，明显跟她不是同一种人。

从徐依童的只言片语里，余诺也能推测，他应该有一个健康幸福的家庭，从小无忧无虑，不缺旁人的关心，不缺别人的爱。

而余诺知道自己不太讨喜……做什么都要小心翼翼的。

包括喜欢一个人。

徐依童看余诺沉默下来，本想再劝几句，现场的灯光突然暗了下来，她的注意力被吸引走。

场馆内一片骚动，粉丝的欢呼声一浪接着一浪，主持人介绍了几句。

场中央的大屏幕显示了一行字幕，接着开始播放 2021 年 LPL 洲际赛的出征片。

四支队伍都选了三个选手参与拍摄。

首先出来的是一个男人的背影，镜头缓慢移动，到了他的背后，露出 ORG–Fish 的标志。

随即，他的头转过来一半。

仅仅一个侧脸，立马引发全场尖叫。

徐依童激动地捶腿，跟着呐喊："好帅啊！！！"

半分钟之后，TCG 专属的黑、白、金三色出现，陈逾征和 Killer 坐在椅子上，Killer 的手搭在陈逾征肩上。

陈逾征黑色短发被水淋湿了，摄像头拉近，给到特写。他垂下的头慢慢抬起，随意地扫了一眼镜头。

水珠从下巴一路滚到喉结，隐没在衣服边缘。

徐依童噗了一声，凑到余诺身边说："我怎么觉得怪怪的，你有没有这种感觉？"

余诺："什么？"

"不行，太好笑了。"徐依童乐不可支，"你看陈逾征这迷离的眼神，像不像在拍性感写真？"

余诺："……"

出征仪式结束后，徐依童接了个电话，跟余诺说："你把工作牌给我，我要去外面取个东西。"

余诺在包里找了一会儿，递给她："要我陪你吗？"

"不用不用，你先去后台，我随后就到。"

徐依童订了一大束空运来的沙漠玫瑰。

她脖子上挂着临时工作证，大摇大摆地跑去后台，靠在通道的墙边。

玩了一会儿手机，她抬头，看到TCG的人路过，徐依童喊住陈逾征。

他刚开始没注意到她，听到有人喊自己名字，停住脚步，皱眉："你怎么在这儿？"

徐依童左手抱着一大束夸张的玫瑰，笑眯眯地说："弟弟长大了，真是人模狗样的。刚刚在台下，好多小姑娘对你发花痴哦。"

Killer沉吟了一下，道："这位是……"

徐依童自我介绍："我是陈逾征的表姐，上次跟你们玩游戏的那个！"

Killer哦哦两声，打量了一会儿她怀里的花："表姐你……你怎么搞得这么隆重？"

陈逾征的嫌弃之情溢于言表。

他早就习惯了她的无厘头，有点儿不耐烦："你又在搞什么？这么土的破玩意儿，别给我。"

话音刚落，徐依童忽地两眼放光，抱着一大束玫瑰花，就这么和陈逾征擦肩而过："欸欸，余戈，余戈！！！等一下，等一下！等一下我！"

陈逾征："？"

他转过头，看着徐依童欢快地跑过去，穿过人群，兴冲冲地扯着余戈的衣角："欸，别走别走，等你好久了！"

ORG几个人蒙了一下，以为是哪个女粉丝跑到了后台。

他们看到火红火红的玫瑰，被镇住了，不知道闹哪出。

余戈停住脚步，低头，看自己被拽住的衣角，视线又上移，停在徐依童脸上。

她嘿嘿地笑，也不管他接不接，强行把玫瑰塞到余戈怀里："送给你！"

徐依童一脸"你不要太感动"的表情："这可是沙漠玫瑰，从戈壁那边空运来的！"

余戈："？"

徐依童也不觉得丢人，开心地跟他解释："你的名字不就是戈壁吗？戈壁的玫瑰花最适合你啦。"

见过余戈被各种各样的女粉丝表白示爱，还从来没遇到过徐依童这么直白彪悍的，阿文和 Will 忍不住喷笑出声。

这里人多，余戈眉心隐隐抽动了一下，跟她说："谢谢。"

"不用谢不用谢。"

余戈想走，又被徐依童伸手拦住。

他沉默了几秒，按捺住脾气，淡淡地问："你要干什么？"

"我没想干什么呀，我就想加你微信。"徐依童可怜巴巴，"我都加你几十次了，你又不拉黑我，那我就只能继续加，你什么时候才能通过呀？"

余戈："……"

出征仪式结束后，LPL 官方专门包了一个酒店，准备让四支即将参加比赛的队伍去吃饭。

坐在大巴车上，余诺听完刚刚发生的事，想象着那个场景，忍着笑，问："所以我哥后来加你了吗？"

徐依童撇了一下嘴："他没理我，丢下我，走了！"

余诺安慰他："我哥这个人看着高冷，其实有点害羞，肯定是不好意思了。"

徐依童也不丧气："唉，不过他把玫瑰花也带走了，我还算欣慰。"

余诺笑。

徐依童又想了一个法子："诺诺，不然你等会儿帮我偷一下你哥的手机，加我微信？"

"呃……"余诺细想了一下，提出疑问，"要是他发现了，再把你删了呢？"

徐依童："……"

她长长叹了口气。

她们俩正说着话，TCC 刚刚在外面抽烟的人陆续上车。徐依童起身，招了招手："陈逾征，过来，你坐我这里。"

下台之后，陈逾征就把长风衣脱了，身上只剩下一件短袖。他走到后面，看了一眼靠窗的余诺，没说什么，在她旁边坐下。

徐依童跟他们隔着一条过道，双手交叉，搭在前面椅背上，越过陈逾征，跟余诺隔空对话："唉，小诺诺，既然你当不成我弟妹，那我就来当你嫂子。"

陈逾征："……"

大巴车开动，大家都有点疲倦，没人说话。

余诺默默侧头，看了会儿窗外变换的风景。街边影影绰绰的灯光滑过，她把耳机戴上，调了几首歌听。

陈逾征视线往旁边瞥："你在听什么？"

"啊？"余诺扯下一只耳机，因为车里安静，她下意识压低了声音，回答他，"我在听歌。"

"什么歌？"

"嗯……"余诺一时间忘记了歌名，摁亮手机，递给他看，"这个，刘家昌的。"

"噢。"陈逾征说，"给我也听听。"

余诺："……"

她脑子里不知为何，突然出现了付以冬那句话：快逃，姐妹。真的，连夜逃。渣男不值得。

余诺顿了顿，递给陈逾征一只耳机："那我调一下，你从头听。"

他拿起耳机，看了看，却没有戴上。

"怎么了？"

"换换。"

"嗯？"

陈逾征把手里左边的耳机递给她，抬了抬下巴，示意她把另一只拿来。

她先是愣了一下，不明白他的意思，不过还是跟他换了过来。

余诺本来坐在陈逾征左边，但现在她戴左边的耳机，他戴右边的，耳机线的长度有限，导致两人不得不靠近，肩膀近得都快挨上了。

余诺心里警醒了一下。

她是真的不太擅长处理这种事情。她知道自己现在对陈逾征的心思有点不对劲，应该跟他保持一点距离，但也不清楚……什么距离才是合适的。

歌放着，余诺却没怎么听，思绪神游，突然想到了什么。

——她有个小习惯，每次听歌基本都是戴左边的耳机，因为她右耳听力不太好，有时候感冒发烧，很容易耳鸣。余诺琢磨了一下，她好像也没跟陈逾征提过这事……

放完刘家昌的歌，软件自动跳到下一首。

一段悠扬的前奏响起，男声轻轻哼唱着。余诺还在发呆，耳朵里传来沙哑的声音："祝我一不小心掉进你的温柔。"

胳膊被人碰了一下，余诺转头，对上陈逾征的视线。

余诺不明所以："怎么了？"

车里没开灯，夜色忽明忽暗的光影投在他脸上。陈逾征眼里有不太明显的恶意，缓缓问："这是什么歌？"

余诺："……"

这时，奥特曼和 Killer 又在后排打闹起来，余诺收敛了一下心神，小声回答他："这是……颜人中的歌。"

他又问了一遍："歌名？"

231

余诺把手机递到他眼下，直接给他看名字。

陈逾征的腿岔着，有一条伸在外面，坐姿很懒散，他慢慢念了一遍："祝你爱我到天荒地老。"

余诺点点头："嗯。"

陈逾征像听到什么好笑的事儿，控制不住，勾起嘴角："真的假的啊？"

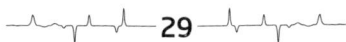

—✓—29—✓—

余诺看着他笑，愣了愣。

——祝你，爱我到，天荒地老。

——嗯。

回味了两秒他们俩的对话后，她心底一滞，轻抿着唇："你以后，别开这种玩笑了。"

陈逾征难得卡壳："嗯？"

余诺沉默。

他没说话，等着她的下文。

在看不见的角落，左边的手攥紧了，她语气认真："我会……觉得有点奇怪。"

盯着她，陈逾征神情有一会儿是困惑的，接着后知后觉，自己好像过了。他表情淡了点，收敛起刚刚的懒散："我这人有点浑，你别往心里去。"

余诺："……"

这首歌结束，陈逾征把耳机摘下来，拿在手里玩了一会儿。

余诺沉默了一会儿，也把耳机取下来。

他们之间拉开了点距离。

她低下头，脸半隐在阴影里，看起来有点疏离。从认识到现在，她向来都是带点拘谨，温温柔柔，挺好说话的样子，很少这样。

陈逾征反思了一下自己，又有意无意，多看了她两眼，他摸了摸鼻子："那什么，今天早上吃你的东西，还有刚刚，就是想逗你一下。"

听到他这句话，余诺转过头。

陈逾征顿了一下，说："好像做过了，不好意思。"

他突然来这么一句道歉，余诺还有点不知所措："没事的……"

陈逾征嗯了一声，把耳机还给她。

对话就此结束，没了下文。

原本跳跃的心脏，又咚的一声，落回了原地。

余诺眼神黯淡，接过来之后，勉强地笑了笑，不言不语地看着窗外。

刚刚短暂的暧昧散尽，摘下耳机后，有道难以捉摸的疏离将两人分隔开。

余诺思维迟钝，心乱如麻，想开口说什么缓和一下，喉咙却发不出声音。

她其实厘不清头绪，但是自己脱口而出的那句话，本意不是指责。就算再愚钝，她也察觉了陈逾征这段时间与她有意无意的暧昧。

念头一旦有了，便越发控制不住。

她只是，有点想试探……试探这一切是不是都是自作多情的揣测。

其实他道歉的时候，她就后悔了。

余诺有点无力，对自己的沉闷感到无力，甚至感到……自卑。

这种情绪一直存在，却从来没有像此刻这样，那么强烈，强烈到让她想回到刚刚这一切发生之前，回到她没有对陈逾征说出那句话时。

Killer和奥特曼扒拉着前面的座椅，从缝隙中瞧了一会儿情况，又对视一眼，互相催促："你先。"

奥特曼啧了一声："你先，不然我们石头剪刀布。"

Killer小声嚷着"瞧你这个尿样儿"，他伸出手，很快地拍了一下陈逾征的脑袋，又飞速收回手，装作什么都没有发生。

等了两分钟，前面没有动静。Killer摆头："快点，到你了。"

奥特曼又谨慎地观察了一会儿，以迅雷不及掩耳之势拍了一下陈逾征的头，又坐下，若无其事地看向窗外。

前面还是没传来动静。

Killer 纳闷了，微微起身，刚想伸出手，被一把抓住。

奥特曼哈哈笑出声。

陈逾征从位子上站起身，把 Killer 的手腕反拧着："手欠？"

Killer 痛得哎哟两声，站起来跟他扭成一团："轻点，征哥，轻点，痛痛痛！不是我，是奥特曼打的！是他！！"

奥特曼连忙否认："我没有，是 Killer 出的馊主意！我真的什么都没干。"

听到动静，余诺转过头，看他三个打闹。齐亚男从前面转头，喊："闹什么闹！都给我坐下，开着车呢，危不危险？"

Killer 委屈地喊："男姐，没闹啊，是队霸欺负人啦！！"

他们又吵闹了一会儿。

过了几分钟，车里恢复宁静，偶尔传来阵阵低语。

陈逾征刚刚走到了后面，就没再回来坐下。

余诺出神地看着身边空出来的位子。

她会因为跟一个人走近而感到不安，下意识地抗拒，好像……就把他推开了。

耳机线掉到手臂上，轻轻一滑，余诺的心好像也痛了一下。

到了吃饭的酒店，大巴车稳稳当当停住。徐依童拉着余诺下车，到处张望："你哥他们来了吗？"

"不知道。"余诺翻了翻手机，"我问问？"

徐依童："没事，我们先上去呗。"

吃饭的地方在四楼，TCG 一行人坐电梯上去。WR 和 YLD 的人已经到了，正混在一起瞎侃着。

余诺正好接到余戈的电话，她把手机放到耳边，"喂"了一声。

余戈："你跟 TCG 他们来吃饭了？"

"嗯，刚到地方。"

徐依童在旁边手舞足蹈，对她做口型，余诺费力地辨认了一会儿，沉吟一下，说："那个，哥。"

余戈："怎么了？"

"你们桌，还有空位子吗？我、我想过去跟你一起吃。"

徐依童点点头，又指了指自己："还有我还有我。"

余戈："有啊。"

余诺连忙加上一句："还有我一个朋友。"

余戈："……"

Thomas 直到坐下来才发现少了两个人，他转头找了找，问陈逾征："咦，你姐跟余诺呢？"

他抽了根烟叼着，没点燃："我怎么知道？"

Killer："她们去找鱼神了吧。"

Thomas 也没在意："哦哦，还挺逗，你姐居然是 Fish 的粉丝？"

陈逾征没接话。

冷场了一下，Thomas 察觉到什么，压低声音问奥特曼："Conquer 怎么了？"

奥特曼："什么怎么了？"

"你没发现他心情不好？"

奥特曼抓了一把桌上的瓜子，边嗑边迷茫地道："有吗？不挺好的吗？"

Thomas 白了他一眼。Killer 撞了撞他的胳膊肘，压低了声音："我知道。"

Thomas 立马好奇地凑上去："什么？"

Killer："他跟余诺吵架了。"

"啊？"Thomas 有点惊讶，"她看着脾气挺好的啊，怎么吵起来的，吵什么了？"

"我怎么知道吵什么了？反正肯定是吵了。他上车前还好好的，下车之后就一直冷着个脸，一句话都不说。"Killer 老神在在，突然灵光一现，"难道是在车上表白被妹子拒绝了？"

桌上推杯换盏，余诺吃了两口就没了胃口，看着满桌佳肴，用筷子戳着碗里的米饭。余戈喊了她几声。

余诺没听见，继续发呆。

他声音提高了一点："余诺。"

余诺回神："啊？怎么了？"

余戈斜瞥她："你不吃了？"

"有点饱了。"

余戈蹙眉："你才吃了几口？"

余诺提起筷子，听话道："那我……再吃点。"

徐依童单手支着下颌，见状，嘿嘿了两声："你哥哥对你好好哦，我也想有个哥哥。"

余戈装作没听见，没理她。

这一桌都是ORG的人，徐依童一个都不认识，也不觉得不自在。她刚刚还拉着阿文瞎聊了十几分钟，阿文刚好也是个话多的。现在他们俩熟得已经各自说起了七大姑八大姨的各种八卦。

阿文站起身来，给每个人倒酒："来来，今儿高兴，都喝点。"

瞅见余诺杯子空着，阿文问："妹妹，你要不要来点？"

她还没说话，余戈冷着张冰山脸，挡住杯子："别倒，她不能喝。"

阿文劝道："你怎么管妹妹跟管女儿似的？小酌怡情嘛。"

徐依童笑起来："是的，小诺诺酒量可不太好。"

阿文本来也只是说着玩玩："算了算了，不倒不倒。"

徐依童凑到余诺旁边，超级小声地说："这次你哥在，你要是喝醉了，就轮不到我那个便宜弟弟捡漏了。"

余诺："……"

被徐依童这么一提起，她神游一下，又想起了那次的日出。

他坐在雾蓝的大海前，被清晨的风吹鼓了T恤，嘴里咬着烟，回头轻轻瞥她，笑的那一下。

余诺心脏一缩，有种酸酸涩涩的感觉蔓延开。她不自觉有点失落，饭菜吃在嘴里，都尝不出什么味道。

一顿饭结束，徐依童还是没加上余戈的微信。

不过也有了实质性的进展。

——她把阿文的微信加上了。

四舍五入，余戈应该也不远了。

另一头，TCG 几个人刚好也吃得差不多了。

妹子走了两个，管理层跟他们不在一起，桌上全都是十几二十岁的男生，凑到一堆，玩起来，说起话来也越来越没有顾忌。

Killer 和奥特曼最兴奋，两人划拳喝酒，玩大冒险，趁着散场，最后来了一把。

奥特曼一声吆喝，输了。

他今天已经站起来举起手臂大吼了三次"我是超人，我现在要回家了"。

奥特曼满脸"实在丢不起这个人"，跟 Killer 商量："杀哥，看在队友情面上，你放曼曼一把，我今晚已经成一个傻子了。我不能再干丢脸的事儿了。"

Killer 拍了拍他的肩膀："放心，你凑过来，哥不让你干那些傻呆呆的大冒险了，我就让你跟一个人说一句话。"

奥特曼很谨慎："跟谁说？说什么？对象仅限于男性啊。"

"男的男的。"Killer 钩着奥特曼的脖子，望着一整晚都沉默的陈逾征，跟奥特曼低语了几句。

"什么？！"奥特曼大惊，"你要这么毒吗？这也太杀人诛心了。"

Killer 不耐烦："快点儿的，愿赌服输。"

奥特曼萎了："他会杀了我的。"

Killer 安慰他："没事儿，杀哥替你收尸。"

饭吃完，那边散了，徐依童过来 TCG 这边找陈逾征。

Thomas："余诺呢？她没跟你一起？"

徐依童正在回微信，随口道："哦，跟她哥走了吧。"

闻言，陈逾征侧头，往 ORG 坐的地方看了一眼。人群中，她低着头不知道在想什么，余戈正在跟她说话。

过了一会儿，余诺抬起头，对余戈笑了笑。

陈逾征收回目光，有一下没一下地玩着手上的打火机。

肩膀忽然搭上一只手，陈逾征眼皮撩起，问："干什么？"

奥特曼脸颊鼓了一下："征哥，我要跟你说一句话。"

Killer 使劲憋着才没笑出声。

陈逾征现在没心情理他们："不想听，滚开。"

奥特曼保证："我说完就滚。"

徐依童从手机屏幕前抬头，好奇地道："你要说什么？"

酒意上头，奥特曼满脸通红发光，一脸正经："陈逾征，你知道吗？"

他声音中气十足，引来旁边人的围观。

Killer 拿着手机拍视频，捂着肚子，憋笑憋得捶桌。

陈逾征："？"

众目睽睽之下，奥特曼酝酿了一会儿，语速极快，对着眼前的人一顿输出："你真的太可怜了，你现在就像一个、一个被爱情折磨的忧郁小丑！"

陈逾征："……"

—♥—— 30 ——♥—

晚间，Killer 在微博放出了一个微博故事视频。

　　@TCG.Killer：现场直播下路决裂。

视频画面有些晃，抖动了两下，奥特曼和陈逾征两人一站一坐，身边都是人在看热闹。停顿一下，奥特曼嘴巴张了张，不知道对着面前的人说了句什么，陈逾征瞬间僵住，脸色一青。

Killer 手抖了一下，奥特曼说完就跑，视频里面的人都在狂笑，盖过了他们俩的声音。

粉丝对了半天的口型，也没猜出奥特曼到底在说什么，纷纷留言评论——

"说的啥？ Conquer 瞬间破防了？？"

"奥特曼：陈逾征，你就是个铁孤儿。"

"奥特曼：你知道吗？你昨晚被我绿了，你老婆没了。"

"奥特曼：Fish 才是 LPL 第一 ADC，你就是个超级兵，像一个小丑小丑小丑小丑小丑。"

"哈哈哈楼上，多损哪！"

余诺晚上回学校，大号也刷到了这条微博，点进去看了看，发现有陈逾征。她凝神，稍微听了几秒，也没听清他们说的什么，就退了出去。

余诺把下巴垫在桌上，看着前几天打印出来的海边照片，又被勾起了回忆。

好几分钟后，她伸出手指，慢慢地摸了摸。

明明也没过去多久，可现在想起喝醉的那天晚上，和陈逾征待在一起，发生的一切，都让她有种不真实的感觉。

凌晨的高架桥，遍布星辰的夜空，从指尖穿梭而过的风，淡金的朝阳……一切都变得特别模糊。

模糊到，让余诺觉得这些零零碎碎的东西，好像都是自己的幻想。

那天陈逾征把她送回了学校。

余诺洗完澡，爬到床上去，用被子把自己裹好，就盯着手机的屏幕，看着海边的照片。

特别不舍得睡，特别不舍得闭眼，但她又克制不住困意。

她记得当时的感觉就是，怕这一觉一醒，发现只是自己做了个梦。

Van 回到基地，躺在床上跟女朋友视频唠嗑了半小时，汇报完毕，滚去浴室洗澡。

洗了个战斗澡出来，他有点口渴，准备下楼找瓶饮料喝，路过训练室时，脚步一顿。

里面灯亮着，Van 推开门进去，发现奥特曼、Killer 和陈逾征在里面。

Van 走过去，看了一会儿，奥特曼和陈逾征开了个自定义的房间，正在一对一练习对线。Killer 则在旁边独自打排位赛。

Van 咂了咂嘴："你们要不要这么拼，今天喝成这样还训练？"

奥特曼抽空看了他一眼："跟你女朋友腻歪完了？"

走神的工夫，奥特曼一转眼，看到黑掉的电脑屏幕，哀叫了一声："又被单杀了。"

Van 观摩了一会儿陈逾征的操作细节："啧，你们还要打多久？"

陈逾征头也不抬，点着鼠标："不知道。"

Van 也知道最近全队压力都比较大，尤其是奥特曼。

TCG 下路是默认的优势路，而奥特曼身为辅助位，操作在一群职业选手里其实并不算突出。

打比赛的时候，由于陈逾征个人色彩太过强烈，操作极限，风格暴躁，奥特曼时常会跟不上，导致失误。

赛后奥特曼也只能等别人都休息了，他再多练练，勤能补拙。

陈逾征这个人虽然平时脾气不行，但每次都会抽空单独给奥特曼陪练。

外界的各路粉丝，或者路人、圈内人，都觉得陈逾征天赋极高，一出道就狂妄到不行，脚踩 LPL 各家 ADC，谁都不放眼里。

就算之前被全网喷，被 ORG 和余戈的粉丝发私信辱骂，他的发挥也没被影响过。

但 TCG 的几个人都知道，陈逾征不只有天赋，最重要的是他比大多数职业选手都拼。他不在乎有没有人骂他，不在乎有没有粉丝，只在乎比赛能不能赢。

他们作为新队伍，今年刚出道，还没有打国际赛的经验，这次洲际赛，又关乎的是 LPL 的集体荣誉。一旦发挥不好，国内舆论又将是一次暴风雨。

Van 被激励了，把手边的饮料放下，坐到自己的电脑前："行吧，我也开几把排位，冲冲在韩服的排名。"

几个人在训练室一坐就是一晚上，直到外面天光微亮。

Killer 有些顶不住了，揉了揉酸痛的脖子，招呼他们："行了，差不多了，睡不睡啊你们？"

Killer 推开椅子站起来，瞟到陈逾征的电脑，发现他和奥特曼又双排了一把。

Killer 看了看时间，劝道："都六点了，你们还来？"

奥特曼："你先去睡吧，我打最后一把。"

"行吧，那我再陪你一会儿。"Killer 拿手机点了个 KFC 的早餐，"你们要不要吃什么？"

"帮我点杯豆浆。"

Killer 应了一声，点完早餐，刷了一会儿微博。

翻到昨晚那条视频底下的评论，Killer 乐不可支。他点开微博故事，又去看了访客记录，往下刷，忽然看见一个熟悉的 ID。

Killer 叫陈逾征："哎哎，征哥。"

陈逾征正在选英雄："干什么？"

"就我昨天发的那条微博。"Killer 神秘兮兮，"余诺她看到了欸，我访客记录里有那个爱吃饭的鱼。"

陈逾征："……"

"把你那条破微博删了。"

奥特曼转头催促："你快选人啊，聊什么天，发什么呆？"

话音刚落，他看到陈逾征锁定的英雄："你怎么打下路选个亚索，这么奔放？故意折磨队友心态？"

排位房间里，3 楼的问号已经打了出来——

"？"

"哥们儿，我这把晋级赛，拜托别搞。"

奥特曼瞠目，小心地问："征哥，我们这把的阵容，你选个亚索，是不是不太合适？"

陈逾征满脸风轻云淡："有什么不合适？刚好切后排。"他顺手在房间打字，回复刚刚那人。

"等我 carry。"

奥特曼沉默几秒，满脑子问号："你认真的吗？"

Killer："他 carry 个屁，就是听到余诺，心就乱了，手抖了，瞎选了个英雄。"

那天之后，余诺情绪持续低落了好几天。

知道她过几天要随队出国，付以冬专门来学校找她，陪她去屈臣氏买点旅行日用品。

她们逛完商场，随便找了家甜品店，坐下休息。

余诺大姨妈快到尾声，不过也吃不了太凉的东西，点了一杯热可可。

看她神情郁郁，付以冬好奇："诺诺，你怎么回事儿啊最近，得抑郁症了？"

"什么？"

"你今天跟我待在一起，每隔两分钟就得叹口气，你没事吧？最近遇到啥事了，要不要跟我说说？"

余诺打起精神，笑了一下，想解释，欲言又止："……我不知道怎么跟你说。"

"直接说呗。"付以冬坐得近了点，"那我猜猜，难道是因为最近你那个玩暧昧的弟弟？"

"他不是玩暧昧。"

过了片刻，余诺低垂下眼："你误会他了。"

付以冬心中诧异，突然说："那你是喜欢他咯？"

余诺被问得一愣，答："我不知道。"

"喜欢一个人就是这样的呀，会患得患失，会忧郁，会不自觉地替他说话。所以，你们俩到哪一步了？"

余诺迟疑："我前几天，跟他说了句话，他好像不高兴了……"

"什么话？"

余诺不愿意讲细节，只道："就是让他别跟我开玩笑之类的。"

付以冬唉了一声："所以你现在是暗恋吧？"

余诺咬着吸管，嘴里流淌过热可可，感觉很甜。

就像陈逾征……

她本来没敢动这方面的心思，只是尝到了一点甜头，好像就喜欢上了这种感觉，想要的，就越来越多……

余诺斟酌着用词，没头没尾地说了几句："我不知道，但是跟他待在一起，会觉得……很有趣。但是，我不会主动，又很无聊。我们两个可能不是很合适。"

听她这么一说，付以冬有点气恼："什么合不合适啊！喜欢一个人多不容易啊！管他以后怎么样，不要考虑那么多行吗？在你遇到能和你结婚的那个人之前，你一直这么理性，不谈恋爱了吗？"

声音有点高，引来旁边桌的注目。余诺扯了扯她的衣角："你小声点。"

付以冬骂完她，又叹息一声："本来呢，我是想劝你，离这种吊着你的男生远一点，但我后来想，反正你还年轻，还能被伤几次。渣男就渣男呗，谁没爱过几个渣男？"

余诺苦笑，觉得自己词穷。

"余诺。"

付以冬叫她的名字。

"嗯？"

付以冬心中涌起感慨，鼓励她："不要暗恋，人生没有那么多时间给你演内心戏，爱他就去告诉他。真的，你不要怕，在一个人面前翻次船没多大事的，包袱不要太重。感情里，少一点得失感比较好，敢爱敢恨，洒脱一点嘛，喜欢就是喜欢。不被喜欢又不丢人。问心无愧就行了，也比错过了后悔要来得好。

"如果你觉得没面子，那我追我初恋的时候，在楼底下给他唱情歌，不是丢人丢到底裤都没了，节操都掉尽了？但我一点都不觉得自己丢人呀，我觉得很幸运，我觉得我眼光好，没有喜欢别人，而是喜欢了他。到现在我都不后悔。"

余诺："……"

付以冬滔滔不绝："你不要放不开，畏畏缩缩，条条框框那么多，最后把自己装在套子里。喜欢就喜欢，想联系就联系，想他就给他发消息，屁大点事也说出来分享，到时候万一成不了，该散就散，一辈子能有几个真的令你心动的人？"

说完，付以冬揽住她的肩："如果难过了就来找我哭，我不说话，就听你哭，我还可以陪你喝酒。"

余诺沉默。

"当然啦，我也可以看你走向幸福。"

杯中的热可可已经见底，余诺还是一言不发。付以冬感觉自己把口都说干了，试探地问："我说的，你听进去没有啊？"

余诺点了一下头，回答："嗯，听进去了。"

"所以？"

余诺咬着唇，之前一幕幕闪过，很多画面，让她心里的感情都要漫出来了。

她一直觉得自己是个很容易满足的人，谁对她好一点，她都会开心很久。

直到遇见陈逾征……

她不忍心、没信心、自卑……有很多很多的理由可以疏远他，但是，余诺还是舍不得。

良久，她做了决定。

付以冬还在一旁耐心等着。

余诺握紧了杯子，开口，慢慢地说："要是有机会……"

顿了顿，她直视着付以冬，把剩下半句说出来："我希望，能和他试一次。"

/ 第八章 /

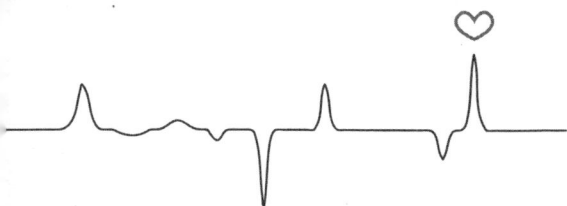

我好看就行了

31

回学校的路上，付以冬又传授了余诺一大堆追男人的经验。

余诺听得云里雾里，在心里默默记了几条。

回到寝室，梁西正和另一个室友一起喝奶茶看剧。余诺跟她们打了个招呼，在自己座位上坐下休息。

她把耳机戴上，打开电脑，做了一会儿毕业答辩的PPT。翻着电脑的D盘，突然看到一个以"TCG-Conquer"命名的文件。这是之前给他写的食谱，她滑鼠标的手指顿了顿。

出神几秒后，她感觉心里总是空着一块。

耳机中，歌曲跳到颜人中那首，余诺把手机拿起来，按下单曲循环。

上微博搜了一下陈逾征，又点进他的微博。他还是只转发了上次TCG的官博，关注列表显示是0。

余诺翻了翻他的过往点赞，忽然看见了自己的照片。

是春季决赛时，在成都的大慈寺，她微微仰头，站在树下系着祈愿牌的红绳。

余诺心跳漏了一拍。

时间有点久，她有点不敢点开那张图。

其实余诺知道自己长相不丑，但是她总对自己的一切都不太自信，刚开始上大学时和别人拍照，她甚至都有些畏缩，不怎么敢看镜头。室友举着手机来拍她，余诺都是下意识地挡住脸。

后来因为付以冬带着她尝试去拍了一些照片，余诺才渐渐恢复了正常，不再那么抗拒别人拍她。

做了几秒的心理建设后，她点开自己那张照片。

角度、光线和意境，都很好，她只有小半张白皙的侧脸露出来。

余诺悄悄松了口气。

也不知道，陈逾征第一眼看到这张照片，会是什么反应……

盯着那个页面几分钟，她把手指移到屏幕左下方的加号上，关注了他的账号。

关注完，又有点心虚，余诺顺着 TCG 官博又关注了几个人，把陈逾征压到关注列表下面一点。

关掉手机之后，余诺有点苦恼，思索着如何缓和跟陈逾征的关系。

她从小就缺根筋，没追过人……眼下这种情况，也不知道跟他保持哪种距离是最好的。

余诺把记事的小本本拿出来，咬着笔头，写下付以冬告诉她的第一步——

"1. 主动一点找话题，跟他聊聊天，关心一下他。适当耍点小心机，让他主动帮自己点小忙，拉近两人距离。"

余诺趴在桌上，玩了一会儿小风铃。

过了一会儿，她振作精神，打开微信，给奥特曼、Killer 几个人发了消息："马上就要打比赛了，最近记得好好吃饭。"

最后打开陈逾征的聊天框，她思考一下，把后半句改了改。

"马上就要打比赛了，最近有好好吃饭吗？"

几分钟过去，Killer 几个人都热情地回复了她，除了陈逾征。

余诺又等了一会儿，还是没回复。她有点低落，猜想着，他是没看见，还是看见了却不想回……

手机忽然一振，连带着余诺的心都震了一下。她赶紧拿起来看。

Conquer："1。"

余诺上次就百度过，还是明知故问："1 是什么意思？"

Conquer："有。"

她想了想："你在干什么？可以多打两个字不？"

Conquer："洗澡。"

余诺脑子里稍微想象一下了，脸一下就热了，挥散掉那些旖旎的画面，连忙回复他："那你洗吧，我先不打扰你了。"

过了一会儿，陈逾征发了一条语音。

余诺把歌曲中止，盯着那条三秒的语音看了一会儿，然后点开。

那边隐隐约约有稀里哗啦的水声，陈逾征声音有点欠："怎么，你找我还有事儿？"

余诺："没事……你不用回了，专心洗澡吧。"

等发过去，下一秒，陈逾征的语音就来了。不过还没等余诺点开，他又撤回了。

余诺等了一会儿，确定他没有再给她发什么的打算，就关掉了手机。

虽然没能和陈逾征聊上几句，但心情似乎……一下子就好了点。

余诺把头发扎起来，吃了个晚饭，收到付以冬发的一个恋爱宝典大全。

她抱着学习的心态点进去看了看，看来看去，还是觉得自己有点不太敢实施。

临近洲际赛的关头，余诺怕打扰到陈逾征训练，也没有再主动找他聊天。

一晃，到了周五。

TCG 所有人出发去机场，和 ORG 还有 YLD 他们是同一趟航班。

几个队伍到的时间差不多，他们各自身上都穿着定制的队服，背着运动背包，肩膀和背后都印着队名和 ID。WR 和 TCG 都是黑金色系，ORG 和 YLD 是红白的。都是二十岁左右的小伙子，从大巴车上下来，拖着行李箱，浩浩荡荡的大部队，身边还围着一些粉丝求签名和拍照。

众人一进机场大厅就吸引了路人的目光。

托运行李前，余戈独自过来 TCG 这边，忽略旁人若有若无的打量，跟余诺说："把你的机票给我。"

余诺："嗯？"

"帮你升舱。"

余诺愣了一下，指了指身边的向佳佳："不用不用，我刚刚都选好位子了，我们俩坐一起。"

Killer 八卦地听了一会儿兄妹俩的对话，低声跟陈逾征讨论："啧啧，你别看 Fish 平时挺高冷，对他妹妹倒是挺好的啊。"

见他不说话，Killer 又撞了撞陈逾征肩膀："跟你说话呢，没听见？有没有素质？"

陈逾征继续打着手里的游戏，随口道："所以呢，你要我说什么？"

Killer 看不惯他这个样子："你装屁呢！别以为我不知道，你就是打算撬 Fish 墙角！"

闻言，陈逾征手上动作停了一下，看他一眼："你再大点声儿，要不要帮你找个喇叭？"

Killer 看他没否认，顺杆子往上爬，嘿嘿两声："所以你墙脚撬得咋样了？"

陈逾征面无表情，吐出三个字："撬不动。"

余诺坐在椅子上，检查着包里的充电宝、保温水杯、耳机线、创可贴、晕车药。

机场里的机械女声一遍一遍播着公告。

TCG 的几个人已经托运完行李，准备一起过安检。余诺从椅子上站起来，还在包里翻找着海绵耳塞，不知道是没带，还是塞到了行李箱里。

这次去巴黎是长途，要坐十几个小时，她怕耳鸣又犯。

她有点焦虑，落在队伍后面，一边低着头在包里翻来翻去，一边走，也没察觉旁边的状况，不小心撞到一个路人。

手里的包掉在地上，余诺小声说了一句抱歉。

被撞的人皱眉，拍了拍肩膀，嘀咕了一句："走路记得看路啊。"

等人走后，余诺蹲下身，把散落在地上的零碎物品一样一样捡起来。

捡到一半，她忽然感觉到眼前一暗。

陈逾征也沉默着，帮她捡。

他屈膝蹲着，戴着口罩，下半张脸被挡住，露出的一小截鼻梁高挺，黑羽似的睫毛低垂，遮住了眼底的情绪。

余诺捡东西的动作顿了一下。

旁边有几个女粉丝端着手机凑在一堆，嬉笑着，在拍陈逾征。

TCG 其他人没注意到后面发生的小插曲，打打闹闹地走出去很远。

陈逾征捡完，把东西交到她手里。

余诺小心地看了一眼他："谢谢。"

陈逾征眼睛漆黑，抬起眼皮扫她一眼，手肘撑了一下膝盖，站起身："不用谢。"

感受到他的疏离，余诺缓了缓，一会儿之后，加快了收拾的动作，把东西都装回包里。

侧过头去看，陈逾征双手插着裤兜，已经走了很远。

过完安检，还有一个多小时才登机。

Killer 作为妇女之友，最喜欢跟女孩子聊天，他凑在向佳佳身边，跟她们插科打诨。

奥特曼闲得无聊，也凑过来。

向佳佳聊起最近在追的小明星，说了一会儿，翻出照片给余诺看："我觉得他长得有点像你哥，你觉得呢？"

余诺看了一会儿，眉眼之间似乎真的有点像，她点点头："好像是有点。"

Killer 也品了一番，说："他怎么瞅着有点娘啊，跟 Fish 哪儿像了？"

向佳佳感觉跟他没共同语言，继续刷着微博，白了他一眼："什么娘！人家这是有少年气，少年，懂吗？就是白白净净的，很惹人爱。你们直男不懂。"

"不是，这个时代到底是怎么了？还有救吗？你们女生的审美怎么就畸形成这样了？我感觉这小明星还没陈逾征帅呢。"

Killer 故意看了一眼余诺："我们 Conquer，不也是少年吗？ 19 岁的少年，多朝气蓬勃，多英俊，还一点都不娘，充满男人味的大帅哥，你追什么星啊，不如追我们队 AD ！"

向佳佳："……"

Killer 又转头问余诺："你觉得呢，余诺姐姐？"

余诺沉默一会儿说："呃……我觉得……"

奥特曼在旁边听了一会儿，受不了，大叫了一声："杀哥，你太恶心了，你满脸沧桑，胡子拉碴的，跟人家余诺一个如花似玉的小姑娘叫姐姐，你变不变态啊！"

余诺："……"

向佳佳问："诺诺，你没有喜欢的明星吗？"

余诺老老实实地说："没有，我平时看动漫看得比较多。"

"啊？"向佳佳有点担忧，"怪不得你还没找男朋友，我身边喜欢动漫的妹子，觉得虚拟的男主角太完美，以至于现实里都不太想跟男生接触了。"

余诺："我还好。"

奥特曼趁机问："那你有喜欢的人吗？"

余诺静了两秒，点点头："有。"

"什么？？"

余诺被奥特曼的声音吓了一跳，不知道他为什么这么激动："怎么了吗？"

奥特曼感觉自己即将知道一个惊天大八卦，急道："他是谁？"

余诺："……"

"透露一点呗？高点的，还是矮点的？胖点的，还是瘦点的？"

向佳佳都无语了，也不知道一群男的怎么能这么八卦。

在他们灼灼的注视下，余诺有些蒙，感受到了一点煎熬。她吞吐着，还是回答："嗯……有点高，瘦……好像还好，但是不胖。"

"那、那比你大还是比你小……"奥特曼还想追问，被 Killer 一把拉开："你这个笨蛋，节奏带的是真的差。滚开，让我来。"

Killer 坐在余诺身边，严肃地看着她："你喜欢的那人，有陈逾征帅吗？"

余诺："嗯？"

"如果没有的话……"Killer 沉吟一会儿，沉痛地道，"建议分手。"

余诺："……"

陈逾征刚抽完一根烟回来，奥特曼抬手挡住："慢，你先别坐下。"

陈逾征："？"

奥特曼指了指不远处："看到那台饮水机了吗？去，给我倒杯水。"

陈逾征："……"

Killer 跷着二郎腿，慢悠悠地说："给他倒完也别闲着，再给你杀哥倒一杯。"

陈逾征冷着脸，不知道他们又在发什么神经，拨开奥特曼的手，自顾自在旁边坐下。

奥特曼转头："杀哥，你看看他有多跩，太恼火了。"

Killer 跟他一唱一和："本来还帮他跟某人打听了点东西，他这个态度，我啥都不想说了。"

陈逾征转眼："你们又跟她说什么了？"

Killer 笑了："啧，你至于这么急吗？"

奥特曼指挥他："征，你先给我倒杯水，我再考虑告不告诉你。"

他们正调戏着陈逾征，余诺过来了。Killer 和奥特曼齐齐闭嘴。

陈逾征压住火。

Killer 问："怎么了吗？"

余诺有些拘谨，也不太敢直视他们："我带了点吃的，给你们分分。"

奥特曼有些惊喜："我上次吃的那个饼干还有吗？"

"有的。"余诺答应。

奥特曼和 Killer 还有 Van 几个人，一点都不嫌自己吃小姑娘的东西丢人，纷纷围到余诺身边。

等他们心满意足地分完，回到位子上，余诺一抬头，就看到陈逾征离开的背影。

她忍了忍，还是出声，喊他："陈逾征。"

陈逾征顿住脚步，侧过头。

左右都是人，余诺犹豫了一下，跑了两步，赶上去，忍着羞涩开口："那个……我还买了你喜欢的那种糖，你要吗？"

陈逾征表情有点奇怪，静了几秒，还是说："不用了，谢谢。"

他准备走，余诺问："你去干什么？"

陈逾征看了一眼远处偷窥的 Killer，视线又回到她身上："倒水。"

余诺哦了一声，问得很小心："那个糖，你是不喜欢吃了吗？"

她问一句，陈逾征答一句："上次的没吃完。"

余诺："……"

她表情像一只仓皇的小动物，抓紧怀里的包，小声地说："是不是，我让你不高兴了？"

陈逾征挑了挑眉，好整以暇："什么不高兴？"

"就是前两天，在车上……"余诺刚刚喊住他也是一时冲动，但是话都说了，索性说完，"我没别的意思，就是，如果我说的话让你有点不舒服了，或者难受了，我……对不起。"

陈逾征思考了两秒，有点没明白，问余诺："这有什么对不起的？"

"我……"余诺嘴拙。

陈逾征垂眼，看她纠结的表情："我确实有点难受。"

余诺愣住，又说了一句："对不起。"

陈逾征又说："不过呢，我的难受，可能不是你想的那种难受。"

余诺浑然不觉远处有几个人在看热闹。她脸上出现了茫然之色，不确定地问："那你，是哪种难受？"

打量她数秒，陈逾征问："你确定要我在这儿讲？"

32

陈逾征审视着她，直接望进了她眼里。

余诺不敢动，只是呆呆地盯着他。

陈逾征思考了一会儿，似乎在打腹稿，停了停，终究，皱了皱眉："算了。"

余诺："啊？"

陈逾征："我去倒水了。"

Killer坐在位子上，看着陈逾征臭着一张脸，端着水，从远处走过来，忽然，从心底升起了一种胜利者才拥有的爽感。

他满意地喝了一口，装模作样地感叹："唉，这机场的水，真甜哪，真是我这辈子喝过最甜的水了，好喝！真好喝！"

陈逾征气笑了，他忍了一下："能说了吗您？"

Killer装傻："啊，说什么？"

陈逾征平静地道："你问余诺什么了？"

Killer贱兮兮地，吊儿郎当，继续调戏他："你猜。"

陈逾征："我猜你个头。"

"……"

Killer差点被呛到，拍拍胸口，有点怕怕地问奥特曼："Conquer今天怎么这么暴躁，'大姨夫'来了？人家被他凶了！曼曼，你管不管？"

奥特曼叹息一声，也拍了拍陈逾征的肩膀："咋办，你说这可咋办呢？"

陈逾征转头："她跟你们说什么了？"

奥特曼脸色严肃："也不怕告诉你，余诺已经有喜欢的人了。比你高，还比你帅。"

"……"

奥特曼痛击队友："要你下手早点，你还在那儿嫌我们多管闲事，现在好了吧，全完了。"

陈逾征："谁说她有喜欢的人了？"

Killer 继续补刀："她自己说的呀。"

奥特曼："算了算了，杀哥，咱不说了，陈逾征眼看着心都要被扎穿了。再说下去，比赛都打不了了。"

到了安检时间，众人收拾了一下登机。

向佳佳拿着登机牌，找到位子，问余诺："诺诺，我们俩坐这儿，你想坐里面还是靠走廊？"

余诺扶着座椅，偷偷瞅了眼旁边。Killer 和奥特曼，还有陈逾征正在放行李，他们刚好坐她们旁边。

余诺："我坐外面可以吗？"

向佳佳点头："可以啊，那我坐中间。"

余诺在位子上坐下。

她刚刚找到了耳塞，就放在口袋里。

飞机起飞之前，广播提醒各位乘客把手机关机，收起小桌板，系好安全带。余诺有点紧张，把耳塞戴上。

收拾好后，余诺深呼吸了一下，等待着飞机飞上天。周围的人都在忙着自己的事儿，她又看了一眼旁边，陈逾征也坐在最外面。

他戴着眼罩，双手交叉环抱在胸前，棒球帽的帽檐扣下，几乎挡住了整张脸，已经进入休眠状态。

两人只隔着一条窄小的走道，余诺控制不住，心里有点小小的喜悦。

她把目光收回来，开始发呆。

飞机上睡得并不安稳，遇到气流，一阵颠簸。又过去一会儿，窸窸窣窣的声音响起来，空姐推着餐车出来，低声询问乘客需要什么。

咕噜咕噜的轻微滚轮滚动声，陈逾征扯下眼罩，眯起眼，适应了一下明亮的光线。他坐起来一点。

空姐正好走到身边，微微弯腰："您好，需要喝点什么吗？"

陈逾征想了一会儿，困倦地问："果汁有吗？"

255

“有的，您稍等。”

空姐拿了一个杯子，倒了杯果汁递给他。

陈逾征：“谢谢。”

奥特曼在旁边说：“给我一杯咖啡，谢谢。”

空姐耐心答应：“好的，稍等。”

头开始隐隐作痛，陈逾征从口袋里摸了一块巧克力出来，丢进口里，等着它慢慢融化。

他脸色难看，眼底发青，奥特曼看到，知道他低血糖又犯了，特地凑过来关心了一句：“你没事吧？要不要吃点东西？”

陈逾征不想说话，摇了摇头。

桌板被拉下来，他手里握着杯子，手指轻点着杯沿，盯着里面微微晃动的果汁出神。

上次春季赛总决赛，连输 ORG 两场之后，在休息室里被教练骂了一顿，陈逾征身边环绕着低气压，独自坐在沙发上，也有人给他买了一杯这样的果汁。

她脸色通红，额角还带着剧烈运动后的汗，看向他的时候，有点不太好意思，从袋子里拿出葡萄糖和果汁，小心地询问他要喝哪个。

陈逾征晃了晃杯子，侧过头去看余诺。

她戴着白色的耳塞，膝盖上还盖着毛茸茸的毯子，撕了一片面包塞进嘴里，认真地翻着飞机上的商业杂志，看得津津有味。

察觉到打量的视线，余诺转过头，和陈逾征对上视线。

他没移开目光。

余诺愣了一下，看了看周围，确定陈逾征是在看自己。向佳佳在旁边睡觉，余诺怕打扰到她，张了张嘴，用口型问：“怎么了吗？”

陈逾征拿起手机，打开微信，给她发消息。

Conquer：“你吃什么？”

两人就隔着一条过道，余诺拿起包装袋，举起来给陈逾征看了看，然后打字回复他：“在吃面包。”

Conquer："饿了。"

余诺又看了他一眼："我还有别的，你想吃什么？"

Conquer："看看。"

余诺把毛毯掀开，站起来，踮着脚把装食物的背包从行李架拿下来，把拉链拉开，拍了张照片给陈逾征。

他看了眼，随便选了一个。

余诺把草莓味的面包拿出来，探出身，给陈逾征递过去。

他慢条斯理地撕开包装袋，放进嘴里咬了一口，手机一振，收到余诺的微信："好吃不？"

刚睡醒的烦躁好像稍微散了一点，陈逾征心情不错，回她："还行。"

余诺："我还有两个，都给你？"

Conquer："不用了。"

刚回完余诺的消息，陈逾征眼睛从屏幕抬起，瞥向奥特曼。

奥特曼咳嗽一声，偷看被人抓包，有点小尴尬："那什么，你继续，我就看看，随便看看。"

陈逾征没理他，关掉手机。

奥特曼特意压低了声音："你们俩还挺有情趣。"

见陈逾征还是不理他，奥特曼有点愤愤："刚刚问你要不要吃点，你不是说不要吗？"

陈逾征开口，声音有点哑，带着惯常的不耐烦："你能不能少说两句话？"

奥特曼："？"

陈逾征："吵得我脑子疼。"

奥特曼："……"

奥特曼被噎了几秒，咬牙切齿："行吧，我不说了，不过是被嫌弃的曼子的一生罢了。"

……

十四个小时后，飞机从上海抵达巴黎，主办方专门包了车来接他们去酒店。

小应在车上跟他们大概说了一下最近两天的行程。

这次洲际对抗赛，有来自亚洲三个赛区的十二支队伍。

第一天车轮战，有六场 BO1。经过 BO1 的对决后，按照赛区积分排出一、二、三名，第一名直接进决赛，第二、三名对决争取进入决赛的名额。决赛采取 BO5 赛制，赢下比赛的两个赛区的四支队伍，由己方教练商讨决定出赛顺序，先得 3 分的赛区取得总冠军。

虽然洲际赛还没正式开始，但他们第二天还要早起拍摄宣传片，时间很紧。

十几个小时的飞机坐下来，余诺整个人脸色都变得很不对劲。

去酒店的中途，余诺还是没忍住，喊司机停车，下车去吐了两次。

向佳佳跟上去，拍着她的背，担忧地问："没事儿吧诺诺？"

余诺压抑住反胃，蹲在路边，接过她递来的纸，擦了擦嘴，勉强笑笑："没事。"

不远处，一车的人都在等她，余诺怕耽误他们时间，跟向佳佳说："佳佳，你帮我拿一下包和手机，你们先回去，我现在坐不了车。等我缓缓，自己打个车回酒店。"

"没事，那我陪你吧。"

向佳佳跑上车，Killer 扒着窗口往后看了一眼，也有点担心："余诺她没事吧？"

向佳佳走到后面，在余诺的位置上找到包，拿起来："没事，她说她现在坐不了车，你们先去酒店，我陪她走一会儿，然后打车去酒店。"

齐亚男不赞同："不行，都这么晚了，你们两个女孩子单独在外面多不安全！"

陈逾征忽然出声："包给我。"

向佳佳站在原地，愣了一下："啊？什么？"

他从位置上站起来："我下去陪她。"

余诺咽了一下口水，克制住食管泛起的酸。身边站了一个人，她下意识地以为是向佳佳。

一抬头，陈逾征正低着眼看她。

余诺呆了一下，撑着膝盖站起来："怎么是你……佳佳呢？"

"你……"陈逾征皱眉，递了瓶水给她，"你还好吧？"

"没事。"余诺苦笑，解释，"我就是下飞机之后有点晕车，缓缓就好了。"

华灯初上，巴黎夜晚的街头很有风情。

这个城市就像个绚丽的不夜城，街道灯火灿烂，有些纪念建筑上挂满了闪耀的霓虹小灯。

余诺喝了几口水，慢慢地走了一会儿，被风吹了吹，感觉好了不少。她被漂亮的夜景吸引住目光，来了精神，忍不住停住脚步，举起手机拍了几张。

陈逾征等在一旁，看她拍完，有点好笑："你们女孩儿都这么喜欢照相？"

"嗯？"余诺正举着胳膊拍远处的旋转木马，闻言转头，腼腆地笑了一下，"还挺好看的……想拍下来记录一下。"

脑子里忽然想起付以冬的教导："适当要点小心机，让他主动帮自己点小忙，拉近两人距离。"

她犹豫一会儿，抿了抿唇，有点忐忑地问："陈逾征，你可以帮我照一张照片吗？"

他摊了摊手，余诺把手机交给他："帮我把那个旋转木马也照进去，谢谢啦。"

她跑到路边，转头找了找旋转木马的位置，举起手，在脸边比了个剪刀手。

她似乎每次拍照都喜欢举这个手势，第一次见面，她上台，结果认错了人，也是一模一样的姿势和笑容。

陈逾征望着手机镜头里的她，嘴角扬了扬。

过了一会儿，余诺兴奋地跑过来："怎么样？"

他随口道："挺好。"

余诺期待地接过手机，点开相册，查看他刚刚拍出来的成品。

看了几张后，她嘴角的笑容渐渐凝固住。

陈逾征刚刚也不知道怎么拍的，余诺感觉自己被拍得特别矮，上下身比例好像五五开。脸上笑容也特别傻，甚至有一张连眼睛都没睁开。

看她不说话，陈逾征挑了挑眉："怎么，不满意？"

余诺不忍打击他，抬起脸说："……不然我给你拍一张，示范一下？"

她调了个滤镜，走出去两步远。

陈逾征戴着棒球帽，摆好了姿势，靠在树干上等着她。

他向来就这样，除了上场打比赛，其余时候一直都懒洋洋的，没什么精神，站没站相，坐没坐相，倒是和这个城市慵懒的风情融为了一体。

余诺特地蹲下身，给陈逾征找了一个特别好的角度。

拍完之后，余诺小跑过去，献宝一样，把手机递给他看："你看看？"

陈逾征拿着她的手机，左右滑滑，看了几张自己的照片，脸上表情一如既往地淡定。

余诺期待地问："你觉得怎么样？"

陈逾征理所当然道："挺帅的。"

余诺："……"

她忍不住提了一句："你不觉得，我把你的腿拍得很显长吗？"

陈逾征表情似乎有点困惑："这不是我的腿本来就挺长？"

余诺："……好吧。"

她吃了个瘪，讪讪的，也不打算指望他了，把摄像头的方向调了一下，举起手机对着自己。

还是自拍来得靠谱。

余诺刚调整好表情，镜头后方突然出现了一张脸，陈逾征歪着头凑上来。

余诺手一抖，按下了拍摄键，她有点慌："干什么？"

"跟你一起自拍啊。"

余诺哦了一声。心里想了一会儿，她耳根有点发红，低下头，小声说了两句什么。

陈逾征没听清："什么？"

余诺鼓起勇气，声音大了点："刚刚那张……没拍好。"

他不说话，她小心翼翼地瞧着他："能再来一张吗？"

余诺跟他身高差得有点多，她稍微踮了踮脚，又不敢跟他靠得太近，保持着一点距离。

陈逾征站在她后面一点，似乎也发现了身高差这个事儿。

他看她已经摆好表情，微微俯身，手臂举着手机放远了点，脑袋凑到她旁边。

远远看去，就像半个身子都贴上了余诺。

他的头发和衣服还残留着一点洗发水的香味，很干净的气息一瞬间把她包围住。

余诺呼吸都放轻了，看着手机镜头里两人亲密的画面，紧张地抓着衣服下摆，瞪圆了眼睛，连笑都忘记了。

咔嚓咔嚓，陈逾征连拍了三张。

直到起身，余诺还是维持着刚刚的姿势，一动都不敢动。

他低着头，翻了翻两人刚刚的自拍，笑了笑："姐姐，你表情好像有点僵硬啊。"

余诺赶紧把手机抢过来，也不敢多看："没事没事，就这样吧。"

回到酒店已经快十点，拿护照办好入住，陈逾征回到房间。

奥特曼正趴在床上看剧。

浴室里传来淅淅沥沥的水声。

等陈逾征洗了个澡出来，奥特曼察觉到他心情似乎很好，多嘴问了一句："你跟余诺干啥了？怎么这么晚？"

他懒洋洋地回了一句："约会啊。"

奥特曼被他不要脸的发言惊了一下。

陈逾征坐在床边，拿着白毛巾擦拭短发。

奥特曼丢开手机，爬过去问："余诺不是有喜欢的人了吗？你还约会，你心理素质够好的啊！"

陈逾征甩了甩头发上的水珠，拿起吹风机，满脸无所谓："又没在一起。"

奥特曼语塞，一时之间居然不知道该说什么。

眼睁睁看着他吹干头发，奥特曼想了许久，终于问出口："那要是在一起了呢？"

陈逾征的道德底线向来极其低，他根本没思考，依然是那副无所谓的表情："在一起又没结婚。"

奥特曼："……"

奥特曼骂了一声："陈逾征，你脸都不要了？"

之前大家都是调侃居多，虽然基地的几个人经常开陈逾征和余诺的玩笑，但谁也没放心上，就是调戏着好玩罢了。

奥特曼没想到陈逾征居然是来真的，忍不住提醒："余诺她可是Fish 妹妹欸。"

陈逾征丢开吹风机，靠到床边，拿起正在充电的手机看了一眼："所以？"

"你又不是不知道，余戈粉丝多讨厌你。你能不能清醒点？要不咱还是算了吧，你想想，人家 Fish 已经是圈里功成名就的职业标杆，咱们望尘莫及啊哥。再看看你呢？你现在就是一个刚出道的小透明，冠军没拿过，粉丝也没有，钱也没人哥哥挣得多。就是要啥啥没有，拿什么追人家妹妹啊？拿你一颗廉价的真心吗？"

"我这不是还有脸吗？"

陈逾征淡淡地反问他："不知道我高中是校草？"

奥特曼："……"

虽然知道他不要脸，但没想到能这么不要脸。奥特曼感觉自己每次都会被陈逾征刷新下限。

他无语凝噎一会儿，再开口时，语气有点勉强："征，靠美色，是不能长久的，你要知道，色衰而爱驰，脸有什么用？再说了，人Fish长得也帅啊，你以为余诺帅哥看得还少吗？高中校草怎么了？你这完全就没竞争力。"

奥特曼着急上火，在旁边婆婆妈妈地劝了半天，嘴巴都说干了，发现陈逾征正拿手机刷贴吧，看着游戏出装，一句都没听进去。

奥特曼顿时觉得自己一腔担心都喂了狗，有点泄气，问："欸，陈逾征，你真的这么喜欢余诺啊？"

陈逾征靠在床头柜上，眼都不抬，懒散地答："这不挺明显的吗？"

—⁓⌇⌇— **33** —⌇⌇⁓—

这次余诺还是跟向佳佳住同一间房。

余诺窝在沙发里玩了半天的手机，手机屏幕的蓝光投射在她脸上，旁边的行李箱都没开。

向佳佳走过去的时候，她丝毫不觉，不知道在专注地看什么。

"诺诺，你好点没？"向佳佳关心地在她旁边坐下，递了瓶芦荟味的牛奶过去。

余诺视线从手机前抬起来，跟对方说："我好多了。"

向佳佳打了个哈欠："行，那你去洗澡吧，飞机坐这么久好累哦，反正明天没我们什么事儿，正好可以睡个懒觉。"

余诺点头答应。

打开行李箱，拉开内层的拉链，准备拿出睡裙，余诺手顿了一下，上次去大慈寺求的护身符还躺在里面。

她拿起来，放在手心看了一会儿。

去洗澡的时候，余诺手里还拿着手机。卸妆的时候，洗浴台的手机一振，她立刻就拿了起来。

263

Conquer："今天的照片发我。"

余诺琢磨了一会儿，从相册挑选了几张，发了几张风景照，还有他站在树下的几张。

过了几分钟。

Conquer："？"

Conquer："？"

余诺也回了一个："？"

Conquer："自拍呢？"

余诺迟疑一下，靠在冰凉的瓷砖上，打字："我们俩的吗？"

Conquer："你想发你自己的也行。"

余诺："……"

余诺看了一眼他们刚刚的照片，觉得自己表情实在太呆，实在发不出手，于是回复："我刚刚看了一下，好像有点丑。"

Conquer："谁丑？"

余诺："我……"

Conquer："发吧！"

还不等余诺回复，他下一条消息就来了："我好看就行了。"

盯着他这一行字，余诺有点气，又有点好笑，犹豫了一会儿，还是没把自拍发过去。

她想了想，回复他："你早点睡吧，我要洗澡了。"

Conquer："不发照片我怎么睡？"

余诺是个容易妥协的人。他一再要求，她也不好意思再拒绝，打算等会儿修一下看能不能拯救，思忖了几秒，应付他："你先睡吧，我过两天就发给你。"

发完这条消息，余诺眼睛不小心瞟到镜子里的自己，脸颊晕红，眼里还有水光，眼角眉梢都是开心。

她吓了一跳。

立刻反省了一下，她今天跟陈逾征待在一起的时候，不会也是这个表情吧……

余诺弯下腰，冲了一把脸冷静情绪。

她心神不宁，连洗澡的时候都想着这件事。

洗完出去，房间里大灯已经关了，只留下一盏晕黄的台灯，向佳佳躺在床上睡着了。余诺轻手轻脚，坐在床边涂身体乳。

手机一振，陈逾征发了一个月亮的表情过来。

她笑了笑，回了一个月亮的表情过去。

到达巴黎之后，花了一天时间拍宣传片，其余时间基本都留在酒店进行训练，四个队伍换着约时间打训练赛。

很快，就到了洲际赛的开幕式。小组赛连着进行两天，一共十二场，车轮战。

洲际赛第一天，就是连着两局的中韩焦点战。

从 S1 拳头官方正式举办《英雄联盟》职业赛开始，LPL 经历过一段漫长的 LCK 在 S 赛上的统治时代，年年都与总决赛的冠军杯失之交臂，以至于恐韩已经成为 LPL 赛区弥留的阴霾。

第一个比赛日，LPL 的教练组直接用了赛区的一、二号种子跟韩国赛区的队伍打擂台赛。虽然中途经历了点波折，有惊无险，ORG 和 TCG 最后都战胜了韩国队。

虽然鼓舞了一拨士气，但 WR 和 YLD 的状态没调整到最佳，连着两天的交手，LCK 的总积分还是以微小的优势排到第一。

这也意味着 LPL 要在第三个比赛日和 LMS 打淘汰赛。

一对一地打四场，谁先取得三场胜利就晋级决赛，如果出现 2：2 的情况，再各自商量，随便派出一支队伍打加赛。

在打 LMS 之前，国内舆论基本是一边倒，因为 LMS 的实力和 LPL 和 LCK 相差较远，年年都是陪跑选手。LPL 的观众基本没有什么可担心的，各大战队的粉丝形成了一种生命的大和谐，就连平时水火不容的 ORG 和 TCG 两家的粉丝都开始休战。

粉丝们甚至已经开始研究后天打 LCK 的事情，跑去四个战队的官博底下出谋划策，讨论后天该怎么打韩国队。

第三天的淘汰赛，ORG 首发。在所有人的预料之内，他们以绝对的碾压性优势，干脆利落地赢下 LMS 的二号种子。

赛后采访给到 Will 和余戈。

Will 不太正经，按惯例说了几句骚话。

轮到余戈，女主持人问："Fish 有什么想对接下来几支队伍讲呢？"

余戈面无波澜："打好点，让我们今天早点下班。"

"哈哈哈！来自老前辈的鼓励，听到没？剩下三个队争点气啊！"

"翻译一下鱼神这句话的意思：给我 3 比 0 冲了省队，老子不想打加赛了！"

"呜呜呜，Fish 好帅，没有表情的时候也好帅，说话的时候也好帅！！！"

这时国内还是一片欢声笑语，丝毫不慌。

第二场，因为双方互相不知对方即将派出的队伍，后台休息室里，LPL 教练组商量了一番，预判 LMS 即将派出一号种子 XD 战队，决定小赌一把，让四号种子 YLD 上去，不论如何，输了不亏，赢了血赚。

好点的情况就是3：0直接下班，就算YLD输了一场，剩下WR和TCG对上LMS的队伍，也大概率能赢，再不济也是3：1。

比赛开始，XD的打野状态火热，配合三路，在前期进行偷袭围杀，打出了个3：0。在前期劣势的情况下，YLD整体的应对不太行，被XD推上高地，三十分钟结束比赛。

输了一个小场，解说 A 倒也没太放在心上，依旧谈笑风生："XD 这个队伍整体实力还是可以的，年年都进世界赛，去年好像是八强吧。"

解说 B："是的，我们这边刚刚得到消息，接下来的一局，LMS 那边应该要派出三号种子了，不知道我们这边会派谁呢？我觉得最稳妥的就是让 TCG 上，然后 WR 第四局打四号种子，应该是胜券在握了。"

刚分析完，耳麦里传出导播的声音，LPL 这边确定了人选，派出 WR。

解说 A 有点疑惑："咦，第三场要 WR 上吗？那如果这场赢下，TCG 就要打决胜局了，他们毕竟还是今年刚出道的新队伍，打这种国际赛事会不会有点紧张啊？"

解说 B："教练组肯定有他们的考量，TCG 虽然是个新队伍，但是他们今年在很多人不看好的情况下，春季赛一路从小组赛打到决赛，整个队伍非常有朝气和血性，昨天也和 ORG 一起赢下 LCK 的队伍，相信今天也不会让人失望的。"

周荡还没退役之时，是 WR 最辉煌的一段时期，那几年 WR 横扫国内各大赛事，替 LPL 拿下第一个 S 赛的总冠军。直到老将凋零，Aaron 退役转行当了教练，WR 新队员继承了老一辈的优良传统，打外战丝毫不尿，非常争气，几乎很少会掉链子。

第三局开始，WR 前期基本零失误，二十分钟平推，把 LMS 的三号种子摁在地板上摩擦，轻轻松松结束比赛。

前三场全部打完，默认最后一场就是 TCG 和 LCS 的四号种子 LOT 打。TCG 只要赢下，LPL 就可以直接进入决赛，后天和韩国争冠军。

短暂的休息过去，TCG 众人从通道走上比赛舞台。

今天来现场看比赛的大多是国内的留学生，最后一场了，虽然没什么悬念，但大家都热情十足，呐喊声和掌声响起，给足了 TCG 排面。

赛前准备，双方进行设备调试和确认。导播镜头给到 TCG 的几个队员，Killer 不知道正在和奥特曼说什么，两人的表情俱是放松和惬意。

陈逾征一言未发，单手支着头。

解说 A 随口道："好了，最后一局了，小伙子们加油啊。不过TCG 几个人看起来也是胜券在握，丝毫不慌呢。"

解说 B 笑了一下，调侃："啧，你这个发言可不太严谨，说不定等会儿还有一局呢。"

第四局决胜局。

比赛进行到第十五分钟，TCG 建立的优势已经很明显。到第二十五分钟，陈逾征已经三件套在手，输出无敌，而 LOT 几乎上、中、下三线全崩。

连场内官方解说的语气都变得随意起来。

当大家以为LPL即将3：1战胜LMS下班之时，TCG忽然全员都浪了起来。

先是Van的奥拉夫一拨莫名其妙的偷袭，强行越了上路吸血鬼的一拨塔，结果技能丢歪，抗塔的时候没有和Thomas商量好，被防御塔的伤害打了两下，血线降了一大半，大残血情况下，被对方秀死。

这一拨下来直接导致TCG丢了龙魂。

紧接着又是下路陈逾征和奥特曼两人强行二对三，一顿操作走位后，对方上单又来支援了，被打出0换2。陈逾征的大人头被终结，赏金直接养肥了对面的吸血鬼。

TCG连续几拨浪失误后，本来已经倾斜的天平又慢慢回调。

意识到不对劲，TCG众人all in（孤注一掷），直接转头奔向大龙，打算结束比赛。

结果他们打得太急，正好给了对方吸血鬼在龙坑处发挥的机会。LOT上单血池一交，一个R下来，奥特曼的血条上演了瞬间消失术，当场去世。

眼见着打不了，Killer指挥撤退，龙被LOT接盘。

拥有大龙增益效果的LOT直接反拔了TCG所有外塔。吸血鬼发育起来之后，TCG几乎无人可以抵挡。

解说语气沉重："TCG目前完全解决不了这个吸血鬼，它只要往人群里一站，谁都不敢靠近。

"这时候只能选择抱团了，团战前先解决掉吸血鬼，不然TCG打再多输出也是白搭。"

比赛被拖进大后期，TCG英雄属性乏力，实在是解决不掉这个吸血鬼。

TCG在大优势的情况下被LOT翻盘。

红水晶炸裂之前，LOT全队似乎狠狠出了一口恶气，五个人齐齐亮出队标。

后半场直到游戏结束，现场观众被打得鸦雀无声。

刚刚解说随口一说，结果一语成谶。谁也想不到，关键局上 TCG 输给了 LMS 的四号种子。

一整局比赛下来，国内贴吧、论坛和微博都炸了，粉丝心情从最开始的风轻云淡到中期的紧张再到后期气得吐血。

"好家伙，真有你的 Van！这一把真就完美诠释了什么叫带崩三路，全场 sorry。"

"我心态真的炸裂，如果我有罪，法律会制裁我，而不是让我在这里看 TCG 的比赛找气受！！！"

"YLD 和 TCG 居然输给省队？坐个屁的飞机，直接从巴黎游回来吧，路线都给你们规划好了。"

"YLD 本来就是四号种子，田忌赛马懂不？输了 LMS 的一号种子也没什么好说的，倒是 TCG，春季赛亚军，结果打省队的四号种子没打过，就离谱了。"

"太可笑了，TCG 这个亮标队不就是喜欢亮标吗？只会对 ORG 亮？？打内战重拳出击，打外战尿傻了。这次国际赛被 LMS 五个人亮了，爽吗？爽吗？？"

由于TCG输给了LOT，导致LPL和LMS的比分持平，2：2，需要再打一局加赛。

基本没有多余的选择，两个赛区都派出了实力最强的一号种子。ORG 打完第一局之后，在第五局重返赛场。

后台休息室里，LPL 各家战队的队员、教练、分析师都在一起。

看着推门进来的 TCG 众人，先是静了一秒，然后面面相觑。

Killer 脸色灰暗，知道有人看着他。他感觉自己这辈子都没这么抬不起头过，默默地走到一把椅子上坐下。

大家都没指责什么，WR 的中单走过去，拍了拍奥特曼的肩，安慰道："没事儿，哥们儿，输一局没什么，这不是 ORG 顶上了？问题不大，下一局肯定赢。"

奥特曼也挺不好意思的，抬起脸，苦笑了一下："抱歉啊。"

"有什么抱歉的，你们昨天不也赢了？"WR 中单很能理解，"毕竟第一次打这种国际赛，失误也是正常的。"

气氛缓和了一下，陆陆续续有人凑上去安慰 TCG 的几个人，让他们放松心态。

第五场加赛即将开始，所有人都屏住呼吸，围坐在电视机前，看着前场的比赛投屏，等待着决胜局的到来。

此时各大直播平台的弹幕也热闹了起来。

"多亏了还有 ORG 第五把能救 TCG 一条狗命，不然 LPL 要是淘汰赛就输了，TCG 背大锅！！！"

"Conquer 真的是个孤儿 AD，早点滚吧，毒瘤！！！"

"厉害啊 TCG！输得漂亮！"

"唉，算了算了，后天还要打 LCK，先别喷了。这不是还有 ORG 兜底？说实话，看到 TCG 输的时候心都碎了，还好有人擦屁股。ORG 等会儿要是赢了，建议今晚 TCG 全队给 ORG 的人磕几个头。"

投影里，ORG 赢下第一拨小团战，余戈直接收下两个人头。休息室里一片欢呼。

刚刚凝滞的气氛终于轻松了些许。余诺心底也松了口气，下意识地想去看陈逾征，结果找了一圈，都没看到他的身影。

余诺问身边的向佳佳："陈逾征呢？"

向佳佳专注地看着比赛，茫然四顾："不知道啊……"

余诺又问了几个人，都说不知道。向佳佳随口猜测："可能跑去哪儿自闭了吧。"

看了十来分钟的比赛，余诺放心不下，趁着没人注意，推开休息室的门出去。

她拿起手机给陈逾征发了一条消息："你在哪儿？"

等了一会儿，他回复："抽烟。"

余诺："在哪儿？"

他没回。

余诺心底有点担忧，在周围找了找，上上下下地跑了几个地方。

最后她在消防通道发现了陈逾征。

他坐在拐角的楼梯上，指尖烟火明灭。

余诺脚步停了停，过去，试探地开口喊了一声："陈逾征？"

他没应声。

余诺走过去，双手抱着膝盖，在他身边蹲下："你没事吧？"

陈逾征懒懒地道："我能有什么事儿？"

还是往常那种吊儿郎当的语气和姿态。

这里灯光昏暗，余诺瞅了眼他的侧脸。看出他现在不想说话，余诺没再出声，也没走。她不知道怎么安慰人，就默默蹲在他的身后，这样安静地陪着他。

直到脚都蹲得发麻。

陈逾征掐灭了烟，轻轻瞥她："守着我干吗，怕我自杀啊？"

余诺抿了抿唇，起身，在他旁边坐下，转过头："没有……"

远处比赛和观众欢呼的声音传来，遥遥得好像有点不真切。陈逾征静了一会儿，突然问："你失望吗？"

"啊？"余诺愣了一下，"什么？"

他自嘲一笑："没什么。"

余诺忽然想起，上次打完春季赛决赛，他们输给ORG，陈逾征喝醉后，好像也问了她一样的话……

余诺酝酿了一会儿，右手悄悄伸进口袋，摸到一个东西："我本来想给你一个东西，忘给了。"

"什么？"

余诺声音很小："之前在成都，我去了寺庙，然后……那天我许了两个愿望。"

陈逾征盯着她，没作声。

余诺攥紧了手上的护身符，停了一下，继续说下去："第一个，希望家里人健健康康，愿我哥所愿皆成。"

他问："还有一个呢？"

余诺鼓起勇气，把手上的护身符递过去："就是这个。"

陈逾征垂下眼，看着她掌心里的红黄色荷包。

她看着他，一字一顿："我希望，有一天，你，还有奥特曼、Killer、Thomas、Van，你们能被所有人看到。"

陈逾征沉默了。

"虽然今天你比赛输了，但我不失望。陈逾征，我记得你半决赛时说过的话。"余诺认认真真，眼里没有安慰，只有信任，"你说你会赢下所有人，那时候我就觉得，你以后能做到的。"

昏暗的楼道里，两人近得呼吸可闻。

余诺的声音轻柔却坚定，每一个字重重地，全部敲在了陈逾征耳里，心里。

"有一天，Conquer 一定会被所有人记住。"

/ **第九章** /

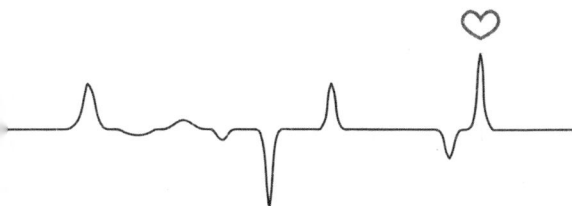

一定会被所有人记住 —————

34

ORG 跟对方的头号种子加赛一场，淘汰赛持续了五个小时，最终，LPL 以三胜两负的战绩击败 LMS，杀进决赛。

当解说喊出"比赛结束"那一刻，后台休息室里一扫刚刚的沉闷，ORG 的领队喊了一声，其余人也自发地鼓起掌，一片欢呼。

连向佳佳都忍不住跳了起来。

等前面打完比赛的 ORG 回来，有几家自媒体来到休息室，准备进行赛后采访。齐亚男找了一圈，发现陈逾征不在，问小应："陈逾征人呢？"

小应也找了一圈："不知道什么时候走了。"

齐亚男："算了，让 Killer 和奥特曼去接受采访吧。"

每个战队各挑了两个选手，和教练一起在采访席上坐成一排。

采访开始前，工作人员把话筒递到他们面前的长桌上。教练拍了拍奥特曼的背，压低了声音："把头给我抬起来，知道丢人就下次好好打。"

······

比赛结束后，晚上十点，TCG 发布了一条微博。

@TCG 电子竞技俱乐部 V：很抱歉输掉了今天的比赛，让大家失望了。非常对不起为我们加油的粉丝们，接下来的决赛我们一定会努力的。

微博发出去之后，其他三家战队，包括 ORG，都在这条微博底下替他们加油。

前几条评论后面，除了一些解说，还有粉丝和路人恨铁不成钢的评论。

"如果后天跟 LCK 打还掉链子，TCG 你给我记住，千里马常有，你可以没有。"

"虽然你比赛输得很丑，但你道歉的速度是真的快。"

"不想看道歉，只想你们争口气。"

"春季赛输给 ORG 都没觉得这么丢人，多亏了别人帮你打了第五把，不然你们就直接在巴黎原地解散吧。"

"后天也不求你能赢了，别输得太丢人就行了。"

"唉……Conquer 虽然秀，但他的打法是不是太激进了？感觉很容易上头，敢抓敢死，不过也能理解，虽然有天赋，但新人没大赛经验。赛后好好复盘，打好接下来的比赛吧，别给 LPL 赛区丢人了。"

此时，酒店里。

教练、领队和战术分析师给他们进行复盘，从 B/P 开始，临时支起的小白板上写满了今天 TCG 和 LOT 那场比赛里失误的地方和细节："我们战队的风格是喜欢打架，但要记住，爱打架不等于无脑莽撞，并且你们缺点很明显，不爱控制地图资源，出现失误的时候弄不明白怎么应对，导致对方把优势越扩越大。"

房间里静悄悄的，气氛略显沉重，没有一个人说话。

复盘完 Van 的失误后，轮到奥特曼和陈逾征下路被 0 换 2 抓死的那一拨。

教练点名批评他们："我知道你们着急，但是落后的时候最忌讳急吼吼地找别人打架，越打越上头，越上头，比赛打得越差。当其他路出现问题，你们就要格外小心，意识强一点，尤其所在的还是优势路的时候，能尿就尿。打比赛该缩的时候就缩，不要总想着还能操作一下，最后能打赢才是最重要的。"

奥特曼低下头："对不起，是我太弱了。"

教练："这是一个团体游戏，不是个人问题。而且你的实力其实能发挥得更好，你不要总是这么没自信。"

Van 也反省了一下："我不该强行越塔的，当时和 LOT 打得太放松了，我的锅。"

陈逾征沉默。

教练叹口气："今天输了也未尝不是一件好事，就当给你们一个教训吧。我很早就告诉过你们，国际赛上的任何对手都很强，不能轻敌，不能放松警惕。今天输给 LOT，就当给你们的傲慢上了一课。"

整场复盘完，教练看了一下时间："行了，你们先去训练吧，找找状态，离后天的决赛也不远了，时间抓紧。对了，Conquer 你单独留一下。"

等所有人走出小房间，教练走到陈逾征身边坐下："怎么，又不讲话了？"

当初就是教练把陈逾征挖来 TCG 打职业，对他有知遇之恩。

陈逾征低声道："今天是我的问题。"

"不只你有问题，全队都有问题。Conquer，我知道你自信，你也确实是我带过最有灵气的选手，不论是操作上还是风格上，我看得出来你是个好苗子。

"但是有时候，自信过头了不是一件好事，你要清楚，LPL 有天赋的新人每年都有，但是有的人像流星划过，最后泯然众人，有的却站到了巅峰。

"每一个成功的选手，他们都能在战队最困难的时候，一个人扛着队伍往前走，而你，现在还远远达不到这个标准。"

看着陈逾征，教练说："你知道我为什么要单独留你吗？因为你现在是 TCG 队内默认的队长，我不能当面批评你，我要让你的队友全身心地信任你，无论是赛场上，还是赛场下。而你，要在这种压力下快速成长，直到成为能扛着队伍往前走的人，才不会辜负他们对你的信任，懂吗？"

　　教练拍了拍陈逾征的肩膀："万丈高楼平地起，我知道你铆足了劲儿想拿冠军，但现在还不是时候。你以后不会比别人差的，我相信我看人的眼光。"

　　"行了，没事了。"教练站起身，"你要是心情不好，出去走一圈散散心，走完就回来训练。"

　　和向佳佳一起回到房间，余诺在微信上和付以冬聊了一会儿天。国内外有时差，付以冬问她怎么还没睡。

　　余诺："有点睡不着。"

　　付以冬："因为今天 TCG 输了？"

　　余诺："有一点这个原因，但也不全部是……"

　　付以冬："你跟你那个弟弟怎么样了，有进展吗？"

　　余诺回想了一下这两天发生的事，回复付以冬："好像有一点进展了。"

　　付以冬鼓励她："可以啊，打算啥时候表白？"

　　余诺老老实实地回："暂时还没这个打算，再等等吧，我有点不敢。"

　　还在等付以冬的消息，微信聊天界面的左上角出现了一个"1"。她滑动一下，发现是陈逾征发来的消息。

　　Conquer："睡了没？"

　　余诺："还没。"

　　Conquer："下来，陪我走走。"

　　余诺看了看时间，打了一行字又删了，问他："现在吗？"

　　Conquer："酒店门口等你。"

　　余诺起身下床，拿起手机，披了件外套。

　　正在拿 iPad 看剧的向佳佳注意到她，问了一句："诺诺，这么晚了你还要出去啊？"

　　余诺正在穿鞋，抬头回答她："嗯。"

　　"啊，要我陪你吗？你一个人多不安全呀。"

她穿好鞋站起来："不用了，我马上就回来，应该就在酒店附近走走。"

向佳佳走到窗边，拉开窗帘往外瞅了瞅，转头跟余诺说："外面好像下雨了，你带把伞吧。"

余诺："好。"

坐电梯到一楼。

余诺下来得匆忙，随手拿了一件宽松的外套披着，里面只有一条睡觉穿的白棉裙。到了大厅才发现温度有些低，她走到门口，用目光搜寻着陈逾征。

一下就在来往的人群里发现了他。

陈逾征微微垂着头，就站在大堂旁边的拱廊旁。酒店装饰的灯很有法式风味，灰色和金色为主，明亮又璀璨，映照着他的侧脸，显得很清俊。

陈逾征身上随便套了一件海蓝色的卫衣，深色的牛仔裤，白色板鞋。他身旁有株一人高的绿植，衬得他皮肤很白。

赛场之外，余诺见他穿得最多的就是队服，或者是短袖 T 恤。

她忍不住多看了两眼。

陈逾征这么穿，还挺有少年气的，跟她们学校的男生差不多……不过转念一想，他年纪本来就很小。

听到脚步声，陈逾征抬起眼皮，倦怠地扫了她一眼。

余诺走过去："怎么了？你们没训练吗？"

"等会儿。"

余诺点点头，跟着陈逾征往外走，问："那我们去干吗？"

"走走。"

她哦了一声，主动把伞递出去："外面下雨了，我带了一把伞下来。"

陈逾征站在台阶上，撑开伞，转头。看她一动不动，他说："过来。"

伞是临时带的遮阳伞，面积有点小，两个人打得很勉强。余诺不得不跟他靠近，肩膀时不时碰撞到，她悄悄往旁边退开。

陈逾征没说什么，把伞往她这边倾斜了一点。

沉默着走了一段路，余诺发现他另一侧的那只手，从袖口到肩膀全部被雨水打湿了，深深的蓝色晕染开。

余诺忍不住出声提醒："陈逾征，你把伞给你自己多打点，后天就要比赛了，别淋感冒了。"

陈逾征："过来点儿。"

余诺踌躇一会儿，脚步挪了一下，听话地靠近他。

凌晨的气温有些低，她哈出一口气，面前雾蒙蒙的。余诺见他一直不说话，只能主动找话题："你心情还好吗？"

陈逾征："差不多。"

余诺也跟着沉默了，想不出该说什么，说多了其实也没用。

这种时候只能靠陈逾征自己调整。职业选手就是这样，比赛有输有赢，不可能一直一帆风顺，有低谷，有巅峰，谩骂和鲜花都是一路相随的。

渐渐地，雨下得有点大了，两人离酒店已经有了一段距离。

他们随便找了个路边小店，站在店外的红色遮雨棚下面，等着雨势变小。

有股凉气顺着小腿往上钻，余诺忍不住哆嗦了一下，把手揣到口袋里取暖。

她刚想开口问他要不要回去，就听到陈逾征说："今天那句话，再跟我说一遍。"

余诺没反应过来："什么话？"

他提示她："Conquer 有一天……"

余诺恍然大悟，连忙打断他："你不用说了，我知道是哪句了。"

他话止住。

余诺憋了一会儿，到底还是不好意思说出来，问："为什么要我再讲一遍？"

279

陈逾征表情淡淡的："我想听。"

余诺："……"

她咬了一下唇："好吧，那我……我酝酿一下。"

陈逾征看着余诺，右手摸出手机，摁下录音键，静静等着她。

在巴黎浓重的夜幕下，下雨的路边，水珠从棚顶砸在脚边，开出一朵透明的水花。

余诺仰起头，语速放慢，一个字一个字地，把下午的话跟他又说了一遍。

说完，又等了一会儿，见陈逾征没反应，余诺小心翼翼地问："可以了吗？"

"可以了。"

余诺点点头。

她琢磨了一下，总觉得有些奇怪，还是忍不住问了一句："你要我说这个干什么？"

陈逾征把手机放进口袋："不是说了吗？我想听。"

余诺："……"

她有点不好意思，心里又控制不住地泛出喜悦的小浪花。

躲了一会儿雨，看着时间也不早了，雨好像也小了一点，余诺说："我们回去吗？"

陈逾征："走吧。"

他们沿着原路返回，陈逾征忽然问："刚刚那句话，你跟你哥也说过吧？"

"什么？"余诺想了一下，"那个……没有。"

看着他的表情，她解释："我哥他……他平时不会在我面前说他比赛的事情，我也不敢提。我哥他性格比较要强，被网上的人骂了，或者被领队骂了，从来不说，也不喜欢别人安慰他。"

陈逾征噢了一声："这样吗？"

"是的。"

"我跟他不同。"

余诺没懂："嗯？"

"我还挺脆弱的。"陈逾征神色正经，挑了挑眉，"我就喜欢被人安慰。"

余诺："……"

"你有事儿没事儿，可以多安慰我两句。"

余诺一时间居然有点分不出陈逾征是真的被打击了，还是在跟她开玩笑，不过看他神色正经，好像也不是在逗她……

余诺默默地走了一会儿，脑子里回想了一些鸡汤，编排好语言，开口喊他："陈逾征。"

他嗯了一声。

她满脸严肃的神情："其实你还小，又刚刚打职业比赛，失败一次没什么的。我哥他当时的年纪跟你差不多，也是熬了很久，后来过了几年才拿到冠军。反正……成功总是没那么容易的。"

她絮絮叨叨地说了半天，陈逾征忽然打断她："我很小吗？"

余诺顿了一下，没深想，回答他的问题："你比我哥小。"

陈逾征若有所思地哦了一声，眯了眯眼："你怎么知道？"

余诺没明白过来他的意思，困惑："不然呢，他都二十多岁了。"

"男人小不小跟年龄有什么关系？"

余诺："……"

回过味之后，意识到他在开黄腔，余诺哽了一下，表情瞬变，从脖子到脸，噌的一下红了个透。

陈逾征喊了两声"姐姐"，她闷闷地往前走，不肯再开口说话了。

陈逾征咳嗽了一声："跟你开个玩笑。"

余诺不吭声。

他摸了摸鼻子："不好笑就算了。"

余诺气鼓鼓的，无言地瞪了他一眼。

陈逾征不走心地保证："以后不开了。"

两人都安静了。陈逾征看着余诺的表情，轻笑了一声，喊她："姐姐。"

余诺气消了一点，声音闷闷的："干什么？"

"你哥花了多久拿到的冠军啊？"

话题忽然一下跳到这个，有点严肃，又有点沉重。余诺不好再生气了，回答他："三年。"

陈逾征："拿的什么冠军？"

余诺看了他一眼，"就是 LPL 的冠军，还有 MSI 的。"

陈逾征点了点头，没再说什么。

雨水溅到小腿上，余诺垂着头，盯着脚下的路走神了一下："你问这个干吗？"

陈逾征慵懒地说："我不用三年。"

余诺脚步停了停："嗯？"

这个异国他乡的陌生城市里，一场雨好像洗净了一切喧嚣，连风声都宁静了下来。透过纷纷扬扬的雨幕，陈逾眼睛盯着远处街角的某家小餐馆的灯火。

余诺魔障了一样，望着他清秀的侧脸。

他扯唇，转眼，跟她对上："我不用三年。

"你哥拿的冠军，我也会拿到。"

酒店里，阿文风风火火地推开门，拉住经过的 Roy："完了完了，Fish 在哪儿？他在哪儿？他在哪儿？快告诉我！出大事了！"

Roy 看他着急忙慌的，满头的黄毛都快乍了。他一头雾水，往里面指了指："他正在看今天的比赛呢，什么事儿啊这么急？"

阿文啧了一声："来不及了，等会儿跟你说。"

还没见到人，阿文就先喊了起来："鱼神！！！大事不好了，鱼神！！！"

他喘了口气："Will 刚刚跟我说了一件事。"

余戈被吵得皱了皱眉，窝在椅子里看赛后复盘，随口道："什么？"

282

阿文扒拉了一下他："这件事真的很严肃，你先停一下你手里的事儿。"

余戈眼也不抬："闲得没事去多打两把排位赛，别在这里烦我。"

阿文声音拔高："我真的有事！"

余戈不耐烦："说。"

"你看着我。"

余戈忍耐了一下，视线往上抬："Will 跟你说什么了？"

阿文表情有点凝重，眼里略带同情："他说，他看到余诺了。"

余戈波澜不惊："然后呢？"

"然后……"阿文停了一下，"她跟一个男人单独出去了，两人还打了一把伞。"

余戈："？"

他拿起旁边的手机，唰的一下从椅子里站起来，准备拨余诺的电话："她跟谁？"

看余戈火山爆发前的阴沉表情，阿文声音不自觉弱了一点："就是……那个。"

"哪个？"

"如何是好？"阿文沉默一下，"Fish，你要被 Conquer 偷家了。"

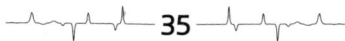

35

走到酒店门口，余诺才发现手机有几个未接来电，全是余戈拨来的。余诺看了眼身旁的人，心有点虚，想着等会儿回房间了，再给他回消息。

就在这时，手机一振，微信上，余戈给她发了一条消息——

"在哪儿？跟谁在一起？为什么不接电话？"

余诺沉思一下，给他回："刚刚洗完澡，我跟佳佳在一起看剧，就是我室友，我们俩准备吃点消夜。"

余诺从小就不擅长撒谎，尤其是对余戈。

发完这条消息，骗人的负罪感立马涌上来，她有点良心不安，紧张地等着他的下一条消息。

余戈："你室友是变性了吗？"

余诺："什么？"

余诺看到这条消息的时候一惊，抬头四处找了找。十米开外的地方，余戈冷笑着，一只手拿着手机，站在他们身后。

余诺吓了一跳，一下子呆在原地。

陈逾征看她停住脚步，侧头："怎么了？"

余诺欲哭无泪，跟他说："那个，你先回去吧。"

"你不回？"

她讷讷道："我……我哥来了。"

陈逾征顺着她的视线，也跟着回头望了一眼，慢吞吞地说："我过去跟他打个招呼？"

"不用不用。"余诺连忙拒绝，"你先回去吧。"

陈逾征盯着她忧虑的表情，嗤笑了一下，喊："爱吃鱼。"

余诺眼睛从余戈身上慌忙移回来："啊……什么？"

"你和我偷情被发现了？"

余诺被他没节操的用词弄得哽了一下："我们这……应该不叫偷情吧？"

"那你怕什么？"陈逾征漫不经心地看了一眼余戈，"我有这么见不得人？"

余戈站在远处，听不清他们俩在说什么，见余诺磨磨蹭蹭，迟迟不过来，耐心耗尽了，给她又打了个电话。

这次余诺不敢不接，惶恐地"喂"了一声："哥。"

"你还站在那儿磨叽什么？要我过去请你？"

余诺："……"

她看了一眼陈逾征，他这架势好像是跟余戈杠上了，就跟她耗在这里，一点都没有要先走的意思。

她压低声音："再等一下，我马上就过去。"

余诺挂了电话，也顾不上陈逾征了，跟他说："你先回去训练吧，我哥找我好像有点事，我先走了。"

刚想走，胳膊被人扯住，陈逾征语气随意："去哪儿啊？我又不急，跟你一起呗，正好跟你哥打个招呼。"

她急得额头冒汗："真的不用了。"

又看了余诺几秒，陈逾征松开她："行吧，我先走了。"

余诺也不知道是因为做贼心虚，还是因为说谎被当场拆穿，总之不太敢跟余戈对视。

她跑到余戈跟前，结结巴巴问了一句："哥，你怎么在这里？"

"怎么，打扰到你跟你的变性人室友看剧了？"

"没有……"余诺咬了一下唇，被他讽刺了也不敢作声，"我……我……"我了半天也没我出个下文。

余戈看了陈逾征的背影两三秒："你跟他干什么去了？"

"没干什么，我们就出去走了走。"

余戈气笑了："走走？"

就在这时，外面一道雷劈下来，轰隆隆，雨更大了，哗哗砸到地面上。余诺心虚不已，徒劳地补救了一下："刚刚雨还没有这么大的……"

余戈调整了一下呼吸，看着她被打湿的裙摆："赶紧回房间洗澡。"

余诺应了一声，心里有点愧疚："哥，我是不是耽误你时间了？你也快点回去训练吧。"

余戈平复了火气，耐着性子跟她说："以后少跟变性人待在一起，知道吗？"

"……"

余诺被他刻薄的话弄得失语。

时间过得很快，只有一天的时间给四个战队训练和调整状态。和韩国赛区的殊死一战就在明天，到了最关键的时刻，LPL所有战队、所有人，包括主持人、解说、各家粉丝，头像都换成了一模一样的洲际赛图标给他们应援。

拳头官方几年来一共举办了三届洲际赛，第一届洲际赛开始时，除了 MSI，LPL 在其余国际赛上基本是颗粒无收，决赛遇上韩国队伍，屡战屡败，LCK 可以说是 LPL 命中的宿敌。

整个赛区都消沉了很久，直到 LPL 拿下第一届洲际赛冠军，结束了韩国在世界赛上的长久统治，以至于两位解说激动得泪洒解说台。

比赛前夜，不少粉丝提心吊胆地睡不着觉。

决赛日的规则跟淘汰赛一样，一共四局，谁先赢满三局谁获胜，如果是平局则加赛一场。

决赛日那天，余诺跟着 TCG 众人早早来到后台休息室，推门进去，教练和分析师在角落开会，WR 和 YLD 的人小声交谈着，而 ORG 的队员都沉默着，各自坐在椅子上，没说话。察觉到气氛不太对，余诺问旁边的向佳佳："怎么了？"

向佳佳："我也不知道，我去问问。"

过了一会儿，向佳佳回来，压低声音："完了，好像是 ORG 的中单出了点问题。"

"Roy？"余诺有点惊讶，"他怎么了？"

"他好像昨天训练的时候不知道怎么晕倒了，半夜跑去医院挂水，现在 ORG 没办法，可能要让他们的替补中单顶上。"

这个突发状况谁都没预料到，比赛迫在眉睫，LPL 之前的战术布置也被打乱。

本来比赛前的打算是决赛让 ORG 首发，去拿个开门红。现在 ORG 在主力队员缺失的情况下，战力肯定是不能跟 LCK 一号种子硬碰硬了。Roy 不能上场，ORG 只能派替补中单上，第一场如果 ORG 上，大概率会对上韩国的一号种子，输了的话后面几场就很难打了。

LPL 的教练组思量再三，决定派 TCG 第一个上场。

——在小组赛的时候，只有 ORG 和 TCG 赢下过韩国队伍。

齐亚男把这个消息告诉 TCG 众人的时候，Killer 惊讶了，噌的一下从沙发上站起来："什么？让我们第一个上？？"

　　教练沉声道："不知道韩国队第一场会派谁，你们不用管这么多，上场之后尽力就行。"

　　奥特曼也有点焦虑："如果是一号种子，我们打不过怎么办？"

　　前天输给 LMS 的四号种子，极大地打击了他们的自信，到现在都没调整过来。教练深知哀兵必败的道理，给他们调整心态："你们输不是因为你们实力不如谁，而是因为你们轻视了对手。"

　　Thomas 无所谓："我们上就我们上呗，反正一直都没人看好我们，我们不蒸馒头争口气，给 LPL 在决赛赢一局下来。"

　　赛前大家都做好了要面对韩国一号种子的心理准备，结果上场前，场控那边传来消息：韩国队第一场派出了二号种子 YU，刚好是上一次小组赛败给 TCG 的队伍。

　　这极大地减轻了 TCG 众人的心理负担。

　　第一局开始。

　　选人阶段，教练这两天特地研究过 YU，大概了解他们选手的英雄池。最后几次选择，摇摆了一下中上的 B/P，完美克制对面两条线的英雄。

　　比赛一开始，预料到对方可能换线，Killer 和 Thomas 也不按常理出牌，果断地交换了路线，对方果然中套。

　　五分钟的时候，中上野发生火并，Killer 直接收获三杀。由于英雄克制，拥有推线的主动权，Thomas 和 Killer 完美发育，比赛产生一连串的蝴蝶效应，YU 的野区彻底沦陷。

　　TCG 天和开局，进行到二十多分钟，在土龙团决了胜负，把 YU 的人团灭，拿下第一场比赛的胜利。

　　后台休息室里，所有人为 TCG 提起的心都松了一下。

　　YLD 的教练笑："TCG 可以啊，帮 LPL 把开门红拿下来了。"

　　奥特曼消沉了许久，比赛结束后，感觉自己重获新生，不停在陈逾征耳边兴奋地叭叭叭，回到后台，甚至跑过去拥抱了一下 WR 的中单："哥们儿！我们赢了，使命完成了，接下来就看你们了。"

WR 中单："可以的，曼曼，今天表现不错，晚上回去让领队给你加鸡腿。"

奥特曼不好意思地挠了挠头："都是我们队的上中 carry，感觉还没使劲呢，游戏就结束了。"

第一局结束后，TCG 其余几个队员坐在椅子上，等待着下一场比赛的开始。

Killer 凑过去，跟 Thomas 说："唉，这种不用被别人拯救的感觉真好，上一次看 ORG 打 XD，好怕他们输了，我们要被骂死。"

Thomas 感同身受，长舒一口气："今天还好赢了。"

TCG 先下一城后，压力就到了 WR 身上。韩国队输了一场，肯定要拿出顶尖的战队出来追一下比分。

他们即将面对韩国的最强战力 PPE，LPL 教练组也提前做好了心理准备。

WR 上场之后，整体实体和 PPE 还是有很明显的差距。两个队伍几乎没有正面打过架，PPE 拿出韩国传统的运营打法跟 WR 打，节奏很令人窒息。

而 LPL 这边大多数的战队，包括 WR，都是喜欢用打架建立优势，一旦对方避战运营，就会熄火，这方面总是玩不过别人。

直到大龙刷新，双方才爆发了第一拨小团战，WR 被击杀掉两人，PPE 直接拿下大龙速推。

第三局，YLD 以同样的方式输给了韩国的三号种子队。比分来到 1:2，赛点已经被 LCK 率先握在手上，LPL 被逼到了悬崖边上。

Roy 身体虚弱上不了场，看着队友凝重的表情，也很自责："是我拖累你们了。"

ORG 在缺失一名主力队员的情况下上场，要打的这场比赛却必须赢，已经没退路了。

主教练来到 ORG 几名队员身边："你们打的是 LCK 四号种子，好好发挥，有希望赢的。"

替补的小中单紧张得不停在旁边喝水。

余戈看了他一眼："多大点事，你等会儿选个肉，听我指挥，包赢。"

余戈是 ORG 多年的老队长，一旦说出这种话，就有种奇异的力量，能让人安下心。

赛点局的预热快结束了，阿文从位子上起身，拍了拍小中单的肩膀："听鱼神的，你线上稳住不崩，后期我们绝对能打。"

第四局。

替补中单选了一个加里奥，全场当着工具人，哪里需要往哪里飞。虽然前期被压得有点惨，但是好歹也苟住了。ORG 其他几路打出优势，但中期团战有几拨失误，经济一度落后两千。

好在整体队伍顽强，余戈一手大后期的皮城女警发育起来，六件套在手后，把前期劣势打了回来，险胜对方四号种子。

二比二平，来到加赛局。

ORG 赢下第四局后，教练组又喜又忧，喜的是 ORG 为 LPL 保留了最后的希望，忧的是，决胜局该派谁上。

毫无疑问，LCK 肯定要派出一号种子 PPE。

要知道，PPE 自打洲际赛以来，无论是小组赛还是淘汰赛，甚至是今天的决赛，都未尝一败。就算是状态正常、主力队员全在的 ORG，也只有五成把握能赢下 PPE。其他战队就更不用说了，胜率更小。

LPL 的休息室里，场面一度陷入僵局。

ORG 刚刚险胜对方四号种子，差点就输了，这个状态去打 PPE 是肯定不行的，只能在剩下的 TCG、YLD 和 WR 里选。

WR 刚刚已经和 PPE 交手过一局，硬实力上的差距也很明显，而 YLD 和 TCG 都没有大赛经验。

还有十分钟的商量时间，各家教练都在沟通，讨论要不要现在队内投个票决定。

陈逾征忽然说："让我们上。"

所有人的议论声止住，就连齐亚男都惊了一下。

一室沉默，陈逾征抬眼，跟教练说："让我们上，我们能赢。"

教练表情很凝重，没说话。

思索了一会儿，主教练又确认了一遍："你们考虑好了吗？"

TCG 几个人面面相觑，看着陈逾征，几个大男孩儿都安静了一会儿。

主教练："我们不强求，可以大家投票，你们看自己的状态。"

Killer 深吸一口气说："上，我们上！干掉 LCK！"

紧接着，其他几个人也跟着表态，Van 说："我没问题。"

奥特曼："我们试一试吧。"

Thomas 点点头："我也可以。"

主教练问其他战队："你们还有谁有想法吗？"

无人应声。

YLD 和 WR 的选手对视几眼，都摇了摇头。余戈的表情也难得有些沉重："你们想好了？"

Killer 难得地开了句玩笑："多大点事儿，这不是刚好吗？我们报恩的时候到了，前天你们帮我们多打了一局回来，今天我们也帮你们打一局。"

短暂的休息时间过去，到了和 LCK 决一死战的时刻。所有人都沉默着，目送 TCG 五个人走出休息室。

他们还年轻，是今年出道的新人，职业生涯才刚刚开始，一旦今天和 PPE 的决赛局输了，面对的舆论将不堪设想。LPL 的集体荣誉如果输在他们手里，国内粉丝的谩骂甚至有可能毁了他们日后的职业生涯。

YLD 不敢，WR 不行，ORG 不能。只有 TCG，一声不吭，却在最后的时刻，把这个重担背负到自己身上。

经过十几分钟的休息，终于到了上场的时候。韩国队派出了一号种子 PPE，而 LPL 这边……

粉丝屏息等待，当名单出现时，所有人都倒抽了一口凉气。

TOP：Thomas

JUG：Van

MID：Killer

ADC：Conquer

SUP：Ultraman[①]

现场一片哗然，正在观看直播的国内粉丝们，也万万没料到是这种情况。

"TCG？？？我没看错吧？？？"

"怎么是 TCG？？天！！！"

"说实话，不太看好 TCG，感觉刚刚那一场赢了韩国队，运气大于实力。"

"不知道教练组在想什么……我觉得上 WR 都比上 TCG 好……毕竟 TCG 真的有点神经刀，前天输给 LMS 四号种子还历历在目（不过 WR 刚刚输了，估计也不会上了）。"

"作为 TCG 的粉丝，我现在真的真的太激动了，速效救心丸准备好了！！"

"最后一场比赛了，输了就没了！！！LPL 冲啊！！！TCG 冲啊！！一定要捍卫我们 LPL 第一赛区的尊严！！！"

洲际赛最后一场开始。

B/P 阶段结束，教练下台前在耳麦里跟他们讲了最后一句话："打出气势来就行了，不管是赢还是输，都不要想最后的结果。比赛开始后，想着怎么打好就行了。"

教练拍了拍每一个人的肩，慢慢走上舞台中心，跟对方的教练握手。

----

①《英雄联盟》的五个位置——Top（Top Laner），指上路。Jug（Jungle），打野。Mid（Mid Laner），中路。Sup（support），辅助。下路为 Bot Laner，简称 Bot（或者 ADC）。

现场观众发出隐隐的呼声，Van 听出是在叫 TCG 的名字，鼻头一酸："完了，好想哭，这是第一次吧，我们队居然也有被观众喊出名字的一天。"

Thomas："想到了 S7 主题曲的歌词，三千热血洒尽，世人皆唤你名，兄弟们，今天这场值了。"

Killer 侧头看了他们一眼："没啥好怕的，不就是韩国队吗？我们都赢了两场了，一个小时后就是第三场！"

教练下台，看着游戏开始前的加载界面，奥特曼忽然说："陈逾征，我想把冠军留在 LPL。"

耳机隔绝了场外大部分的喧嚣，奥特曼的话一出来，全队都安静了。

陈逾征把耳麦拉远一点，喝了口水。

沉默了一会儿，游戏界面的房间队伍里，陈逾征手放在键盘上，发了一句话给他们——

"I will conquer everyone." ①

———— **36** ————

游戏开始倒计时，解说台上。

三个解说分析了一下两边的 B/P，均皓紧张得手掌心冒汗："如果今天这场比赛 TCG 能赢下 PPE，LPL 赛区就是当之无愧的第一赛区，洲际赛奖杯也是对我们最大的肯定。"

小梨接话："春季赛的时候我看过 LCK 的联赛，PPE 实力确实很强，创下了小组赛一战不败的纪录，不过在 MSI 的时候还是倒在了 ORG 的脚下，说明他们也不是不能战胜的。

"TCG 虽然是新队伍，但是之前决赛的时候，我们都看得出 TCG 这个队伍身上的韧性和血性。虽然心中还是有点担忧，但是我相信他

———————————

① 我会征服所有人。

们一定能再次创造奇迹。"

游戏加载完毕，正式进入比赛界面。

Thomas 觉得自己的精神压力从来没这么大过，背负着无数人的希冀坐在这里，一旦输了，后果不敢想象。

他买着装备，叹了口气："唉，对面可是 PPE，我们怎么才能赢啊？"

Van 专注地看着眼前的电脑屏幕："爱拼才会赢，正常打，不要上头就行了。"

Killer 开了句玩笑："LPL 的大哥不行了，我们不能倒。Conquer 不都说了吗？让我们今天等他 carry。"

Van 从下半野区开打。

帮他打完后，奥特曼跟着陈逾征上线，对面下路双人组很是放松，甚至停在原地，跟他们尬舞互动了一拨。

比赛下方的小镜头里，陈逾征注意力高度集中，嘴里不停说着话，指挥奥特曼上前交技能。

下路对线，他们控了一下兵线，直接抢到二级，对面 AD 嗑出了一个血瓶。

Van 游荡去中路，说了一句："Conquer，有情况喊我，这一局给你当拨狗。"

奥特曼："没事，我还有吞，放心吧。"

陈逾征："不用管我，你们上中野随便玩，对面抓不死我。"

比赛过程很煎熬，十分钟的节点，对面就四包二攻击下路，疯狂军训下路双人组。奥特曼被击杀，陈逾征逃回塔下，Killer 有点急，喊道："我马上靠过来了，有大招，Conquer 你再撑一下。"

陈逾征丝血逃到了二塔，原地回城。

第十八分钟，TCG 中野联动，去上路偷袭了几拨 PPE 的上单，拿下一塔。

而 PPE 拿到峡谷先锋，也换掉了 TCG 的中塔，此时双方经济基本持平。

第二十五分钟，Killer 在中路又被抓死，PPE 众人顺势拿下第四条土龙，把 TCG 的所有外塔拔干净。

解说吸了口气，声音都变了："完了，现在形势很不妙啊，野区已经沦陷了。TCG 要小心，不能被抓死，现在被抓死，大龙一掉，水晶要是没了，等超级兵过来，他们完全守不住。"

失去了大半个地图视野的 TCG，依旧打得很顽强，守住了两拨高地，硬是和 PPE 打了一拨 0 换 3，没有让 PPE 推上高地塔。与此同时，TCG 几个 C 位原本落后的装备也渐渐成型。

苦战了四十分钟，河道处的视野基本被清干净，Killer 和陈逾征两人找到机会，跑去偷远古龙。

解说屏住呼吸："他们打得很快，马上就要有了。"

导播两边切镜头，解说声音提高："PPE 已经意识到 TCG 有人在打远古龙，他们开始往大龙坑处靠了。"

Thomas 为了拖延时间，也不顾上了，直接开了个大冲进人堆里送死。最后一滴血耗尽之前，他按出了金身抗伤害。

大龙的血量只剩一点，PPE 众人一边打着龙，一边等着 Thomas 金身时间结束。

解说："Van 也赶到了，Conquer 和 Killer 也正在赶来，Van 这是要孤身去抢龙吗？ TCG 这拨偷了远古龙，其实没必要再去抢大龙，这不划算啊，跟他们打团战就行了！"

话音刚落，游戏屏幕显示，红色军团已经击杀了大龙！

解说可惜地大叫起来："啊——完了，龙没抢到，Thomas 也阵亡了。"

局势一下子变得危险起来。不只场上的人紧张，场外解说以及观众的心全部被提起来。

眼见着 PPE 几人打完大龙集中，几个虚弱挂在 Van 身上，Van 闪现出了龙坑，PPE 几个人往旁边靠拢。陈逾征和 Killer 也到达战场，场面一度混乱，所有英雄技能齐放，游戏屏幕里各种炫彩的光效闪着，让人眼花缭乱。

奥特曼为了保陈逾征，几乎一瞬间就直接阵亡在人堆里。

双方技能互换下来，TCG 的几个人死的死，残的残，奥特曼急得都快哭了："不行了不行了，我死了，要撤了。"

"不用撤。"陈逾征紧握鼠标，点了几个河道口的果子吃回血量，提高声音，跟 Killer 说："能打，过来。"

事已至此，身后也没退路了，Killer 深吸一口气："打得过吗？"

"我还没死，稍微往后拉一下。"陈逾征语速极快，报出对方状态，"对面中单和 AD 都没闪，打野空蓝了。"

"等会儿先打前排，找佐伊的位置！"陈逾征计算了一下伤害量，等大招的技能转好，说，"你先往后退，我 CD^①马上好。"

5、4、3、2、1——

陈逾征大喊了一声："上。"

刚刚打完大龙和 TCG 的一拨交战，PPE 的状态也不太好，打算从上路抱团溜回家整理装备，Killer 等到陈逾征一声指令，闪现上去嘲讽到四个人，陈逾征紧随其后，闪现进场，一套技能，两发暴击，直接秒掉对方 AD。

队内语音直接炸开了锅——

"我去，Conquer 你这什么伤害？！"

"可以打可以打，继续追，PPE 几个人没状态了，别让他们回家。"

"牛，杀哥、征哥，永远的神！！！"

整个过程就在十几秒内发生，这拨二打五，解说人都直接看傻了，迟钝了几秒之后惊叫："太不可思议了，Conquer 居然活下来了，他还没死！TCG 的双 C 操作起来了！！！Killer 闪现嘲讽到了四个人，PPE 阵形被打散了，Conquer 还在输出！！！他们已经杀疯了，PPE 打野被秒了！"

不只解说，现场所有观众的热情都被点燃，他们忍不住，从位子

---

① 游戏术语，指 Cool Down，技能冷却时间。

上站起来举臂欢呼。

陈逾征和 Killer 两人身上沐浴着黄金龙血，堵在龙坑上方的草丛处，三进三出，把 PPE 全员留下，两人一左一右，神挡杀神，佛挡杀佛。

"TCG Conquer has slain PEE Kuila!"

解说的声音已经接近嘶哑状态："这就是我们 LPL 的双 C，临危不乱，勇往直前！！！这就是年轻人，狂就一个字！！！他们可能会鲁莽犯下错误，但是永远不会因为惧怕而退缩！！！"

这个场景过于惊心动魄，均皓纵情呐喊："太狠了，Kuila 也倒了！！PPE 全都得死！！！一个也不留！！！"

另一个女解说高兴得甚至话都说不利索了："没了，PPE 已经没了，他们复活最快的也还有四十多秒，已经来不及了。"

大杀四方灭了对方四个人之后，Killer 和陈逾征没有选择回家。官方转播里，他们身边围满了小兵，以势不可当的姿态一路冲上 PPE 的老家。

刚从家里复活的 Thomas 也亮起 TP，传送到对方基地门口。

奥特曼和 Van 疯狂当着泉水指挥官："直接下路一拨，一拨，点塔，先点塔，对方只有一个辅助还活着，别管了，就点塔，不要管。"

"TCG 全部押上了，拆拆拆，推了！！！！"

陈逾征率着 TCG 众人拆塔那一刻，万千粉丝泪目。后台休息室里，TCG 的领队已经从椅子上跳了起来，举臂欢呼："拿下了，棒！！！"

教练无奈，被他熊抱住。

余诺有点没回过神，痴痴地盯着电视，还沉浸在刚刚那场跌宕起伏的比赛里，最后那场团战，陈逾征和 Killer 在绝境之中活下来，顽强地冲上去二打五，她眼眶都不自觉湿润了。

千言万语化成一句话，解说双手举过头顶，激情澎湃的高喊声传来："我们，是冠军！！！"

有工作人员来找，YLD、ORG、WR 的队员陆陆续续站起来，穿上队服，推开休息室的门。TCG 打赢了，意味着他们等会儿也要上台，一起捧起奖杯。

前场掌声雷动。

TCG 的五个人已经走到舞台中央，看着面前的银色奖杯，谁都没动。看着看着，Van 一个大老爷们儿都快激动哭了，抬起衣袖抹眼角。

奥特曼双手背在身后："陈逾征，我们把冠军留在 LPL 了。"

陈逾征瞧着他那个屌样，嗤笑一声，比赛后整个人也松懈下来，还是那副不可一世的样子："这么多摄像头拍呢，能不能别哭了？"

奥特曼有点惊恐地摸了摸自己的脸："啊？我哭了吗？"

他们转过头，其余三支队伍排着队上台。WR 的中单在掌声和欢呼中冲过来，一把抱住奥特曼："曼曼！牛啊，你们真的牛，在后台把我看得太激动了。"

奥特曼有点羞涩："都是队友强。"

等人全部到齐后，舞台上方撒下亮晶晶的碎屑，现场的喷气和彩带齐放。陈逾征微微抬眼，望着天上。

主持人笑着站在一旁："你们现在可以领奖杯了。"

四个队伍每个队伍选出一个人，轮到 TCG 时，大家把陈逾征推了上去。围在奖杯旁边，很默契地，ORG 的人没动，WR 的人也没动，YLD 的人看着陈逾征。

陈逾征摆了摆头："一起啊。"

四个人把奖杯举起来，身后十几个选手和教练都齐齐鼓掌。台下的浪潮一波接着一波，在场所有的 LPL 粉丝都在呐喊 TCG 的名字。

领完奖杯，现场有中国的粉丝迟迟不肯走，目送着四支队伍从侧面下台。

一到后台，无数摄像机拥了上来，就像迎接凯旋的英雄一样，把 TCG 众人团团围住。

奥特曼看着这个架势很是惶恐，嘴角笑容腼腆，偷偷跟 Killer 说："杀哥，我这不是在做梦吧？"

Killer 被人挤得转来转去，一脸梦幻："谁知道呢，我感觉我也在做梦……"

在此之前的比赛，无论 TCG 是赢是输，基本都没人愿意关注。一路过来，所有观众的掌声和鲜花都不愿意施舍给这支正在崛起的新军。

而就在今天，和 PPE 的一场比赛后，世界的目光终于聚焦于他们身上，国内无数网站和论坛都炸了，LPL 赛区的《英雄联盟》官方账号激情推送——

We are the champion!!![①]

和 PPE 终极对决的最后一拨团战，陈逾征和 Killer 在上路草丛里的极限二对五成为焦点。那几十秒操作的动态图被放出来，直接冲上了微博热搜第一。

"十年寒窗无人问，一举成名天下知，Thron Crown Game 这支横空出世的队伍，在这四十分钟的对决里，点燃了 LPL 最后的信仰，创造奇迹，破灭了 PPE 的传说，带领整个 LPL 登上巅峰，惊艳了整个世界。"

随后，《英雄联盟》官微也发了微博。

> #LOL洲际赛#经过五局鏖战，LPL赛区3：2战胜LCK，卫冕成功，四支队伍把冠军留在了LPL，把奖杯留在了中国！！
>
> 恭喜@ORG电子竞技俱乐部 @TCG电子竞技俱乐部 @WR电子竞技俱乐部 @YLD电子竞技俱乐部。

虽然提到了四家战队，但评论区已经为 TCG 沦陷了。

"TCG 太猛了，太猛了，Conquer 和 Killer 又秀又能打，最后一拨把 LCK 头号种子直接干翻了。"

---

① 我们是冠军。

"假如真的有神，Conquer 就是今晚的神。"

"真诚建议你这个顺序再改改，把我们大哥 TCG 放在第一位。"

"都排队给 TCG 道歉！！！对不起，我先说了！之前骂过你们，是我有眼无珠，砰砰砰，给爹爹们磕头了！！！"

"恭喜 PPE 成为名场面的最强背景板！"

"PPE 的下路开场还尬舞，谁知道三十分钟之后会头都被打爆呢？"

"比赛开始前还有人喷 TCG？？？一场比赛打了多少人的脸，他们回国之后机场接机的粉丝不鼓掌十分钟迎接，说得过去吗？"

"我的 TCG 终于开始发光了，终于等到这一天，打了很多字，都没法表达心中的激动。TCG 就是最牛的！！！"

北京时间凌晨一点，陈逾征微博和超话的粉丝每秒都在以惊人的速度涨粉。超话热度甚至已经超过某些三、四线的明星，冲进了前几十名，有些看完比赛激动得没睡觉的老粉都惊了，小主持人纷纷发帖。

"怎么回事，怎么突然来了这么多人？？？我眼瞎了？？？"

"征，你终于要火了吗？妈妈等得花都谢了，终于要等来这一天了。"

"天……这是什么情况……"

"欢迎新来的小伙伴，记得看一下置顶帖哦。"

新来的粉丝自觉报道——

"不懂就问，这里是 Conquer 的超话吗？我宣布，我今天就是他老婆了，谁也不能跟我抢！！"

"Conquer 十年老粉，不请自来。"

"为什么有人游戏打得这么好，还长得这么帅？我以前怎么没注意到？呜呜呜，我天！！！"

"他的名字叫，陈、逾、征。我记住了。"

赢下比赛，又在媒体室接受完采访，LPL 主办方特地包下了一个酒店给他们办庆功宴。

这场聚会持续了两三个小时，TCG 这桌尤其热闹，过来敬酒的人不断。

Killer 喝吐了两次，其余几个人也喝得满脸通红。

齐亚男看着眼前一群兴奋的大男孩儿，清了清嗓子："行了，今天比赛赢了，大家都高兴，我也不多说什么，不过只允许你们飘一天，从明天开始还是要好好训练，以后要走的路还长着呢。"

奥特曼灌了一口酒，颠颠倒倒地说着："我要记住这种拿冠军的感觉，台下有人喊我们名字的感觉太美好了，我以后也要拿好多好多冠军。好多好多，要好多好多粉丝。"

他的话让在场几个人忍俊不禁，笑完，又觉得有些心酸。这五个少年的梦想，他们的努力，在今天的决赛过后，终于被人肯定了。

余诺深知自己酒量不好，怕又出上次醉酒的丑，她也从心底替他们感到高兴，不好意思说出太肉麻的话来恭喜，就小抿了几口啤酒意思意思。

一顿饭下来，TCG 几个人全都喝得意识不清，吐的吐，趴的趴。陈逾征也趴在桌上，双眼紧闭，蹙着眉头忍耐着酒的后劲。

余诺就坐在旁边看着他。

今天比赛结束后，陈逾征就是焦点，一路过来被各种人包围着采访。余诺被无数的人挤开，她不敢上前，只能在角落默默地看着他。

她忽然有点庆幸。

旁边人都没注意，他毫无知觉，就这样安安静静地在她旁边。

没有长枪短炮，没有摄像机，没有灯光，她能光明正大地看着他。

呼吸慢慢变缓，她认真地看着他俊秀的眉眼。陈逾征半张脸都藏在阴影里，鼻尖之下，嘴唇嫣红，很柔软的感觉。

余诺盯着出神了一下，忽然升起一个荒谬的念头。她迅速清醒，在心里唾弃自己几秒。

本该醉迷糊的人笑了笑，余诺还在发呆，听到陈逾征的声音："姐姐，看够了吗？"

余诺浑身一抖，被吓了一跳。

他依旧闭着眼，睫毛微微颤了两下，说完刚刚那句话，就没了别的动静。

余诺身体僵硬住，一时窘迫，甚至怀疑自己是不是出现了幻听。

"没看够可以多看会儿。"

余诺："……"

她慢了半拍，反应过来："你没醉吗？"

"醉了。"

她无奈，确认了一下："到底醉了没有？"

陈逾征把眼睛睁开，懒懒地道："你觉得呢？"

余诺跟他尴尬对视，脸都有些红了，说："我觉得你醉了。"

他嗯了一声，眼神清明，顺着她的话说："我醉了。"

余诺抓起桌上的水杯，喝了一口，掩饰自己的窘迫："算了，我知道你没醉，别装了……"

陈逾征微微坐起来一点，换了个舒服的姿势，单手支着头，打量了她几秒，拖长了音调："不装怎么骗你偷看我？"

——⟍⟋⟍— 37 —⟍⟋⟍—

"——哕！"

旁边的奥特曼弯腰，捂住嘴，一副要吐出来的样子。

余诺转过头，问："你没事吧？想吐吗？"

"我真的，不行了……"

奥特曼又呕了一下。

余诺递了杯水过去，担忧地询问："你要不去厕所吐？"

奥特曼摆摆手，一本正经地跟余诺说："没事，我就是被 Conquer 刚刚那句话油到了，一时间有些反胃。"

余诺："……"

陈逾征额角跳了跳，嘴角原本的笑意消散。

奥特曼胡乱嚷嚷："征，你才 19 岁，19 岁的少年怎么会这么油？

今天饭桌上最油的菜都不及你万分之一，中石油怎么没发现你这个宝藏呢？"

余诺："……"

陈逾征平静地跟余诺说："你先走，我来帮他醒酒。"

奥特曼表情僵了一下，酒被吓醒大半，忙拉住余诺："姐姐，别走，走了我小命不保。"

陈逾征挺温和地问："你喊她什么？"

奥特曼抖了一下，他求助地看了一眼余诺，"诺姐，救我。"

余诺迟疑地问："我救你什么？"

远处，向佳佳喊了一声："诺诺，过来帮我扶一下 Killer，他太沉了。"

余诺看他们俩都还好，不需要她管的样子，就跑去帮向佳佳的忙了。

等她走后，陈逾征视线悠悠，转到奥特曼身上："你把刚刚的话再说一遍？"

"怎么了，不就是说你油……那你本来就挺……"奥特曼嘟囔了一句，"撩姐姐也不是这样撩的，改天我传授你点经验。"

陈逾征冷笑："你喊她什么？"

"姐姐啊……"

陈逾征点点头，拿起手机，解锁，手指在键盘上慢慢摁着。

奥特曼问："你要干什么？"

"给你那个小什么玩意儿发消息。"

奥特曼大惊，扑上去想抢他的手机："有话好好说，你为什么要给小酥酥发消息？！你要跟她说什么？？"

陈逾征手一抬，不给他碰，淡淡抛出一句："说说你的撩妹经验。"

奥特曼有些委屈："我这不是跟着你喊的吗？我也才 20，这不是比余诺小吗，喊个姐姐怎么了？"

陈逾征依旧冷漠，无动于衷地继续打字。

奥特曼绝望地看了一眼余诺的背影，立刻肃然地弯腰，在陈逾征面前鞠了一个九十度的躬："对不起，征哥，我刚刚喝糊涂了，您大人有大量，原谅曼曼这一次。曼曼知道了，这是您的情趣，姐姐只有您能喊，我以后再也不喊了。"

陈逾征停下动作，摁了一下手机，黑屏。

Killer 喝高了，一直拉着向佳佳的手不放，嘴里糊涂地念叨着，谁上前碰他，他都一把挥开。

向佳佳被他压得不行："大哥，你怎么跟一头熊一样？快把我勒死了。"

Killer："佳，怎么连你也嫌弃我？呜呜呜……"

向佳佳的小身板都要被压垮了，哭笑不得："你好重啊。"

余诺看情形上前，帮忙扶了一下，手又被 Killer 打开："不许碰我，我还是黄花大闺男呢……"

Killer 发酒疯的样子，让余诺忽然想起了上次。陈逾征也喝成了这样，她扶得也很吃劲。不过他比 Killer 规矩多了……但是也喜欢说胡话。

Van 酒量最好，等后劲过去了，人就清醒了，本来打算过来帮忙，看了会儿情况，也没上前，站在一旁笑。

向佳佳急了："你们别光顾着看热闹啊。"

Van 摊了摊手："Killer 只要你扶，我们有什么办法？"

Thomas 低声说："这个 Killer 太绝了，我看他根本没醉，就是想趁机调戏妹子。"

一场庆功宴最后把大家喝得一团乱，凌晨三四点才回到酒店。

余诺筋疲力尽，瘫在沙发上，半天都不想动弹。

等着向佳佳洗澡的空隙，她又刷了一会儿微博，洲际赛的热度还是很高，有好几个相关的词条都挂在热搜上面。

她随便打开几个看了看，刷下来，全都在说陈逾征。

她也不知道为什么，挺为他高兴的，心情和当初看到余戈拿冠军差不多。

余诺又专心致志地看了一会儿，向佳佳从浴室出来，喊了她一声："我洗好了，诺诺你去吧。"

余诺放下手机："好。"

……

比完赛，几个战队又在巴黎多留了几天休整。两日后，从巴黎起飞的飞机抵达浦东机场，战队的大巴车已经提早等在外面。

他们十几个队员还穿着洲际赛的出征外套，一行人浩浩荡荡取完行李，走到出口处。ORG 和 TCG 的人一露面，围在接机口的各家女粉丝纷纷尖叫。

排山倒海的欢呼，路人被吵得差点把耳朵捂住。

这次跟出国前的情形不同了，虽然 ORG 和余戈的粉丝依旧占大多数，但是这次明显有一道声音与她们分庭抗礼。

喊 TCG 各个队员的女粉丝热情十足，并且口号很多："TCGTCG 天下第一，TCGTCG 永远无敌！！！"

Killer 举手跟她们示意了一下。

陈逾征戴着棒球帽和口罩，拖着行李箱，懒洋洋地耷拉着眼皮，跟奥特曼说话。

熟悉的电喇叭又出现了："陈逾征！陈逾征！！看这里！！！"

依然是那几声暴躁的吼叫："陈逾征！！！听不到吗？聋了是吗？"

陈逾征抬眼望去。

电喇叭的小团体散开，扯出一条长长的、红色打底的喜庆横幅——

"让全世界听到我的声音，记住我的 ID——TCG.Conquer。"

电喇叭十分欣慰："征啊，你终于出息了，你红了，你终于要红了，我等这一天等得好苦！看到了吗？这盛世如你所愿，我给你的排面，你可还满意？"

陈逾征："……"

看着眼前十分具有冲击力的场面，Killer 有点呆滞，Thomas 一时间也有点被这横幅尴尬到，跟身边的人讨论："怎么现在都玩这么尬的东西……太离谱了。"

其他人都在憋笑。

为了保持形象，大家都绷着一张脸，装作风轻云淡的样子。直到上了大巴车，TCG 几个人再也忍不住，纷纷喷笑出声："陈逾征，你粉丝怎么回事？太搞笑了，师承德云社吧？"

Killer 幽幽地道："征啊，这盛世如你所愿，你粉丝给你的排面，你可还满意？"

奥特曼噗了一声，笑得腰都快直不起来了，直捶椅子。

陈逾征戴上耳机，在座位上坐下，没搭理他们的调侃，侧眼看了眼余诺。

她也在跟着笑。

见他瞥过来，余诺立刻止住笑。

他们隔着一条过道，陈逾征慢吞吞地问："这么好笑啊？"

余诺憋了一下，说了实话："确实，挺好笑的……"

陈逾征："……"

时间已经进入六月，上海的天气也慢慢热了起来。

徐依童在微信上再三轰炸，陈逾征抽空，回家陪了一下父母。当初他决定去打职业，遭到家里人反对，母亲虞亦云没说什么，倒是陈父比较气。

不过家里话语权都在虞亦云手里，陈父气过了也拿他没什么办法。这回陈逾征上了好几次热搜，家里给他的脸色终于是好了点。

饭桌上，虞亦云眼泪都快落下来了，娇滴滴地说："哎呀，征征，你比赛好辛苦哦，你看看你都瘦成什么样了？"

陈逾征不怎么在意："我这哪里瘦了？现在帅哥胖了没市场，小姑娘都喜欢瘦点的。"

陈柏长看不惯他这个不正经的样子，骂道："跟你妈好好说话！"

虞亦云瞪了陈柏长一眼："你能不能别这么凶？儿子好不容易回趟家，你天天在这里大吼大叫，要发脾气出去发！"

"……"

陈柏长被她凶得气势一下就弱了："他就是从小被你惯的，在外面无法无天……"

虞亦云满脸都是自豪："前几天的热搜，好多夸我们家征征的呢，我儿子太有出息了。这几天打牌，祖珍她们还特地问了征征，说要把侄女介绍给他。"

陈逾征拒绝："不用了。"

虞亦云："你这个年纪，就应该多认识几个女孩儿。"

陈柏长："……"

他忍不住反驳了老婆一句："他现在就是拼搏的时候，谈什么恋爱？你别跟他说这些。"

虞亦云不服气："那你高三不也在追我吗？你上高三都不好好学习，只想着跟我谈恋爱，你凭什么说你儿子？"

怼完他，虞亦云又转头，嘱咐陈逾征："不过，那时候我嫌你爸爸太呆板了，成绩好、长得帅也没用。他追我，我都懒得多看他一眼。你千万不要跟你爸一样，很不招女孩儿喜欢的。改天妈妈给你介绍漂亮的女孩子，虽然打职业很辛苦，但适当放松也是好的呀。"

陈逾征吃着饭，"你别给我介绍了。"

虞亦云不解："为什么？"

他随口道："有喜欢的人了。"

虞亦云："！"

她急忙问："多大了，好看吗？什么时候带给妈妈见见？"

陈逾征停了停："追到了再说。"

虞亦云双手撑着脸，满脸洋溢着幸福："真好，儿子真棒，事业爱情两手抓。"

陈柏长："……"

吃完饭，陈逾征上楼换了身衣服，拿着车钥匙下来。

虞亦云坐在沙发上吃西瓜，电视机里播放着偶像剧，她问一句："小征你又要去哪儿啊？不陪妈妈了吗？"

陈逾征在玄关处换鞋，说："你喊你朋友陪你吧，我找计高卓有点事。"

"你要去找小卓？"虞亦云又往嘴里送了一块西瓜，含含糊糊地道："好久没见到他了，有空让他来家里玩。"

"欢迎光临"的声音响了一下，有人掀开门帘进来。

计高卓还在忙手里的活，抬头扫了一眼："哟，今天刮的什么风，把大少爷您给吹来了？"

陈逾征甩了甩手上的车钥匙，打量了一下店内摆设，找了个位子坐下："别跟我贫，今天来有正事。"

计高卓扑哧一笑："就你还有什么正事？说来听听。"

店内小妹妹好奇地瞅了眼陈逾征，问："老板，这是你朋友呀？"

计高卓应了一声："我们俩是竹马，穿开裆裤的时候就混在一起了。"

陈逾征被他恶心到了："你能不能别这么腻歪？挺变态的。"

计高卓笑："你这张嘴就没一句能听的。"

小妹妹去倒了杯水，又切了一份水果出来，眨巴着大眼睛，小声说："老板，你朋友也好帅，跟你一样。"

"那可不，你知道他外号叫什么不？陈花草。"

陈逾征抬脚踹了他一下。

小妹妹有些蒙："陈花草？这是什么意思？"

"陈逾征花花校草，简称陈花草。"计高卓叹了声，"他以前可是我们学校出了名的渣男，不知道碎了多少妹妹的心。你万万不要被他迷惑了。"

闻言，陈逾征看了他一眼："你是不是有病？我这个外号怎么来的，你心里没点数？"

小妹妹好奇："怎么来的？"

计高卓给她讲解了一番。

他们俩从小学认识，臭味相投混在一起。年少轻狂的时候，什么混账事都干过。

不过陈逾征混迹最多的地方就是网吧。计高卓本着不能浪费了他一张帅脸的心理，每次都习惯性打着陈逾征的名号去加好友。

久而久之，就传出来四中的校草陈逾征是个不折不扣的渣男。

小妹妹嘴角抿了一点笑："老板，你好损。"

计高卓擦了擦手，站起来："行了，你今天找我什么事儿？"

"来找你文身啊。"

计高卓疑惑："之前让你文，光顾光顾我生意，你不是还嫌烦？"

陈逾征哦了一声："那是之前没什么特别想文的。"

"现在有了？"

陈逾征把手机丢过去："这个。"

计高卓拿起来，看了会儿，露出一个古怪的笑："行啊，你玩得够花的啊。"

"这个能文？"

"能啊。"计高卓拍了拍胸脯，"你兄弟手艺杨浦区称第二，没人敢说第一。"

陈逾征懒得听他吹牛，问："文哪儿比较明显？"

计高卓认真回答他："文你脸上比较明显。"

陈逾征："……"

计高卓戴上口罩，坐在椅子上，给他画好初始线条，拉了一下文身机的线："阿征，准备好了吗？我要开始了哦。"

陈逾征躺在床上，被强光刺得眼睛眯了一下："给我轻点。"

"你一个男的还怕疼？"

刺啦刺啦的机器声响在耳边，陈逾征皱了皱眉，忍不住起身，看了一眼："这玩意儿，痛不痛啊？"

"第一次见大老爷们儿文身还怕痛的，你也不嫌丢人。"

文身花了几个小时，半途歇了一下，计高卓倒了两杯水过来："唉，你文这个干啥？以后后悔了洗都难洗，你这种冲动的年轻人我可见得太多了。"

陈逾征支起一条腿，正在发消息。

计高卓把他的手机抽走："跟谁聊天呢，这么专心？"

陈逾征懒得动，任他翻着自己的手机。

"爱吃鱼？这备注怎么这么怪？"计高卓往上滑了滑聊天记录，阴阳怪气地念出来，"姐姐，文身好痛？？？"

他差点吐了，把手机摔回陈逾征身上："我真是眼瞎了，小姑娘都没你这么娇气，征，能不能别矫情了？"

陈逾征把手机拿回来，余诺刚好回了一条——

"啊？你怎么突然跑去文身了？"

Conquer："庆祝。"

余诺："文完了记得别沾水，小心感染。"

Conquer："不问我文的什么？"

余诺顺着他，问了一句："你文的什么？"

陈逾征把文到一半的图案拍下来，发给她。

那头儿，余诺研究了一会儿，也没看出来是什么，但还是违心地夸了一句："嗯……看起来挺有艺术感的。"

还有半个月才是夏季赛开幕式，TCG全队放了三天的假，纷纷回基地直播。

之前因为要准备洲际赛，大家专心训练，耽误了很久，现在月底个个都化为猫头鹰，疯狂地熬夜直播补时间。

陈逾征一开播，就被无数的大小礼物刷屏，飞机和火箭轮着来，热度一下蹿到了LOL区前几。

一两个小时过去，游戏都打了好几盘，粉丝热情依然不减。

陈逾征抬起手臂，挡住摄像头，调了一下小窗口："抽根烟。"

虽然他动作很快，但还是有眼尖的粉丝发现了他的新文身，弹幕欢快地问——

"狗，你好骚啊，居然跑去文身了？？"

"什么什么文身，我怎么没看见？"

"陈逾征，不愧是你，非主流本人了。"

陈逾征抽了会儿烟，看了眼弹幕，也没否认："对啊，前两天去文身了。"

"文的什么？让我瞅瞅！！"

"我刚刚没看清，就看见了一条线！！！"

"好帅，文身更帅了！！一点也不非主流！！明明就很man！！！"

陈逾征不怎么正经，有一搭没一搭地跟她们插科打诨："注意点儿啊，别瞎喊老公，要负法律责任的。"

此话一出，公屏全是——

"我愿意我愿意！！我愿意负法律责任，呜呜呜！！！"

陈逾征乐了一声："别喊了。"

"？？？"

"人言否？哭了。"

"陈逾征，我恨你像块石头！"

"Conquer你飘了？居然敢这么对粉丝说话，我不允许，快点道歉！！！"

抽完一根烟，《英雄联盟》排位界面准备就绪，陈逾征关掉弹幕，随口道："有老板送礼物帮我谢一下，我玩游戏了。"

微博超话更新了刚刚陈逾征在直播里说的话。

除此之外，还有一些粉丝好奇，陈逾征到底跑去文了个什么玩意儿。

有人特地翻出刚刚的直播片段，陈逾征那几秒抬手的片段被截出来，放大，有几张很清晰，甚至能分辨出图案。

不过确实像刚文没多久，黑色线条周围的皮肤还红肿着。

不是字母也不是他的 ID，而是一个很奇怪的图案，曲线不像曲线，直线也不太像直线，一些起起伏伏、长短不一的线段拼凑在一起，就这么顺着小臂内侧一路到手腕骨。

一些老粉回答好奇的新粉："你永远也猜不出陈逾征心里在想什么，我们早已经习惯他的杀马特。"

一些有过文身经验的粉丝发现不对劲，发了一句："如果我没判断错，这个应该是声文吧？"

底下回复："声文是什么？"

"就是录音的文身。"

半个小时后，帖主回来了："我爬梯子下载了一个 Skin Motion，试了一下，居然真的把它扫出来了，竟然是个女孩子的声音……"

粉丝纷纷炸锅了，问："她说什么了？"

又是十几分钟过去，帖主揭晓最后的谜底："我听了三四遍，其实有点不清楚，如果没有翻译错的话，应该是这样。"

她把这句话贴在了评论区——

"有一天，Conquer 一定会被所有人记住。"